LES AMANTS
DU MONT-BLANC

DU MÊME AUTEUR
CHEZ LE MÊME ÉDITEUR

Soleils de sang, 2021.
Mortelle Tentation, 2019.
La Petite Fille du phare, 2018.

AUX ÉDITIONS
ARCHIPOCHE

La Prophétie de la cathédrale, 2020.

CHRISTOPHE FERRÉ

LES AMANTS DU MONT-BLANC

suspense

l'Archipel

Notre catalogue est consultable à l'adresse suivante :
www.editionsarchipel.com

Éditions de l'Archipel
92, avenue de France
75013 Paris

ISBN 978-2-8098-4416-0

« Ici la boue est faite de nos pleurs. »

Charles Baudelaire

Au pied du Mont-Blanc, dans une sapinière.

Un jour de printemps. Les montagnes ruisselaient de neige, le soleil grignotait ce que l'hiver avait déposé au cours des mois précédents : une épaisse chape de flocons qui, pour certains, s'étaient transformés en glace pure et bleutée. Les saisons passent, le paysage change, les montagnes demeurent, invincibles.

Une banale route en cul-de-sac. Elle monte vers le départ des sentiers de randonnée, un grand parking où, l'été, des milliers de voitures s'agglutinent.

En cette saison, peu de monde. Ce n'est plus la période des sports d'hiver, pas encore celle des treks.

Le long de la route, à mi-chemin, un bas-côté gravillonné où peuvent stationner trois ou quatre voitures, pas davantage. Ici, même si ça n'est indiqué sur aucune carte, on l'appelle le « parking du Châtelard » car il se trouve non loin d'une chapelle en mélèze portant ce nom.

Un véhicule était garé, une Toyota grise.

Personne n'a vu venir la tragédie qui allait éclater en un temps record.

La tragédie… Comment imaginer l'inimaginable ?

Un des plus beaux paysages de France. Les neiges éternelles en toile de fond, au-dessus des arbres. Une carte postale.

Les gens de la vallée ont été sidérés.

Et pourtant…

Une autre voiture est arrivée de Chamonix, elle avançait lentement, comme si elle cherchait une place. Une Audi blanche immatriculée en Suisse. Au volant, un conducteur d'une soixantaine d'années, élégant, parfumé. À ses côtés une femme plus jeune. Très belle. Ils observaient la route sans rien dire. En apercevant la Toyota grise sur le bas-côté, ils décidèrent de se garer à cet endroit, derrière l'autre voiture. C'était un peu étroit, mais tant pis. Le conducteur a fait un créneau. À l'évidence, il n'avait pas l'habitude de ce genre de manœuvre sur une telle pente.

Anna et Daniel Chapuis, de Genève.

Vacanciers au Chardon bleu, hôtel huppé.

— On descend ici, dit l'homme en regardant tout autour.

Quelques minutes plus tard, deux jeunes gens déboulèrent d'un sentier. Un homme et une femme. Ils portaient chacun un énorme sac à dos. D'où venaient-ils ? Un peu plus haut se trouve le glacier des Bossons, dominé par les grands sommets de la chaîne : mont Maudit, Mont-Blanc du Tacul, dôme du Goûter. Et le géant des Alpes, majestueux, impérial.

Les jeunes gens souriaient. Malgré les courbatures, ça fait du bien au corps, à l'esprit, de marcher pendant des heures en plein soleil dans l'air pur de la montagne.

Les voix étaient un peu essoufflées.

— On est arrivés ! Pas trop fatiguée, Clotilde ?

— Je commence à avoir mal aux genoux…

Comment auraient-ils pu imaginer ce qui allait se passer ? Dans quelques secondes.

Souvent, les tragédies explosent d'un seul coup, quand tout est normal.

On ne voit pas la mort qui vient. Pourtant, elle est là, tout près, à quelques mètres. On pourrait sentir son souffle, si la mort avait un souffle.

Le bruit du torrent tumultueux étouffait tous les autres, même le frémissement des arbres secoués par un vent inhabituel.

Clotilde et Félix Meunier étaient lyonnais.

Plus haut, ils avaient traversé des passages délicats, des pierriers très pentus. Avec la neige, ça n'avait pas été facile. La neige de l'hiver, poudreuse, descendait encore très bas. Les avalanches étaient fréquentes en cette saison, rien ne laissait présager que le danger viendrait d'un banal parking.

Ils atteignirent la Toyota grise. Ils commencèrent à se déchausser. Ils avaient mal aux pieds, après les soubresauts du chemin. Ils allaient retrouver la sensation de chaussures douces, des tennis laissées dans la voiture, autant dire des chaussons.

Dans l'Audi blanche, le couple a examiné une carte IGN sans voir ce qui se passait à l'extérieur.

Un moment d'insouciance.

Les deux couples se connaissaient-ils ? S'étaient-ils donné rendez-vous ? En tout cas, ils n'ont pas eu le temps de se saluer. Tout s'est précipité à la vitesse du son. Le son d'une arme à feu.

Le tireur est passé plusieurs fois sur une moto. Il a observé le parking avec attention, il a fait des va-et-vient comme un fauve. Les quatre randonneurs l'ont à peine remarqué.

Des coups de feu dans le calme de la sapinière. Nombreux. Assourdissants.

Un individu a vu la scène de loin : le motard a tiré avec un pistolet. Comme un fou. Acharné.

Dans quel ordre ?

On l'ignore.

La scène a duré moins d'une minute. Soixante petites secondes. Une éternité.

Les randonneurs ont eu la tête criblée de balles.

Du sang dégoulinait sur les graviers du parking. Une rigole rouge vif a traversé la route.

Rien n'a été volé aux quatre randonneurs.

De mémoire d'homme, on n'avait jamais vu ça dans la vallée de Chamonix.

En voyant le tireur pointer son arme sur lui, Félix a crié :

— Pourquoi ?

Il n'a pas eu le temps de dire autre chose.

Un grand rire comme seule réponse, puis les coups de feu, quasiment à bout portant.

Lundi 8 avril

Léa Grange, journaliste d'investigation.

Trois ans presque jour pour jour après la tuerie, elle a découvert le lieu où le sang avait coulé. Elle n'a pas pu venir plus tôt, elle venait de terminer un livre consacré à une autre affaire : la disparition d'une femme dans les Cévennes, près de Florac, le jour de son mariage.

Elle publiait des ouvrages consacrés aux crimes non résolus, les fameux *cold cases*. Grâce à ses enquêtes de terrain et à son intuition, elle avait réussi à découvrir la vérité à plusieurs reprises.

Elle avait l'intention d'écrire un livre sur la tuerie du Châtelard, en espérant percer le mystère qui entourait cette affaire inclassable, incompréhensible.

Elle était venue sans Ugo, son amour. En ce moment, avec lui, elle traversait un vide, elle ne savait pas lequel, mais les choses n'allaient plus comme avant. Ils n'étaient plus sur la même longueur d'onde, comme on dit, ça arrive dans les couples, ce n'est pas grave si ça ne dure pas. Mais là, les choses duraient depuis de très longs mois. Une éternité. Elle en souffrait, que faire ? Ils vivaient encore ensemble, mais pour combien de temps ?

Elle était accompagnée d'Alex, son meilleur ami, un photographe. Un vrai ami. Celui à qui on peut tout raconter. Tout dire droit dans les yeux, sans qu'il y ait d'ambiguïté.

Trois ans plus tôt, elle s'était intéressée au quadruple meurtre, enfermée dans son appartement parisien. Intriguée dès les premiers jours, elle n'avait pas pu venir sur place, à cause d'un confinement qui avait commencé à ce moment-là et qui avait duré des mois. Une pandémie due à un étrange virus ravageait la planète. Pour voyager, il fallait une autorisation, qu'on n'accordait que dans de rares cas, et Léa n'en avait pas obtenu. Elle habitait le IXe arrondissement, rue de Douai, près du Moulin-Rouge, à des centaines de kilomètres du massacre. Elle avait suivi l'affaire sur Internet.

À cette époque, elle avait senti que son couple avait commencé à battre de l'aile, peu à peu, à cause de l'enfermement. Ils tournaient en rond. Ils s'agaçaient pour un rien. C'était triste.

Tout le monde était masqué, dehors et dedans, dans les magasins, les rues, les transports en commun, ce qui n'arrêtait pas le virus. Il semblait que rien ne l'arrêtait. Parfois, Ugo gardait son masque même dans l'appartement, elle ne savait pas pourquoi. Mauvais présage ?

Juste avant le confinement, profitant des derniers moments de liberté, des milliers de gens avaient déboulé dans la vallée de Chamonix pour une ultime balade. Ils étaient venus d'Annecy, de Genève ou d'ailleurs. On profitait des derniers moments de liberté avant de sombrer dans la nuit. En quelques jours, une foule avait submergé la région comme une marée d'équinoxe, ce qui avait provoqué la colère de certains habitants, qui accusaient les randonneurs de répandre le virus.

Des promeneurs avaient été accueillis par des jets de pierre, il y avait eu des blessés. Des chasseurs avaient tiré des coups de feu en l'air. Des carrosseries avaient été rayées, des pneus crevés. L'hystérie avait gagné la capitale mondiale de l'alpinisme.

Les quatre cadavres avaient été retrouvés un masque sur le visage.

Pour eux, c'était la dernière promenade avant le confinement éternel.

Léa avait repris l'enquête quasiment à zéro. Les informations sur le drame étaient fragmentaires. Elle avait épluché la presse. Après la tuerie, elle avait pris des notes en lisant des articles sur l'écran de son ordinateur. Les médias n'avaient pas été très diserts sur le sujet. La pandémie qui frappait la planète rendait le massacre insignifiant. En temps normal, il aurait fait les gros titres : quatre morts sur un tranquille parking de montagne, quatre randonneurs criblés de balles. La tuerie aurait enfiévré les réseaux sociaux. Mais là, presque rien. Des entrefilets. Pas de dossiers spéciaux.

Les enquêteurs avaient travaillé mollement, ils avaient évité les contacts directs avec d'éventuels témoins, d'éventuels suspects.

Noyé dans la pandémie, le massacre n'avait pas été une priorité.

Léa était arrivée sur le lieu du crime en voiture avec Alex, après être partie de Paris dans la nuit. Elle s'était rendue directement au parking, sans passer par l'hôtel où elle allait séjourner. Cette affaire la taraudait. L'enquête évoluait peu, comme d'autres affaires du même type. Il y avait, de temps en temps, un rebondissement. Une fenêtre s'ouvrait, mais cela ne menait nulle part. On reparlait de la tragédie quelques heures, puis l'affaire retombait.

Elle se gara à l'endroit où le massacre avait eu lieu.

Ils sortirent de la voiture et observèrent les alentours. Le paysage n'avait rien de particulier : une route étroite en forte pente au milieu d'une forêt de conifères et, sur le bord, ce parking, ou plutôt cet emplacement gravillonné.

Au loin, le paysage était magnifique, mais l'endroit en lui-même était plutôt banal. Du goudron, un bas-côté étroit. Une buvette se trouvait quelques centaines de mètres en contrebas, La Joyeuse Marmotte, qu'on devinait vaguement au-delà des arbres.

Le bruit sourd d'un torrent.

Léa avait vu des photos de la scène du crime sur Internet mais elle l'imaginait autrement, elle ne savait pas pourquoi.

D'après les médias, un seul témoin s'était manifesté : il avait vu de loin un motard, celui-ci avait ouvert le feu à plusieurs reprises, comme dans un ball-trap. Le témoin n'avait pas tout de suite pensé à un crime, il n'avait pas vu les cibles, cachées par la végétation, il croyait que le motard s'amusait à tirer dans le vide pour se défouler, pour rire. Il n'avait pas appelé les gendarmes.

Pas de caméra. Les caméras sont nombreuses dans Chamonix, mais en pleine nature, aucune.

Des dizaines de douilles avaient été retrouvées.

Léa observa longuement le site, sans rien remarquer de particulier.

C'était une très belle femme, la trentaine, les cheveux clairs, un regard ardent. Bien que d'origine nivernaise, elle habitait Paris depuis des années.

— Tu en penses quoi, Alex ?

Il avait le même âge qu'elle, visage sympathique, cheveux bouclés. En les voyant côte à côte, ceux qui ne les connaissaient pas imaginaient qu'ils étaient ensemble. Mais non, ils ne l'étaient pas. Celui qu'elle aimait était resté à Paris. Elle n'arrêtait pas de penser à lui.

— Pas mal, pour tuer quelqu'un sans se faire voir, murmura le jeune homme. Sur un grand parking, ça n'aurait pas été possible. Tout le monde aurait vu.

Léa réfléchissait tout haut.

— Tu fais erreur. Beaucoup de touristes passent ici, je me suis renseignée. Des voitures de randonneurs vont se garer en amont, même s'il n'y a pas grand monde aujourd'hui. Il n'y avait pas de neige lors de ce quadruple meurtre, j'ai vu les photos prises à l'époque. En allant plus haut, une fine couche recouvrait le sol, le meurtrier aurait laissé des traces.

Après un silence, elle poursuivit :

— D'après ce que j'ai compris, un couple venait de se garer alors que l'autre terminait sa randonnée.

— Comment le sait-on ?

— Les semelles ! Les chaussures des premiers – des Genevois – étaient impeccables alors que les autres étaient pleines de boue. L'autre couple descendait du refuge des Grands-Mulets, où il avait passé la nuit tranquillement. Le gardien a affirmé qu'il n'avait rien remarqué présageant le drame… Monter si haut en cette saison laisse penser que c'étaient des sportifs aguerris.

— Ils habitaient où ?

— Lyon.

— Le refuge est construit sur un rocher au milieu des Bossons, à plus de trois mille mètres, précisa Alex. Un cadre magnifique.

— Tu as l'air de connaître…

— Il y a quelques années, j'ai fait le Mont-Blanc. L'itinéraire le plus fréquenté passe par Tête-Rousse et l'aiguille du Goûter, où se trouve un célèbre refuge qui ressemble à une soucoupe volante. Par les Bossons, on affronte la glace, il faut être bien équipé.

— Tu es un vrai alpiniste !

— Je ne t'en ai jamais parlé ?

— Aucun souvenir.

— Et toi, bien que passionnée par ce fait divers, tu n'étais pas encore venue ?

— Enfant, j'y ai passé des vacances avec mes parents. Depuis, je n'y ai plus mis les pieds.

Grâce à ses recherches Internet et un repérage sur des cartes au 1/25 000, Léa connaissait avec précision la configuration des lieux, même si rien ne remplaçait les investigations sur le terrain.

De sombres conifères entouraient le parking de tous côtés. La végétation était très dense. Un sentier caillouteux grimpait à travers les arbres, vers le glacier des Bossons. On distinguait l'énorme calotte du Mont-Blanc, en partie dissimulée par la végétation.

Tout était calme. De temps en temps, une voiture passait à petite allure. Comment imaginer que dans un endroit aussi serein avait pu se dérouler un drame aussi atroce ? C'était difficile à concevoir.

— Que fait-on ? demanda Alex, le visage pensif. Il n'y a pas grand-chose à voir.

— Je vais prendre quelques photos, puis on discutera avec les gens du coin, s'ils acceptent de parler. Il paraît que le seul témoin des tirs n'a quasiment rien vu. C'est un Russe qui, le lendemain de la tuerie, est rentré dans son pays. Impossible de le questionner. Quel dommage !

Rire nerveux du photographe.

— Trois ans après, tu crois que des témoins vont te faire des révélations qu'ils n'ont pas faites aux gendarmes ? s'écria-t-il d'une voix teintée d'ironie.

— Oh, tu sais, dans ce genre d'affaires, tout est possible. Et puis, il faut bien commencer par quelque chose…

— Les enquêteurs ont dû faire du porte-à-porte, non ?

— Pas certain. N'oublie pas que les meurtres ont eu lieu quelques jours avant le confinement. J'ai lu dans la presse que l'instruction, pour des raisons logistiques, avait été approximative. Du moins, c'est la version officielle. Après la fin de la pandémie, elle a repris, mais certains indices ont pu échapper à la section de recherches de la gendarmerie chargée du dossier. C'est même probable, très probable.

— Et toi, tu arrives trois ans plus tard, et bingo, tu tombes sur la solution !

Agacée par le ton sarcastique, elle ne répondit pas.

Elle mitrailla les lieux avec son appareil : le parking, les alentours, le paysage, un chalet un peu plus haut, les montagnes. Alex l'imita. Parfois, en observant les prises de vue à tête reposée, on découvre des choses qu'on n'avait pas remarquées sur le moment. Un détail étrange saute aux yeux et trace un chemin vers la vérité. Mais pour l'instant, la vérité semblait lointaine, aussi inaccessible que les aiguilles surplombant la vallée.

Léa partait de presque rien.

Elle s'était lancé un défi qui semblait impossible. Elle en avait parlé plusieurs fois à Ugo, qui s'était gentiment moqué d'elle. Elle avait été vexée.

Elle aurait voulu qu'il l'accompagne, elle aurait eu son point de vue éclairé, scientifique. Il travaillait au CNRS, section bio-informatique, il analysait l'avalanche de données produites par les biologistes à l'aide de modélisations et d'algorithmes. Ugo avait dit qu'il n'avait pas le temps : trop de dossiers en souffrance… Elle avait pensé : *Il aurait pu venir un week-end au moins, ça ne mangeait pas de pain.* Dire qu'on n'a pas le temps est un prétexte assez minable, elle cherchait à ne pas lui en vouloir. Était-ce le signe que tout était fini entre eux ? Pour toujours ? Elle se raccrochait à l'espoir que les choses redeviendraient comme avant, il y a des années, quand ils filaient le parfait amour.

Alex et Léa descendirent à pied vers La Joyeuse Marmotte, un petit chalet doté d'une vaste terrasse en bois d'où la vue sur les sommets était époustouflante. La guinguette proposait un vaste choix de boissons et des plats régionaux.

À cette heure matinale, ils étaient les seuls clients.

Ils s'attablèrent à l'extérieur, commandèrent des cafés. Le serveur était un grand barbu brun. Léa ne voulait pas lui parler des crimes, pas tout de suite, c'était trop tôt, il devait être encore assailli de questions, même trois ans après. Travaillait-il ici lors du drame ? Si c'était le cas, avait-il entendu des coups de feu ? Avait-il vu quelque chose ? Dans les médias, personne n'avait évoqué son hypothétique témoignage.

— Vous connaissez le coin ? demanda-t-elle d'une voix aimable.

La question est idiote, se dit-elle après l'avoir posée. Souvent, elle se sentait idiote, mais tant pis, elle était comme ça.

— Un peu. Je travaille ici depuis la fin du confinement, je ne suis pas originaire de la région. Vous souhaitez avoir des infos sur les randonnées ?

— Oui, c'est ça. On voudrait gravir la montagne de la Côte.

Cette balade permet d'atteindre la Jonction, un lieudit situé entre le glacier des Bossons et celui de Taconnaz, à plus de deux mille cinq cents mètres d'altitude.

Il observa les tennis de ses clients.

— Vous avez d'autres chaussures ?

— Oui, bien sûr. Dans le coffre de la voiture.

— Ouf, j'ai eu peur ! La montagne de la Côte est très pentue, mais surtout, il y a beaucoup de neige en cette saison. Regardez un peu plus haut, ça reste très blanc. Avec des tennis, impossible de monter, c'est une randonnée difficile, même en été.

— Combien de temps pour la Jonction ?

Léa se fichait de la réponse. C'était juste une entrée en matière.

— Plusieurs heures. Même s'il existe une trace, l'enneigement va vous ralentir. Je ne sais même pas si le sentier est visible en ce moment.

— Vous faites de la montagne ?

Vu le physique de l'homme, elle se doutait qu'il était sportif.

— Quand j'ai le temps, oui.

Il s'éclipsa un instant avant de revenir.

— Vous habitez où ? demanda-t-il en apportant les cafés.

— Paris, répondit Léa. J'ai séjourné ici quand j'étais enfant, avec mes parents. On avait adoré le coin. Je ne suis jamais revenue.

— Et vos parents, ils habitent où ?

— Ils étaient de la Nièvre, vous voyez, c'est loin.

Le serveur n'avait pas remarqué qu'elle avait utilisé l'imparfait.

Après avoir respiré un grand coup, elle aborda le seul sujet qui l'intéressait.

— Il y a eu un massacre non loin d'ici, n'est-ce pas ?

— Vous n'êtes pas la première à me poser la question…

Il leva la main dans la direction du parking.

— Un peu plus haut, sur la route, quatre morts. Quelle horreur !

— Vous avez entendu quelque chose ?

— Je ne bossais pas là, je viens de vous le dire. Je suis arrivé il y a deux ans, à la réouverture de la guinguette. Avant, j'habitais Nice. Un peu loin pour entendre les coups de feu !

Léa était directe, seule façon d'avancer.

— Alors vous ne savez rien ?

L'homme semblait étonné par la question.

— Vous faites partie de la police ?

— Du tout, je vous rassure. Je suis une journaliste en train d'écrire un livre sur le sujet.

Elle n'avait aucune raison de le cacher. À quoi bon ?

— Désolé, répondit-il, je ne peux pas vous aider. Les gendarmes m'ont interrogé une fois, quand je suis arrivé ici. Je n'ai pas compris pourquoi, dans la mesure où je n'étais pas sur place le jour du drame. Je n'en sais pas plus que la plupart des Français. J'ai lu la presse, c'est tout.

Léa insista.

— Depuis deux ans, vous avez dû en entendre, des choses, non ?

— Rien.

— Faites un effort, ça m'aiderait.

— Oh, vous savez, des rumeurs vagabondent. Mais vous connaissez les rumeurs, il ne faut pas leur accorder d'importance. La plupart du temps, elles reposent sur du vent.

— S'il vous plaît !

Il observa un instant les sommets enneigés, comme s'il voulait parler d'autre chose. Il murmura d'une voix calme et douce.

— Si vous voulez savoir ce que j'ai entendu, promettez de ne pas parler de moi dans votre livre. Je risquerais d'avoir des ennuis avec certains clients...

Léa ne comprenait pas pourquoi il disait ça. Cette précaution était inutile. En tant que journaliste, elle ne citait jamais ses sources, sauf avec l'autorisation écrite de l'intéressé.

— Je vous le promets.

— Eh bien, des gens prétendent que les quatre victimes ont été tuées par un chasseur... Tout bêtement. Je ne sais pas si c'est le cas.

Léa avait entendu parler de cette hypothèse, qu'elle trouvait farfelue en raison de l'arme utilisée, un pistolet, même si elle refusait de l'écarter.

— Pour quelle raison ?

— Rappelez-vous : certains autochtones ne voulaient pas être contaminés par des étrangers à la vallée. Il n'y avait pas encore eu de morts, ici. On disait que les touristes transportaient le virus. La panique était générale. Quelqu'un aurait tué des randonneurs pour faire fuir les autres...

— Une semaine plus tard, tout le monde était confiné. Si cette piste est la bonne, le bonhomme a agi de manière irrationnelle. À la suite de la déclaration du chef de l'État, la vallée s'est vidée de ses visiteurs en quelques jours.

Un temps avant de reprendre.

— Il y a eu d'autres actes de violence dans le secteur ?

— Rien de bien méchant.

— Pourquoi un chasseur ?

— Une supposition, parmi d'autres. Un bon tireur, en tout cas. Méthodique. Déterminé.

— Il existe un suspect ?

— D'après les enquêteurs, cette piste n'a mené nulle part, mais la rumeur évoque un nom...

Léa sursauta.

— Lequel ?

— Ah ça, je ne vous le dirai pas. Je n'ai pas l'habitude d'accuser des individus à la légère.

— Vous me donnez un indice ?

— À ma connaissance, le suspect n'est pas un chasseur. J'imagine qu'il a été cuisiné par les gendarmes. Officiellement, ça n'a débouché sur rien...

— Me voilà bien avancée !

— De votre côté, vous avez des pistes ?

— Aucune.

Le serveur changea de conversation.

— J'ai un conseil à vous donner : si vous grimpez jusqu'à la Jonction, partez très tôt le matin. Prenez de la marge.

De guerre lasse, elle se dit qu'elle allait quitter les lieux.

— Merci en tout cas. Je m'appelle Léa Grange. Je séjourne au Chardon bleu.

— Le meilleur hôtel de Chamonix, et de loin!

Après un silence, elle poursuivit.

— J'ai oublié de vous poser une question. Vous savez qui travaillait ici à l'époque des faits? Vous avez les coordonnées des serveurs?

— Pas la moindre idée, malheureusement. La guinguette a été fermée pendant le confinement, avant d'être mise en faillite. Elle a été reprise il y a deux ans par un agent immobilier grenoblois. Je ne connais même pas le nom de l'ancien propriétaire.

— J'aimerais questionner ceux qui étaient présents le jour de la tuerie.

— Il paraît que les gendarmes l'ont fait. Lors d'une reconstitution, ils se sont aperçus que les coups de feu n'avaient pu être entendus d'ici à cause du bruit du torrent…

Elle imaginait que le tueur n'était pas venu boire un coup avant et après le massacre, et qu'il ne servirait peut-être à rien de questionner les employés de l'époque, à supposer qu'elle les retrouve. De la terrasse, la route menant au parking était quasi invisible.

Elle tendit sa carte de visite au barbu.

— Pouvez-vous me donner votre nom? Votre téléphone?

— Pourquoi me demandez-vous ça? J'ai dit que je ne voulais pas apparaître dans votre livre.

— Pour vous recontacter en cas de besoin…

Il semblait un brin agacé.

— Si vous avez d'autres questions, repassez, c'est plus simple, mais à mon avis, ça ne servira pas à grand-chose. Je n'ai rien d'autre à ajouter. Si de votre côté, vous flairez une piste, n'hésitez pas à revenir vers moi. À force d'entendre parler de cette histoire, j'aimerais bien savoir ce qui s'est passé.

— Votre prénom?

— Charles… Charles Lebert… Merci et bonne journée.

S'appelait-il vraiment comme ça?

Alex n'avait rien dit, Léa se leva. Ils retournèrent vers la voiture laissée sur le parking du Châtelard.

— Ton sentiment ? demanda le jeune homme.

— Ce que je vais te dire n'a rien d'original, mais j'ai l'impression que ce quadruple meurtre est lié à une affaire locale.

— Mais encore ?

— Quand je lui ai demandé le nom de l'homme suspecté, il aurait pu au moins me suggérer une piste, mais rien ! Il a changé de sujet.

— Une piste locale ? Je ne comprends pas. Les quatre personnes assassinées n'habitaient pas le coin…

— J'ai enquêté sur des dizaines de faits divers et, la plupart du temps, le meurtrier se trouve à quelques centaines de mètres du lieu du crime.

— Tu crois à l'hypothèse d'un homme qui a voulu punir des touristes susceptibles de transporter le virus ?

— C'est une explication parmi d'autres. Mais pour moi, le meurtrier connaissait l'une des victimes, il avait un contentieux avec elle.

— Comment le sais-tu ?

— Une intuition… Je ne dis pas que j'ai raison. En fonction des indices que je glanerai, je changerai peut-être d'avis.

En remontant dans la voiture, elle reçut un texto d'Ugo auquel elle ne s'attendait pas : *Fais bien attention à toi, surtout. Bises.*

Une façon détournée de lui dire « Je t'aime », ou était-il inquiet ?

Les deux amis arrivèrent au Chardon bleu, où ils avaient loué deux chambres.

Après avoir déposé leurs valises, ils déjeunèrent dans le restaurant dont les fenêtres donnaient sur les aiguilles Rouges, un massif situé de l'autre côté de la vallée, juste en face du Mont-Blanc.

Ils commandèrent un plat savoyard, des crozets, féculents de forme carrée à base de farine de sarrasin, et une bouteille d'eau gazeuse.

— D'après ce que j'ai lu, murmura Alex, deux victimes de la tuerie ont vécu leur dernière journée dans cet établissement, n'est-ce pas?

— Exactement. Daniel et Anna Chapuis séjournaient ici depuis une semaine. Ils s'apprêtaient à rentrer chez eux, sans doute, vu la situation épidémiologique.

— Tu m'as dit qu'ils étaient suisses?

— Je me suis renseignée. Ils habitaient quai des Bergues, à Genève, à l'endroit où le Rhône jaillit du Léman, j'ai regardé sur un plan. Des gens *a priori* ordinaires. J'ai lu pas mal d'articles à leur sujet. Une vie sans aspérités, du moins en apparence.

— Leur boulot?

— Daniel Chapuis travaillait à la BCL, la Banque cantonale du lac, dont le siège se trouve sur le quai où il habitait. Quelques dizaines de mètres séparaient son domicile de son bureau.

— Et sa femme?

— Mannequin. Bien plus jeune que lui.

— Des enfants ?

— Non.

— Qui a hérité ? Un couple fortuné, sans enfants, ça peut susciter des convoitises…

— Leurs avoirs sont revenus à la Croix-Rouge, conformément au testament rédigé par les époux. Les crimes n'ont donc pas été commis par un lointain parent…

Un serveur apporta les crozets dégoulinants de fromage.

Léa observa par la fenêtre les montagnes léchées par des brumes de beau temps.

— Quel paysage magnifique ! Ça donne envie de se balader.

Elle avala une première bouchée, avant de reprendre.

— À moins qu'ils aient dissimulé certaines choses, les enquêteurs n'ont pas trouvé le moindre mobile expliquant le meurtre de quatre randonneurs sur le bord d'une route de montagne. Il va falloir que je tombe sur des gens qui aient quelque chose à me raconter. Je ne sais pas trop par où commencer. Et toi ? Que vas-tu faire ?

— Je t'accompagne si tu as besoin de moi. Sinon, j'irai crapahuter, je ferai de jolies prises de vue, ça va me détendre. Tu n'y vois pas d'inconvénient ?

— Aucun.

À Paris, elle avait été étonnée qu'il accepte de l'accompagner. Une exposition consacrée à ses dernières photos dans une galerie parisienne venait de se terminer, il aurait pu enchaîner sur un autre projet, mais il avait préféré venir. Elle se demandait s'il n'était pas un peu amoureux d'elle, mais cela lui était égal.

Ils dégustèrent sans rien dire la spécialité savoyarde. Des questions taraudaient la jeune femme. Pourquoi aucune piste sérieuse, après ce massacre à caractère exceptionnel ? La situation sanitaire avait-elle à elle seule empêché les gendarmes d'avancer ?

À la fin du court repas, le serveur demanda :

— Voulez-vous un dessert, un café ?

— Non merci, répondit Léa. Mais j'aimerais rencontrer le directeur de l'établissement.

Il semblait étonné.

— Vous n'êtes pas satisfaits de votre déjeuner ?

— C'était excellent mais je demande à le voir pour une autre raison…

— Le directeur est occupé… Je vais lui transmettre votre message…

— Son nom ?

Le serveur était surpris par l'insistance de la jeune femme.

— M. Bruno Lopez. Gérant de trois hôtels dans la vallée, mais le meilleur, c'est ici, bien sûr ! Le Chardon bleu est un petit palace… Allez, je vous offre un digestif. Un génépi, ça vous dit ?

— C'est gentil, mais j'aimerais vraiment voir le directeur ! Je suis journaliste.

Elle brandit sa carte de presse.

— Vous allez faire un article sur nous ?

— En quelque sorte…

Le serveur s'éclipsa, pendant qu'Alex regagna sa chambre.

Léa se retrouva seule quelques instants, envahie par le doute. Elle se demandait si elle avait bien fait de venir à Chamonix trois ans après le drame. Elle craignait que personne ne veuille parler d'une tuerie qui avait souillé l'image de la vallée.

M. Lopez arriva quelques minutes plus tard.

Léa se leva et se présenta en deux ou trois mots. Elle parla du livre qu'elle avait l'intention d'écrire.

Sans être désagréable, l'homme n'était pas très chaleureux.

— Que cherchez-vous à savoir ? dit-il d'un ton sec.

— Étiez-vous là le jour de la tragédie ?

— Affirmatif.

— Avez-vous remarqué quelque chose d'anormal ?

— Rien.

— Un couple assassiné séjournait ici. L'aviez-vous rencontré ?

Lui aussi semblait étonné.

— Voyez-vous, je reçois des centaines de clients. Le Chardon bleu est le meilleur établissement de la vallée. Vous ne trouverez aucun équivalent à trente kilomètres à la ronde. Il faut aller à Megève pour tomber sur un établissement de ce niveau, c'est dire. Des gens du monde entier séjournent ici. Je gère plusieurs hôtels dans le secteur. Vous imaginez bien que je n'ai quasiment aucun contact avec mes clients.

— Vous n'avez donc pas rencontré Anna et Daniel Chapuis ?

— Peut-être croisés… Je ne sais pas.

— Avez-vous quelque chose à me dire sur eux ?

— Il paraît que c'étaient des gens tout à fait ordinaires. Ils ont payé leur réservation en ligne, ils ont séjourné une petite semaine, ils s'apprêtaient à repartir. J'ai appris plus tard qu'ils avaient l'intention de faire une petite balade à pied avant de regagner Genève. De toute façon, l'hôtel fermait le surlendemain soir, sur décision gouvernementale, comme tous les hôtels de France. Une mesure absurde.

— Pourquoi absurde ?

— Nous avons frôlé le dépôt de bilan, à cause d'un virus qu'on aurait pu combattre d'une autre manière, mais c'est une autre histoire.

— Les Chapuis avaient-ils l'air inquiets ?

Il haussa les épaules.

— Les enquêteurs m'ont posé dix fois la même question. Eh bien, voyez-vous, je n'en ai pas la moindre idée. Personne ne lit dans les pensées. Mes employés m'ont dit qu'ils étaient calmes. Ils ne se sont jamais plaints. Il y a un cahier de réclamations à la disposition des clients. Ils n'ont rien écrit.

— Comment expliquez-vous ces meurtres ?

— Aucune idée. Si ça se trouve, ce sont des victimes collatérales, vous l'avez sans doute lu dans la presse. Ils se sont retrouvés au mauvais endroit au mauvais moment.

Il changea de conversation.

— Le déjeuner vous a-t-il plu ?

— Excellent !

— J'espère que le séjour ici vous sera agréable. N'hésitez pas à me solliciter si vous avez le moindre problème.

— C'est gentil.

Après un silence, elle ajouta :

— Vous n'avez donc aucune information à me fournir sur les victimes ?

— Non, désolé.

Un mur en béton armé.

— Ici, qui les a côtoyées ?

La voix de l'homme cessa d'être aimable.

— Je comprends que vous vous intéressiez au sujet, mais je ne souhaite pas que vous questionniez mes employés. Vous n'avez aucun mandat pour ça. Et par ailleurs, j'aimerais que mon nom et celui de mon établissement ne soient pas mentionnés dans votre livre.

Allons bon, lui aussi.

— Pourquoi ?

— Cette affaire ne nous a pas fait de pub…

— En quel sens ?

Il se raidit.

— Le Chardon bleu a accueilli un couple qui a été massacré, rendez-vous compte ! En termes d'image, on ne peut pas faire pire.

— Depuis ce massacre, votre établissement est connu dans la France entière !

— Un double meurtre, puis un confinement. Quelle année noire ! Madame, je n'ai rien d'autre à vous dire. J'ai une réunion dans cinq minutes. Je vous laisse. Bonne journée.

Il tourna les talons.

Décontenancée, Léa n'insista pas. De toute façon, soit il ne savait rien, soit il savait des choses qu'il gardait secrètes.

Elle ouvrit le petit sac à dos qu'elle avait toujours avec elle. Il contenait son ordinateur, plusieurs documents et les photos des victimes imprimées sur papier.

Anna Chapuis était une belle jeune femme élégante. Une chevelure blonde. Daniel, beaucoup plus âgé, avait un visage poupin, des cheveux gris. Léa n'avait rien lu sur eux indiquant qu'ils étaient menacés. Un couple suisse aisé a séjourné dans un bel hôtel à Chamonix, quoi de plus banal ? Avant de rentrer à Genève, ils avaient décidé de faire une randonnée. Laquelle ? Une marche vers la langue terminale du glacier des Bossons ? Une balade pour se dégourdir les jambes dans la forêt ? Personne n'en savait rien. Dans le coffre de leur Audi blanche, les enquêteurs avaient retrouvé des petits sacs à dos contenant un goûter et des bouteilles d'eau.

À cet instant précis, les deux autres randonneurs avaient débouché sur le parking.

Le couple Meunier – Clotilde et Félix –, c'étaient deux jeunes scientifiques. Ils habitaient le quartier de la Croix-Rousse, à Lyon. Lui était professeur à l'université, elle chercheuse dans une start-up. Au lendemain de leur mort, en surfant sur Internet, Léa n'avait rien trouvé de particulier sur eux, ils n'étaient inscrits sur aucun réseau social, à moins que les enquêteurs n'aient fait disparaître leurs profils juste après le drame. Si c'était le cas, pour quelle raison ? Ces mêmes enquêteurs avaient mis plusieurs jours à effacer ceux des Chapuis. Les Meunier étaient-ils absents de la Toile avant leur mort ou leurs traces numériques avaient-elles été supprimées en urgence par la cyberpolice ? Ce fait à lui seul était étrange. Léa n'avait pas réussi à joindre les deux familles du couple, le nom était trop courant pour entreprendre une recherche. Un profil Facebook l'aurait arrangée, mais aucun des deux n'en possédait.

L'Audi et la Toyota avaient été mouchetées de rouge, les quatre randonneurs étaient morts sur le coup.

Léa soupira. En dépit des injonctions du directeur, elle voulait interroger les employés de l'hôtel. Elle imaginait que certains d'entre eux travaillaient ici à l'époque des faits.

Elle se dirigea vers la réception. Un jeune homme brun se tenait derrière. Il portait un badge avec son nom : *Mathis Lefrançois*. Il était vêtu d'un costume sombre et d'une chemise blanche.

Elle avait discuté trois minutes avec lui tout à l'heure en prenant la clé de sa chambre. Ils n'avaient échangé que des banalités.

Il esquissa un sourire en la voyant debout devant le comptoir.

— Que puis-je faire pour vous ?

— Tout va très bien. Le repas était délicieux. Vous avez quelques minutes à me consacrer ?

— La chambre ne vous convient pas ?

— Je voudrais vous poser des questions sur la tuerie du Châtelard, j'écris un livre consacré au sujet.

Le visage du jeune homme se ferma.

— Ah, désolé, mais le directeur nous a interdit d'évoquer la question. Nous sommes assaillis de demandes émanant de journalistes, nous ne donnons pas suite.

Elle ne se démonta pas.

— Vous étiez en service ce jour-là ?

— Peut-être.

Son visage était impassible. Il changea brutalement de conversation.

— Avant, j'habitais en Côte-d'Or, près de Montbard. Si je travaille ici, c'est que j'adore la montagne. Dès que j'ai un moment de libre, je fais de la randonnée.

Elle ne voyait pas le rapport avec la question qu'elle venait de poser.

— Qui était à la réception le jour du drame ?

— Madame, encore désolé, mais je ne peux rien dire. Ce serait une faute professionnelle de vous parler de ce sujet.

Elle était dubitative.

Partout des murs, des parois rocheuses.

Elle regarda Mathis ; il savait forcément quelque chose.

— De toute façon, je ne suis au courant de rien, ajouta-t-il. Rien du tout !

Elle le taquina, mine de rien.

— Vous avez entendu parler du drame, non ? Un couple a séjourné ici avant d'être massacré, ce n'est pas chose banale.

Mathis regarda autour de lui, inquiet.

Léa imaginait qu'il craignait l'arrivée du directeur.

— Peut-on se voir ailleurs qu'ici, une fois votre service terminé ? demanda-t-elle.

— Impossible. Et puis, je n'ai aucune information à vous donner. Vous perdez votre temps, avec moi.

— Je vous laisse. Voici ma carte de visite. Je m'appelle Léa Grange.

Elle lui adressa un joli sourire mais elle n'insista pas et regagna sa chambre.

Un petit balcon en bois donnait sur le Mont-Blanc. Au-delà des sapinières, elle apercevait les immenses glaciers qui descendaient vers la vallée. Celui des Bossons ressemblait à une énorme langue blanche couturée de séracs. Il avait reculé à cause du réchauffement climatique mais restait impressionnant. Elle avait lu dans un guide que c'était la plus grande cascade de glace d'Europe, elle ne savait pas si c'était vrai.

Alex la rejoignit quelques minutes plus tard.

— Alors ? Du nouveau ?

— Cette vallée est une tombe.

— Une tombe ?

— Tu connais la Corse ? Là-bas règne l'omerta, la loi du silence. Ici, c'est exactement la même chose. Personne ne veut parler de ce massacre, j'en apprends davantage en discutant avec des Parisiens.

— Pour quelle raison ?

— Imagine que j'écrive qu'un tueur fou rôde toujours dans le coin, ce serait désastreux pour le tourisme.

— Tu crois qu'un dingue a tiré sur des gens qu'il ne connaissait pas ?

— Je ne crois rien. Quand je m'intéresse à une enquête, je pars des faits, rien que des faits, mais cette hypothèse n'est pas à exclure.

— Une piste de plus. Tout à l'heure, tu supposais que l'assassin connaissait l'une des victimes.

— C'est une autre possibilité, oui.

— S'il s'agit d'un tueur fou, dit Alex d'un ton sarcastique, il faudrait qu'il récidive pour être démasqué… Or, il ne l'a pas fait. À ce stade, tu vas avoir du mal à le retrouver.

— Tu as parfaitement raison sur ce point ! Si cette piste est la bonne, le meurtrier ne connaissait pas les victimes. Le seul mobile, c'est sa folie, d'où la difficulté à le coincer. Les enquêteurs ressassent qu'ils n'ont rien trouvé de décisif, mais disent-ils tout ?

Léa était songeuse. Elle avait l'impression d'être au pied d'une montagne infranchissable, le Cervin du mystère. Elle avait consulté les centaines d'articles consacrés au sujet, elle n'avait pas d'idée précise quant à la raison de cette tuerie. Juste des intuitions.

— Que vas-tu faire ? lui demanda son ami.

— Je vais enfoncer les portes. Les gens me diront des choses qu'ils n'ont pas avouées aux forces de l'ordre. Je suis une femme et je ne fais pas partie de la police, ça met les témoins en confiance.

— Tu as l'air sûre de toi.

— J'ai toujours agi comme ça.

En début d'année, elle avait réussi à retrouver un meurtrier qui avait échappé aux radars des enquêteurs.

— Je ne remets pas en cause ceux qui travaillent sur cette affaire, poursuivit-elle, mais ils sont obligés de respecter des procédures très encadrées et très bureaucratiques. Et parfois, pour ces raisons, ces gens-là manquent d'intuition… Moi, j'agis de manière pulsionnelle, au feeling.

Elle décrocha le téléphone de la chambre.

— Allô, Mathis ? Ici Léa Grange. Je ne vous dérange pas ?

— Je ne peux pas parler.

— Vous me l'avez dit. Dans ce cas, rencontrons-nous à l'extérieur.

— Compliqué… Si on nous voit…

— Quel est votre jour de congé ?

— Demain.

— Parfait. On se voit dans un bar ?

— J'ai prévu d'aller au lac Blanc. Vous voyez où c'est ?

— Je me renseignerai. Ça vous dérange qu'on se retrouve là-bas ?

Un interminable temps d'hésitation à l'autre bout du fil.

— Alors ? insista Léa. Soyez tranquille. Je ne dirai rien, vous avez ma parole. Tout restera entre nous.

— Entendu, à midi, au lac Blanc. Venez seule.

Il raccrocha.

Léa ne s'attendait pas à ce qu'il fasse des révélations au téléphone, mais elle avait réussi à le convaincre de discuter.

Elle se tourna vers Alex.

— Tu vois, il suffit d'insister.

— Tu es drôlement fortiche ! Qu'est-ce qu'il t'a dit ?

— Presque rien. Il est en congé demain. Il va crapahuter dans la montagne jusqu'au lac Blanc. On voit à son physique qu'il est sportif, je vais prendre de la marge pour ne pas le faire attendre. Je craignais qu'il refuse tout dialogue, mais je me suis trompée. S'il ne dit rien à l'hôtel, c'est parce qu'il n'en a pas le droit. Tout simplement. J'espère qu'il a des choses importantes à m'apprendre.

Mardi 9 avril

Lac Blanc.

Belvédère incomparable.

À cette époque de l'année, la neige couvrait le sol, le lac était gelé, d'où son nom.

Léa s'y rendit seule. Elle avait emporté une carte détaillée de la vallée. Le lac se trouvait dans le massif des aiguilles Rouges, face à la mer de Glace et l'aiguille Verte. De là, on voyait quasiment tous les sommets de la chaîne, du Mont-Blanc aux Grandes Jorasses.

Elle emprunta le téléphérique de La Flégère puis celui de l'Index. Elle était partie à l'aube, très en avance, munie de bâtons de marche. Elle avait emporté un ravitaillement. Cette balade, facile en été, à deux mille trois cents mètres d'altitude, avait des allures de haute montagne en avril en raison de l'enneigement. Heureusement, il existait une trace qui permettait d'avancer sans difficulté.

Aucun randonneur. Le ciel était pur, le soleil radieux. Elle était sensible à la beauté du paysage.

Elle ne savait pas ce que Mathis allait lui dire, elle n'en avait pas la moindre idée.

Elle l'attendit deux heures sur un rocher en contemplant l'immensité.

Le jeune homme arriva, habillé d'une combinaison sportive, muni lui aussi de bâtons, un petit sac sur le dos. Il avançait vite, on voyait qu'il avait un excellent niveau.

Il aperçut la journaliste assise sur un rocher.

— Ah, Léa, content de te voir !

Elle était surprise par le changement radical d'attitude du garçon. Hier froid comme la glace, aujourd'hui très amical : il l'avait tutoyée comme si elle était devenue une copine du jour au lendemain. C'était presque bizarre.

Il vint près d'elle, planta ses bâtons dans la neige et retira ses lunettes de soleil.

— Je ne t'ai pas fait attendre ?

Elle ne voulut pas lui dire qu'elle était arrivée très en avance.

— Tu es pile à l'heure !

— Hier, je suis désolé d'avoir été désagréable, mais j'étais en service. L'ambiance est très particulière à l'hôtel.

— En quel sens ?

Il s'assit sur un autre rocher.

— Le directeur nous interdit formellement de discuter avec les clients, sauf pour les besoins du service.

Léa hocha la tête.

— Assez habituel dans un établissement de ce standing, non ?

— Garde ça pour toi, mais il se comporte comme un tyran. Je ne vais pas te dresser la liste des interdictions, mais elle est effarante. Il nous a transformés en robots.

— Il a toujours été comme ça ?

— Le meurtre des Chapuis l'a métamorphosé. C'est la chose dont il ne faut surtout pas parler et les gens n'arrêtent pas de nous poser des questions à ce sujet !

— Il a peur de quoi ?

— Je ne sais pas, mais la tuerie du Châtelard est un sujet tabou. Même entre employés, on ne doit pas l'évoquer. Il promet de nous virer si nous ne respectons pas ses consignes.

— Très curieux ! Et là, tu viens pour m'en parler…

— Je sais bien que tu ne crieras pas sur tous les toits qu'on s'est rencontrés. En principe, les journalistes ne révèlent pas leurs sources.

— Exact !

Elle regarda le lac gelé : une mini-banquise. En été, les blanches montagnes se reflètent dans le miroir de l'eau.

Une marmotte jaillit d'un terrier et poussa un cri aigu en observant les alentours. Elle gambada quelques instants puis retourna d'où elle était venue.

— Comment expliques-tu l'attitude de M. Lopez ?

Le jeune homme inspira longuement.

— Concernant le couple assassiné, les médias ont été mal informés…

— Les gendarmes aussi ?

— À mon avis, ils savent tout.

— Explique-moi !

— Les Chapuis ont été décrits comme un couple parfait, ce que M. Lopez répète inlassablement aux clients qui lui posent des questions. Des Genevois sans histoire. La réalité était tout autre. Ils se détestaient.

— Vraiment ?

Léa savait qu'il fallait se méfier des rumeurs. Quand elle enquêtait sur certains meurtres, elle entendait toutes sortes de ragots. Certaines personnes répétaient comme des perroquets ce qu'on leur avait dit, sans rien vérifier, en déformant parfois ce qu'elles avaient entendu. La plus célèbre rumeur restait celle d'Orléans : en 1970, la ville entière était persuadée que des jeunes filles disparaissaient dans les cabines d'essayage de magasins de prêt-à-porter, alors qu'il n'en était rien.

Elle savait cependant que certaines d'entre elles n'étaient pas dépourvues de fondement.

Elle ignorait si Mathis travaillait à l'hôtel le jour des meurtres.

— Tu étais à la réception quand les Chapuis sont partis à leur rendez-vous avec la mort ?

— Je faisais partie du personnel mais, à cet instant précis, je n'étais pas en service. Le réceptionniste, un certain Nicolas, qui bossait à cette heure de la journée, m'a raconté des choses…

— Tu es toujours en contact avec lui ?

— Il n'est pas revenu après le confinement. Je ne sais pas ce qu'il devient. Nous n'étions pas amis. Je n'ai pas ses coordonnées. Il n'a pas de page Facebook.

Il fallait que Léa tienne compte de ce point essentiel : Mathis n'avait pas été témoin du départ des Chapuis avant le massacre.

— Que t'a dit Nicolas ?

— Avant de parler de la journée du 7 avril, je voudrais te révéler une chose importante. Anna était une très belle femme…

— Je sais, j'ai vu sa photo. Un mannequin.

— Mais très perturbée…

— Perturbée ?

— Après le dîner, tard dans la nuit, elle restait seule au bar. Parfois, elle quittait l'hôtel.

— Et son mari, où était-il dans ces moments-là ?

— Je ne sais pas. Sans doute dans leur chambre.

— Jusque-là, rien d'extraordinaire.

— Elle se saoulait. Elle buvait des bouteilles entières de gin. Elle poussait des cris, c'était fou. Au début, le directeur ne disait rien, mais le couple est resté une semaine, et tous les soirs c'était la même comédie. Au bout de trois jours, Lopez lui a dit que son attitude nuisait à l'image de l'établissement. Les autres clients ne fréquentaient plus le bar à cause d'elle.

Léa soupira. Ces scènes avaient dû être éprouvantes à vivre pour les résidents, mais jusque-là elle ne voyait aucun lien avec le meurtre. Anna était alcoolique, cela n'avait rien d'original.

— C'est tout ? soupira-t-elle.

— Écoute la suite. Dans la journée, chacun s'en allait de son côté, à des heures différentes. Ils sortaient rarement ensemble. Lui partait en tenue de randonneur.

— Et elle ?

— On ne sait pas. Elle quittait l'hôtel, toujours vêtue d'une jupe. On suppose qu'elle restait dans Chamonix, elle revenait chargée de courses…

— Banal…

— La nuit, quand elle remontait dans leur chambre, très tard, on entendait des hurlements. Ils criaient, tous les deux. Le directeur a failli appeler les gendarmes car les autres clients se plaignaient… Des cris dans la nuit, dans un palace, ça faisait mauvais genre.

Pour Léa, c'était un début de piste, un couple qui se disputait. Mais la preuve de rien.

— Cela n'explique pas qu'Anna et Daniel aient été assassinés… Si le mari ou la femme avaient été tués seuls, on aurait eu un début d'explication… Mais là…

Mathis effectua quelques pas dans la neige. La jeune femme eut l'impression qu'il voulait partir.

— C'est tout ? demanda-t-elle, un peu déçue.

— Oh, tu sais, en observant Anna, le directeur a eu une intuition.

— C'est lui qui t'en a fait part ?

— Il ressasse cette version en interne. À la presse, il n'a rien raconté. Cela dit, je ne sais pas si c'est du sérieux, je me contente de t'informer : avant le meurtre, pendant quelques jours, un jeune homme blond fréquentait le restaurant. Toujours seul. Je le voyais régulièrement. Je ne sais pas comment il s'appelait… Ses yeux étaient d'un bleu intense, il faisait fils de bonne famille, visage rasé de près, cheveux gominés et raie sur le côté. J'ai parlé plusieurs fois avec lui, rapidement, pour les besoins du service, cela m'arrivait de travailler en salle…

— Oui, et donc ?

— Il s'installait à une table, toujours la même, il lisait un journal… J'ai trouvé sa présence étrange. Un jeune homme qui mange seul dans un restaurant gastronomique, ce n'est pas très courant… Au début, j'ai cru que c'était un inspecteur du *Michelin*, mais si cela avait été le cas, il ne serait pas revenu plusieurs jours.

— Pour toi, c'était qui ?

— Il payait en espèces. Le directeur a parlé de lui aux enquêteurs, paraît-il, je ne sais ce qu'ils en ont pensé.

— En quoi est-il suspect ?

— Il est venu au moment où le couple Chapuis a commencé son séjour, il s'est évaporé juste après les meurtres… Étrange coïncidence, non ?

— Un rapport de cause à effet ?

— On ne sait pas. Mais un détail est surprenant.

— Lequel ?

— Quand le couple est parti pour sa dernière promenade, Nicolas, le réceptionniste, a eu l'impression que le jeune homme blond l'a suivi : il finissait de déjeuner, les Chapuis ont traversé le hall, visibles de la table où il se trouvait, il s'est levé brutalement, a laissé un billet de cinquante euros, puis a disparu.

Pour Léa, cette coïncidence ne prouvait rien. Quitter sa table à la fin d'un déjeuner n'avait rien d'extravagant.

— Les enquêteurs ne savent pas qui c'est ?

— Je l'ignore, mais dans l'hôtel, la rumeur court qu'il est le meurtrier.

— Il n'a jamais payé par carte bancaire ?

— Jamais, Léa, jamais. Rien que ça, c'est bizarre. Comme s'il voulait éviter d'être identifié.

— Son portable ?

— Que veux-tu dire ?

— Les enquêteurs ne l'ont pas tracé grâce à son téléphone ? On retrouve certains meurtriers comme ça...

— Je n'en sais rien... Je te dis simplement en quoi consiste la rumeur tenace qui tourne depuis le massacre au sein du personnel... Le couple aurait été tué par ce mystérieux client...

— Une idée du mobile ?

— Les théories les plus folles circulent...

— Par exemple ?

— Qu'il était l'amant d'Anna... Qu'il la voyait en cachette en dehors de l'hôtel... La nuit... Le reste du temps, il venait dans le restaurant pour l'admirer de loin, sans rien dire. Son mari savait qu'elle avait un amant, mais il ignorait qui... D'où la violence au sein du couple. Daniel lui reprochait d'être infidèle.

— Anna discutait-elle avec le jeune homme au restaurant ?

— Pas une seule fois.

— À supposer que cet individu ait été son amant, pourquoi aurait-il tué celle dont il était amoureux ? Quelque chose ne colle pas.

— La femme qu'il désirait le plus venait peut-être de lui annoncer que tout était fini entre eux. Le désespoir l'aurait rendu fou.

Le soleil resplendissait dans un ciel vierge de tout nuage. Même à cette altitude, la température était douce, presque chaude. La neige fondait à toute vitesse. Les torrents débordaient d'eau fraîche et pure. Des chamois s'accrochaient aux parois rocheuses surplombant le lac.

Léa n'était pas enthousiasmée par la piste évoquée par Mathis, mais à défaut d'en avoir une autre, elle allait l'explorer. Il fallait qu'elle retrouve ce mystérieux client, mais comment ? Elle n'avait rien lu à son sujet dans les médias et, à l'évidence, ce n'est pas M. Lopez qui allait la renseigner. Il savait sûrement une foule de choses qu'il dissimulait.

Elle regarda le réceptionniste droit dans les yeux.

— Et toi ? Tu crois à cette version des faits ?

— Encore une fois, je n'ai aucun avis particulier. Je ne fais que répéter ce qu'on murmure à l'hôtel. J'espère ne pas t'entraîner sur un mauvais chemin. Il existe d'autres hypothèses, toutes invérifiables…

À ce moment très précis, Léa aperçut un randonneur au loin. Quelqu'un qui marchait à vives enjambées. Il avait l'air pressé.

Quand il s'approcha, elle le reconnut sans peine.

Alex.

Elle lui avait dit qu'elle montait au lac Blanc, il avait répondu qu'il resterait à Chamonix pour la journée.

Pourquoi venait-il à sa rencontre ?

Léa était intriguée. Avait-il voulu, sur un coup de tête, aller marcher en montagne ? Cela n'avait rien d'impossible, mais elle avait l'intuition que quelque chose de grave s'était produit.

Il arriva et, sans même saluer le réceptionniste, il annonça :

— J'ai essayé de t'appeler plusieurs fois.

— Ah, désolée, j'avais coupé mon portable.

Quand elle se promenait à pied, elle désactivait son téléphone, elle ne voulait pas être dérangée.

— Que se passe-t-il ? murmura-t-elle d'une voix inquiète.

— Une chose incroyable vient de se produire.

— Vraiment ?

— Ta voiture a été incendiée. Ce n'est plus qu'un amas de tôles calcinées.

— Non, c'est pas vrai !

Les incendies de voitures étaient courants dans les grandes villes, mais à Chamonix, ce type d'incident avait quelque chose d'irréel.

— D'autres véhicules ont-ils subi le même sort ?

La réponse était capitale.

— Seule la tienne a brûlé.

— Comme ça, en pleine journée ?

Elle essayait de se raccrocher à l'espoir que personne ne lui voulait de mal.

— Incompréhensible, concéda Alex.

L'explication était pourtant très claire.

— Quelqu'un a-t-il vu le pyromane ?

— Je ne sais pas, il faudra demander aux gendarmes. Je rentrais à pied du centre de Chamonix. Les pompiers étaient sur place, ils arrosaient ton véhicule, l'incendie a été circonscrit très vite. Comme tu ne répondais pas au téléphone, j'ai couru vers le téléphérique pour te rejoindre.

Mathis écoutait sans rien dire, avant de prendre la parole.

— Première fois que j'entends parler d'une voiture incendiée ici. Ce n'est pas dans la culture locale de commettre ce genre de délit.

Léa ne montra pas son trouble. Sa voix était comme indifférente à la situation.

— J'étais visée. Forcément. Un avertissement. On cherche à m'effrayer.

Alex hocha la tête.

— Tu penses que le pyromane est l'auteur de la tuerie du Châtelard ?

— Lui ou un complice. Qui d'autre ? À la limite, si plusieurs voitures avaient été incendiées, on aurait pu penser à une bande de voyous, mais là…

— Si c'est bien lui, comment a-t-il appris que tu étais dans le coin ?

— Oh, ce n'est pas très compliqué. Je ne t'ai pas dit, mais j'ai prévenu *Le Dauphiné libéré*, qui m'a accordé une interview la semaine dernière, consacrée au livre que je suis en train d'écrire. J'ai lancé un appel à témoins en disant qu'on pouvait me contacter sur ma page Facebook, où l'on voit mon visage, et même ma voiture.

— Ce n'est pas très malin.

— J'en conviens, mais quand je m'intéresse à une affaire, j'agis comme ça. Je préviens de ma venue, et ça marche. Des gens qui n'osent pas parler à la police se confient à moi. Si je ne le fais pas, je patauge. Je reconnais que c'est à double tranchant. Si le tueur rôde dans le coin, je deviens une cible potentielle.

Elle ne quittait pas des yeux le fond de la vallée.

— Bon, on va redescendre. Mathis, je suis navrée mais on va te fausser compagnie, sauf si tu veux revenir avec nous en téléphérique. Tu me donnes ton numéro de portable ? À la réception de l'hôtel, je ferai celle qui ne te connaît pas…

Il lui laissa ses coordonnées.

— Je vais escalader un petit sommet, précisa-t-il. Un truc facile.

Il reprit ses bâtons et s'éloigna.

— Il t'a révélé des choses intéressantes ? demanda Alex d'un air intrigué.

— Il m'a parlé du couple assassiné qui séjournait à l'hôtel, les Chapuis.

Elle lui résuma en quelques mots ce que le réceptionniste lui avait raconté, en ajoutant qu'elle avait été surprise par son attitude qui avait radicalement changé par rapport à la veille :

— Les informations qu'il m'a données sont imprécises mais il faut que je fouille cette piste. Dans une affaire criminelle, rien n'est jamais impossible.

Léa constata qu'il ne restait pas grand-chose de sa voiture : vitres explosées, sièges carbonisés, habitacle noirci... Un cordon de sécurité blanc et rouge l'entourait. Le feu étant éteint, il n'y avait plus de pompiers.

Elle était ennuyée par cet événement auquel elle ne s'attendait pas. Elle avait manqué de prudence en annonçant qu'elle venait enquêter sur le quadruple crime du Châtelard.

— Le tueur hanterait-il encore la zone ? murmura-t-elle en regardant Alex avec des yeux interrogatifs. Je vais porter plainte à la gendarmerie, tu m'accompagnes ?

Après une petite marche, ils entrèrent dans le bâtiment des forces de l'ordre. Un homme en uniforme bleu les accueillit avec amabilité.

— On vient de mettre le feu à ma voiture sur le parking devant le Chardon bleu.

— Ah, c'est vous ? Nous sommes allés sur place après l'arrivée des pompiers, qui ont tout éteint rapidement. Vous portez plainte, j'imagine, à moins que l'origine du feu soit accidentelle.

— Accidentelle ? J'en doute. Le moteur était coupé depuis plusieurs heures et ma voiture est récente. Quelqu'un a mis le feu !

Il semblait dubitatif.

— Chamonix ne connaît jamais ce genre d'incident. On n'est pas en Seine-Saint-Denis. Quelqu'un vous en veut ?

— Sans doute.

Elle ne voulait pas évoquer son enquête, en tout cas pas à ce planton.

— Vous avez une piste?

— Aucune. Et vous?

Il soupira.

— Des badauds étaient sur place. Nous les avons questionnés. Quelqu'un a vu un homme portant un masque juste avant l'incendie.

— Un masque?

— Oui, un masque chirurgical. Vous savez, ceux qu'on nous a obligés à utiliser pendant la pandémie. Même si le virus a quasiment disparu, il n'est pas interdit d'en avoir un. Les délinquants mettent des masques quand ils passent à l'acte, ça complique les enquêtes.

— Il n'avait donc pas envie d'être reconnu!

— Probable. Le masque couvrait une grande partie de son visage. De plus, il avait des lunettes de soleil et une casquette. Rien d'illégal à tout ça!

— Des caméras dans le coin?

— À cet endroit, non. L'hôtel est un peu excentré. On ne peut pas en mettre partout.

— Vous allez faire une enquête?

— Nous n'avons pas le temps. Votre assurance vous remboursera.

Il sortit un formulaire de dépôt de plainte.

— C'est simple, vous remplissez ces pages et vous signez. Je vous laisserai une copie, vous enverrez ça à votre assureur.

— Et si je retrouve le coupable, je fais justice moi-même?

Le gendarme n'avait pas compris l'ironie mordante de la jeune femme.

— Ah non, surtout pas! Interdit par la loi. Vous nous prévenez.

— Je sais bien, je vous taquine, cher monsieur, mais je suis très étonnée qu'aucune enquête ne soit diligentée.

Après un silence:

— Je travaille pour un journal, ajouta-t-elle, j'aimerais rencontrer votre supérieur.

Il semblait surpris.

— Pour votre voiture ? Mais je vous ai tout dit. Le règlement est le règlement. Voir le major ne servirait à rien.

Elle sentit la rage monter en elle.

— Je veux le voir pour une autre raison. Pour parler de meurtres.

Le visage du gendarme se figea.

— Il y a eu un meurtre ? Quelqu'un a brûlé dans la voiture ? Nous n'avons rien remarqué.

— Je ne peux pas attendre, voyez-vous !

Elle avait l'impression que le gendarme appliquait scrupuleusement une procédure : pas d'enquête pour une voiture brûlée. Rien ne le ferait changer d'avis.

Depuis qu'elle était arrivée ici, elle avait l'impression que personne, à l'exception de Mathis Lefrançois, ne voulait l'aider. Elle n'avait reçu aucun message sur son profil Facebook. La vallée était recroquevillée sur elle-même, ensevelie sous une avalanche de silence.

À contrecœur, le gendarme finit par obtempérer. Il décrocha son téléphone et appela son supérieur.

Pour ne pas compliquer les choses, Alex la laissa rencontrer seule le major.

À peine entrée dans son bureau, elle s'exclama.

— Cher monsieur, un grand merci de me recevoir ! J'ai plusieurs questions à vous poser. Je suis journaliste.

— Major Frédéric Joulain, asseyez-vous, répliqua-t-il d'une voix sèche. J'ai cinq minutes à vous consacrer. Pas une de plus.

— Dans ce cas, je vais être directe. J'écris un livre sur la tuerie du Châtelard. D'après vous, qui est l'auteur de ce quadruple meurtre ?

Il secoua la tête.

— Mais je n'en sais rien ! Tout a été dit dans la presse. Et puis, je ne suis pas juge d'instruction. Si vous voulez le voir, allez à Annecy, c'est là qu'il travaille. Ou plutôt « elle », car c'est une femme, Mme Marie-Odile Viallard. Une grande professionnelle.

Léa faisait celle qui n'avait pas entendu.

— C'est vous qui êtes arrivé le premier sur la scène de crime ?

— Je ne suis pas censé répondre aux questions des journalistes. Il me faut un accord de ma hiérarchie.

— Cela restera entre nous. Alors ?

Il semblait embarrassé.

— Oui, c'est moi. Un cycliste nous a appelés en disant qu'il y avait eu des meurtres à la sortie de Chamonix. J'ai foncé vers le parking avec des collègues. Puis les pompiers sont arrivés. La scène de crime a été gelée, la zone bouclée. La section de recherches de la gendarmerie est arrivée peu après. Mais ça, vous le savez déjà. Tous les médias en ont parlé. Le soir même, malgré la pandémie, des journalistes ont débarqué de la France entière, et même de plus loin. Quatre randonneurs massacrés à Chamonix, ce n'est pas chose banale. Je n'ai rien d'autre à ajouter. Regardez sur Internet, il y a des centaines d'articles consacrés au sujet.

Elle plongea son regard dans celui du gendarme.

— Pour vous, qui a tué ces malheureux ?

— Comment voulez-vous que je le sache ? L'enquête est en cours, demandez à la juge d'instruction. Elle a peut-être une idée, mais moi, je n'en ai aucune.

Elle sentait qu'il ne voulait pas se mouiller.

Elle y alla au bluff.

— Un type du coin m'a parlé d'un suspect.

Il écarquilla les yeux.

— Oui, effectivement, on a arrêté un suspect, ou plutôt, plusieurs suspects. Mais ça n'a rien donné. Nous avons questionné des dizaines de gens : guides de montagne, patrons de restaurants et d'hôtels, gérants de magasins, et j'en passe… Le meurtrier court toujours. Vous avez une hypothèse en tête, vous ?

— Pas pour l'instant, mais nous pouvons coopérer.

— En principe, on mène l'enquête en interne.

— Vous avez besoin de toutes les bonnes volontés pour avancer, non ?

— Certes. Si vous avez des preuves concrètes, je suis preneur.

— Vous croyez à une piste locale ?

— Ah, désolé, mais ce sont les enquêteurs qui posent des questions, pas l'inverse !

— Dommage que nous ne puissions pas collaborer… Depuis trois ans, vous piétinez, et moi je vous propose mes services gratuitement. Cherchez mon nom sur Internet, vous verrez que j'ai aidé plusieurs fois la police à résoudre des affaires non élucidées.

Elle lui donna sa carte de visite, le major tapa sur le clavier de son ordinateur et regarda l'écran pendant quelques minutes.

— En effet, dit-il.

— Alors ?

— Eh bien, je vais être franc. Nous n'avons trouvé aucune explication à ces crimes. C'est comme si le meurtrier était arrivé du ciel, avait tiré, puis était reparti par le même chemin. Vous connaissez la tuerie de Chevaline ?

— Bien sûr !

— Le même scénario, le même décor. Sur un parking de Haute-Savoie, en pleine forêt, une famille de Britanniques et un cycliste qui ne se connaissaient pas ont été criblés de balles. Personne n'a vu le meurtrier, sauf une enfant traumatisée, plus une autre enfant tapie dans une voiture et qui n'a rien vu. Eh bien, au Châtelard, la même histoire s'est répétée. Mais cette fois, aucun survivant.

Elle réitéra sa question.

— Une piste locale ?

— Peut-être, mais rien ne le prouve. Quand vous aurez enquêté de votre côté, vous reviendrez vers moi…

— Ma voiture vient d'être incendiée…

— Ah bon, c'est la vôtre ? Mon collègue ne m'a rien dit…

— En arrivant à Chamonix, j'annonce dans le journal et sur les réseaux sociaux pourquoi je suis là et on me crame mon véhicule. Ça sent le roussi, c'est le cas de le dire !

— En effet. Qui est derrière tout ça ? Je vais diligenter une enquête.

— Ah, quand même ! Votre subalterne a dit qu'il n'y en aurait pas.

Il soupira un grand coup.

— Je ne devrais pas vous le dire, mais quelqu'un dans le coin a menacé d'incendier les véhicules à moteur et de s'en prendre à des touristes peu respectueux de l'environnement.

Une certaine Barbara Dubois. C'est une écologiste radicale qui se prétend garde forestière. Elle habite tout près du parking du Châtelard, justement, dans un petit chalet isolé au-dessus de la route. Je ne sais pas si elle est dans le coup, mais bon…

— Vous l'avez interrogée ?

— Plusieurs fois. Elle a même été placée en garde à vue.

— Et ?

— Rien. Aucun élément à charge. Elle n'a pas été mise en examen dans la tuerie du Châtelard. Elle est libre, même si on continue à l'avoir à l'œil.

Léa aurait pu parler au major d'un étrange directeur d'hôtel, ou d'un client mystérieux qui s'était évaporé juste après le quadruple meurtre, mais elle préférait garder ça pour elle. De toute façon, la gendarmerie savait forcément des choses qu'elle dissimulait.

Elle avait obtenu une information importante : une femme habitant près du parking avait été suspectée. Elle allait lui poser quelques questions. Elle demanda à Alex de l'accompagner et de rester à proximité du chalet, au cas où elle serait en danger.

Une heure plus tard, ils lui rendaient visite.

Alex avait pris un pistolet qu'il avait apporté de Paris. S'il appartenait à un club de tir, il n'avait pas l'autorisation d'avoir une arme à feu sur lui, mais les circonstances l'avaient incité à enfreindre la loi.

Le chalet était enserré d'arbres, à quelques dizaines de mètres du parking de la mort. Il ressemblait à une maison de sorcière jaillie d'un conte pour enfants.

Les deux amis avaient fait le chemin à pied, puisque la voiture était hors d'usage.

Léa frappa à la porte une fois, deux fois. Pas de réponse. Elle insista. Elle ne voulait pas être venue pour rien, elle n'avait pas de temps à perdre. Elle donna de grands coups. Finalement, elle entendit une voix.

— C'est qui ?

Léa ne savait que répondre.

— Une randonneuse !

La porte s'ouvrit. Une jeune femme de petite taille apparut. Elle dévisagea Léa de la tête aux pieds.

— Qui êtes-vous ?

— Une randonneuse, je viens de vous le dire ! Je me suis perdue !

— Perdue ? Il y a une route juste à côté. De là partent des sentiers balisés.

— Ah, merci ! Vous savez, quand on ne connaît pas un coin, on s'égare vite.

Barbara lui indiqua une direction.

— Voilà. Descendez par là, vous arriverez sur un parking.

— Celui du Châtelard ?

— On l'appelle comme ça, oui. Ce n'est pas un vrai parking, juste un bas-côté.

Léa s'éclaircit la gorge.

— L'endroit où a eu lieu le quadruple meurtre ?

La petite femme la regarda d'un air méfiant.

— Pourquoi me parlez-vous de ça ?

— Parce que tout le monde en a parlé, voyons !

— Vous faites partie de la police ?

— Du tout ! Je me renseigne.

— Ben oui, c'est là.

Léa eut une légère hésitation, avant de s'exclamer.

— J'écris un livre consacré au sujet.

La femme haussa les épaules.

— Vous n'êtes pas randonneuse alors, vous êtes journaliste.

— Je marche dans la nature, j'adore le massif du Mont-Blanc. Il se trouve que j'écris aussi un ouvrage consacré au quadruple meurtre, ce n'est pas incompatible avec mes convictions écologistes.

— Écoutez, moi je ne sais rien. C'est clair ?

— Je peux vous poser quelques questions ?

— Vous avez frappé à la porte pour m'interroger ?

— Je reprends ma randonnée après. J'ai l'intention de longer les Bossons.

Une moue dubitative traversa le visage de la fausse garde forestière.

— Votre attitude est étrange, mais entrez quelques instants. Je vous offre un verre de jus de mûres sauvages.

Avant de pénétrer dans le chalet, Léa se retourna pour tenter d'apercevoir Alex posté dans le coin. Ce n'est pas lui qu'elle vit, mais, très loin, un homme à moitié dissimulé dans les fourrés, portant des lunettes de soleil, coiffé d'une casquette, et qui regardait dans sa direction. L'observait-il ? Elle n'en savait rien.

L'intérieur du chalet – une sorte de grande cabane – était aménagé avec simplicité : meubles en bois, cheminée, fauteuils en rotin… Au-delà d'une porte, Léa devinait la présence d'une kitchenette. Un petit escalier menait au seul étage de l'habitation.

— C'est joli chez vous ! s'écria la journaliste d'une voix enjouée.

Elle se forçait. Elle essayait de la mettre en confiance pour la faire parler. Une technique éprouvée en toutes circonstances : sympathiser avec son interlocuteur, instaurer un dialogue calme, avant même de poser la moindre question importante.

— Merci, répondit-elle, visiblement flattée. Oh, vous savez, j'essaie de vivre en harmonie avec la nature, ce n'est pas toujours facile.

— Je m'appelle Léa Grange, voici ma carte, et vous ?

— Barbara Dubois.

— Et vous travaillez ?

— Je suis garde forestière. Je surveille le massif côté français.

Léa savait qu'elle mentait, mais qu'importe. Ça se sentait, qu'elle était à moitié folle.

— En quoi consiste votre mission ?

— Oh, il y a tellement de choses à faire. L'homme détruit la planète. Les glaciers s'évaporent. Bientôt, ils n'existeront plus.

— Comment lutter contre le réchauffement climatique ?

Léa était indifférente à la réponse que Barbara lui ferait.

— À mon niveau, je protège la forêt, je plante des arbres, je défends l'environnement… Tenez, l'autre jour, j'ai obligé un touriste à ramasser une canette de bière qu'il avait jetée. Sans ma présence, le déchet aurait mis des centaines d'années à se décomposer.

Léa ne voyait pas comment cette femme agissait concrètement… D'après le major de gendarmerie, elle n'avait aucun travail, aucun mandat pour s'occuper de la zone, mais on la laissait faire.

— Vous appartenez à une association ? lui demanda Léa d'une voix douce.

— J'ai créé la mienne : Natura Protection Mont-Blanc, ou NPMB.

Elle semblait fière.

— En quoi ça consiste ?

— Je viens de vous le dire : surveiller la zone.

— Surveiller ?

— Ben oui. Les membres s'engagent à traquer les randonneurs qui ne respectent pas la nature.

Léa ne comprenait pas ce qu'elle voulait lui signifier : le versant français du Mont-Blanc était gigantesque.

— Combien de personnes adhèrent à votre association ?

— Pour l'instant, je suis seule, mais vous pouvez me rejoindre.

Devant la mine dubitative de son interlocutrice, Barbara s'exclama :

— Je fais le gendarme, quoi ! Je regarde si les promeneurs n'arrachent pas des plantes, s'ils respectent la biodiversité… Mais le pire, ce sont les braconniers. La chasse est très réglementée… Ces pauvres chamois, on doit les laisser vivre en paix. Quand un chasseur arrive, je l'engueule. Je lui dis qu'il ne respecte rien. Je me fâche.

La journaliste voulait absolument revenir à la seule chose qui l'intéressait.

— C'est dangereux de s'en prendre à un homme armé, non ?

— Un chasseur est un tueur d'animaux, pas d'êtres humains. En principe.

— Seulement en principe ?

— Oh, vous savez, les accidents, ça existe. Il y a quelques années, près des Gets, un vététiste a été tué à bout portant par un chasseur sur un chemin.

— Et les randonneurs, on les massacre parfois ?

À l'évidence, Barbara ne voyait pas à quoi Léa faisait allusion.

La pseudo-garde forestière hocha la tête.

— Peut-être. Vous craignez pour vous-même ?

Léa mit les pieds dans le plat :

— Les quatre victimes du Châtelard étaient des randonneurs. D'après vous, elles ont été tuées par un chasseur ?

La voix se fit blanche.

— Mais non, voyons.

— Les enquêteurs ont dit qu'ils avaient été touchés par les balles d'un homme qui savait tirer.

— Quatre morts d'un coup, ce n'est pas un accident de chasse, c'est un massacre.

— Vous vous êtes aperçue de quelque chose ?

Elle hésita quelques longues secondes avant de répondre.

— J'étais assise sur un banc devant mon chalet. J'ai entendu les coups de feu mais de l'endroit où je me trouvais, je n'ai rien vu. Au début, je n'ai pas accordé d'importance à l'événement. Je croyais que c'étaient des gamins qui s'amusaient avec des pétards. Au bout d'une demi-heure, des sirènes. Et, peu après, des gendarmes ont débarqué ici, arme au poing. J'étais très surprise. Effarée, même.

Elle toussa.

— On m'a emmenée au poste, j'ai cru qu'on allait m'enfermer. On m'a interrogée. J'ai raconté ce que j'avais entendu. J'ai dit la vérité.

— Vous connaissez le nom du meurtrier ?

Elle toussa.

— Il s'est passé une chose étrange… Les jours suivants, j'ai fait ma propre enquête. J'ai lu la presse. J'ai questionné des gens. Et maintenant, j'ai ma petite idée.

— Laquelle ?

— Les gendarmes pensent que les deux Lyonnais étaient visés à cause de leurs activités scientifiques. Ils se trompent.

— Vous voulez dire qu'ils n'étaient pas la cible première, ou que leurs recherches ne constituaient pas le mobile ? Je ne suis pas certaine d'avoir compris.

— Ah ça, je ne peux pas vous le dire. Je ne vous connais pas assez pour tout raconter. Merci d'être passée, et faites attention à la faune et à la flore en marchant dans la montagne.

Léa n'avait pas retrouvé Alex au sortir du chalet. Elle n'avait pas revu non plus l'homme qui l'avait observée quand elle était entrée chez Barbara. Un simple promeneur ?

Elle avait envoyé un texto à son ami : *Parti chasser la biche ?*

Réponse : *Presque !*

Elle ne savait pas où il était, s'il avait rencontré une jolie fille.

Léa : *Tu as fait une conquête ? Rejoins-moi à l'hôtel quand tu auras fini.*

Il arriva un peu essoufflé au bar, Léa s'était installée loin du comptoir, près d'une grande baie vitrée avec vue sur l'aiguille du Midi, dont le sommet était encapuchonné de nuages. Le soir venait. On voyait la cabine rouge du téléphérique grimper comme un gros insecte le long du câble avant de disparaître dans la purée de poix.

Ils commandèrent des orangeades, se turent quelques instants, fatigués l'un et l'autre par leur journée.

Léa brisa le silence.

— Je pensais que tu resterais à proximité du chalet.

— C'est un reproche ?

— Et si la femme m'avait agressée ! Ou si le tueur avait tiré !

— Je n'étais pas très inquiet. Comment ça s'est passé ?

— J'ai appris beaucoup de choses et pas grand-chose à la fois. Elle est à moitié folle : une écolo qui veut sauver la planète.

— Tu es contre ?

— Pas du tout. Je suis très attachée à la défense de l'environnement, mais cette femme a un grain. Elle se bat contre des moulins à vent.

Alex murmura.

— Elle t'a parlé des victimes ?

— D'après elle, les Meunier n'ont pas été tués à cause de leurs activités scientifiques, je ne sais pas pourquoi elle m'a dit ça. Qu'est-ce que ça veut dire ? Soit ces dernières ne constituent pas un mobile, soit le couple lyonnais n'était pas visé. Elle est restée très évasive. À mon avis, sans certitude, elle croit que les Chapuis constituaient la cible première, mais comment le sait-elle ? Elle n'a pas assisté directement à la tuerie. Elle a entendu les coups de feu, sans y accorder une grande importance. J'imagine qu'ils ont dû être assourdis par le bruit du torrent.

— Mathis Lefrançois pense comme elle, non ?

— Attention, le réceptionniste n'est sûr de rien. Il m'a présenté une hypothèse parmi d'autres. Rien de plus.

Léa tourna la tête vers l'aiguille du Midi. Les nuages s'étaient déplacés, si bien qu'on apercevait l'observatoire et son pylône, dont les lumières scintillaient dans le crépuscule. Une pensée traversa son cerveau.

— Quand je suis entrée dans le chalet, un type semblait m'observer. Toi qui n'étais pas loin, tu l'as vu ?

— Rien remarqué !

— J'ai eu l'impression qu'il essayait de se faire discret... À moitié planqué dans un buisson... Lunettes de soleil...

— Il t'observait parce que tu es une jolie femme, voilà tout !

— Ne dis pas n'importe quoi.

— À supposer que ce soit l'individu qui a incendié ta voiture, comment savait-il que tu étais là ?

— Soit c'est l'œuvre du hasard, soit il nous a suivis.

— Pour faire quoi ?

— Mystère. Il avait disparu, quand je suis sortie. Sinon je serais restée chez Barbara et je t'aurais appelé. Tout est bizarre dans cette affaire. On nage en plein brouillard. Tu tends le bras, tu ne vois pas ta main.

— Que comptes-tu faire ?

— Je vais chercher de nouveau à contacter les familles des couples assassinés, mais c'est très compliqué. À Paris, je n'ai pas réussi. Dans la plupart des faits divers, les proches se manifestent d'une façon ou d'une autre, mais là, personne… Où sont-ils ?

Elle se tut un instant, avant d'ajouter :

— À Chamonix, j'ai l'impression que tout le monde veut tourner la page, même si le tueur n'a jamais été retrouvé.

Journal de Léa

Mon enquête commence dans le silence assourdissant de la vallée. Ces crimes dérangent. Ils ternissent l'image idyllique de la capitale mondiale de l'alpinisme. Ici, tout se conjugue au superlatif : le sommet le plus élevé d'Europe si on met de côté le lointain Caucase, le plus haut téléphérique, les plus beaux glaciers, les plus belles aiguilles rocheuses, les plus belles parois, les plus belles forêts de sapins, les plus beaux sentiers de randonnée. Nous ne sommes pas sur terre, nous sommes au paradis, celui des alpinistes, des marcheurs, des parapentistes, des skieurs, des adorateurs de neiges éternelles.

Et tout à coup, il y a juste trois ans, le beau décor s'est déchiré. Deux couples ordinaires ont été massacrés. *Pourquoi ?*

On ne sait pas.

La mélodie du bonheur s'est transformée en cauchemar macabre.

Ce n'était même pas un crime crapuleux, rien n'a été volé. Une vengeance ? Contre qui ? Les deux couples ne se connaissaient pas, ce qui oblige le magistrat instructeur à faire deux enquêtes parallèles en se disant que l'une d'elles, forcément, ne mènerait nulle part.

On avait rarement vu ça dans les annales judiciaires : un massacre, deux cibles séparées.

Jusque-là, les gendarmes n'ont pas trouvé la moindre explication. Ou alors, ils n'ont rien dit. Sont-ils dans une impasse ?

J'ai lu des centaines d'articles, ils ressassent tous la même chose.

Cette enquête ressemble à un château de sable. J'examine un élément du dossier, il me glisse entre les doigts, il dégouline sur le sol. Rien ne tient, tout est inconsistant.

Depuis que je suis arrivée, j'entends des rumeurs impossibles à vérifier, je me heurte à des murs. Je n'ai rien appris de décisif, mais je m'y attendais. Je vais creuser, creuser encore, comme je le fais à chaque fois. Ça rassure les gens de parler à une femme. J'essaie de garder mon flegme et de faire preuve d'empathie. Je mets les interlocuteurs en confiance. Ils savent que je ne vais ni les agresser ni les dénoncer. J'agis comme une psychologue. Je suis à leur côté pour essayer de comprendre l'incompréhensible.

L'incendie de ma voiture m'a ébranlée. En dehors du fait qu'il va falloir entreprendre de fastidieuses démarches administratives pour être remboursée et en acheter une nouvelle, je me dis qu'on m'espionne. Cela me donne un indice de taille : le meurtrier ou son complice fréquentent encore la vallée.

Mathis Lefrançois m'a semblé sincère, c'est un agréable garçon, je ne m'attendais pas à ce qu'il soit si direct. Je le trouve touchant. Dans un contexte différent, on pourrait devenir amis. Mais je me suis imposé une règle à laquelle je déroge rarement : quand j'enquête sur un crime, je ne me lie à personne. Je considère qu'éprouver des sentiments pour quelqu'un fausse le jugement.

Je ne pense pas qu'il joue un jeu avec moi. Dans quel but jouerait-il un jeu ? Je m'interroge sur la raison de son engouement pour cet événement. Il s'est empressé de me faire des révélations, rien ne l'obligeait à agir de la sorte, d'autant qu'il risque de perdre sa place, à trop parler.

Pour moi, les querelles au sein du couple Chapuis n'expliquent pas le crime à elles seules, même si c'est un début de piste. Je ne sais pas pourquoi, mais quelque chose ne colle pas dans ce scénario. Mathis va-t-il m'en dire davantage ? Il m'a annoncé qu'il existait d'autres hypothèses.

Barbara Dubois me paraît à moitié folle, mais je l'aime bien. Elle n'a pas assisté à la tuerie. Elle ignore ce qui s'est passé. Je chercherai à en savoir davantage en retournant la voir.

Le directeur de l'hôtel, M. Bruno Lopez, est intéressant, au mauvais sens du terme. Il m'a annoncé que les Chapuis étaient un couple sans histoire alors que Mathis m'a affirmé le contraire. Son attitude agressive à l'encontre de son personnel est révélatrice. Que sait-il exactement ? Est-il impliqué dans les crimes ?

Depuis que je suis arrivée, je devine un profond malaise autour de moi, diffus et persistant.

J'observe régulièrement les clichés des visages d'Anna, de Daniel, de Clotilde, de Félix. J'éprouve une empathie posthume pour eux. Je viens d'étaler leurs photos sur le bureau de ma chambre. C'est pour ces innocents fauchés en pleine nature que j'enquête. Pour retrouver le monstre qui les a massacrés et que justice soit faite.

La tuerie est un rébus.

Je ne vois aucune logique, aucun fil conducteur.

Ce drame est-il lié à la pandémie ? Le quadruple meurtre s'est produit dans un contexte particulier. La France a été confinée quelques jours plus tard. Puis le monde entier. Quel rapport avec les meurtres ? Quelqu'un, parmi les victimes, a-t-il contaminé le tueur ?

Anna a-t-elle transmis le virus à son amant ?

Je n'en sais rien.

Je ferme les yeux.

Il y a trois ans, un massacre insensé sur un banal parking.

Une éternité.

Un autre temps.

Dans la tristesse de cette vallée, je ne peux m'empêcher de penser à Ugo. On ne s'est pas téléphoné depuis que je suis arrivée. Je crains de tomber sur son répondeur et qu'il ne me rappelle pas. Avant de venir ici, depuis quelque temps, je laissais des messages sur sa boîte vocale. Jamais de retour. C'est humiliant. Autrefois, il me rappelait tout de suite, dans l'heure. Que s'est-il passé ? Tout a commencé avec la pandémie, le confinement. Jusque-là, tout allait bien. Aucun nuage. Le bonheur de vivre. Ça s'est gâté. Oh, pas tout de suite. Trois ans que tout a changé peu à peu. Pour quelle raison ?

À chaque fois, il trouve des prétextes pour expliquer son manque d'enthousiasme à mon égard : fatigué, trop de boulot, des soucis professionnels. Je connais la chanson. Quand ça dure un mois, deux mois, ça passe. Mais là. Plus rien. L'été, on part en vacances ensemble, quinze jours, pas un de plus. Ça fait près de dix ans qu'on se connaît et on est déjà un très vieux couple. Usé. J'aurais tellement aimé qu'il vienne ici. Deux, trois jours, pas plus. En signe d'amour, ou du moins pour m'exprimer son empathie. Je ne demande rien d'autre. Ce n'est pas grand-chose.

Pendant le confinement, dans mon appartement de la rue de Douai, malgré sa présence, je me suis sentie seule. C'était bizarre comme impression. Il était là, à mes côtés, tous les jours, et pourtant, pour la première fois de ma vie, j'ai eu le sentiment qu'il ne m'aimait plus.

Mercredi 10 avril

Une fois le petit déjeuner avalé dans sa chambre, Léa descendit au rez-de-chaussée d'un pas pressé. À la réception se trouvait Mathis et elle fit semblant de ne pas le connaître.

— Cher monsieur, désolée de vous déranger, mais il y a un gros problème…

— Lequel ?

— Il faut que j'en informe le directeur.

Léa comprit que Mathis avait deviné qu'il s'agissait d'une feinte.

— Entendu, je l'appelle.

Il composa un numéro.

— Monsieur Lopez, une cliente veut vous rencontrer en urgence.

Mathis se tourna vers Léa d'un air navré.

— Il n'est pas disponible.

La jeune femme attrapa le combiné. Elle avait sa méthode pour faire changer les gens d'avis.

— Allô, je suis Léa, la journaliste avec qui vous n'avez pas été aimable avant-hier. Je suis en train d'écrire un papier sur votre hôtel. J'aimerais qu'il soit le plus favorable possible.

Une façon d'enfoncer les portes.

— Vous faites une enquête sur les crimes ou sur mon hôtel ? s'écria-t-il d'une voix étonnée.

— Les deux, mon cher ! Un livre consacré à la tuerie du Châtelard et un article parlant de votre établissement.

Elle mentait, elle n'était pas rédactrice dans les pages voyages d'un journal.

— Je vous communique des informations quand vous voulez, répondit-il à contrecœur.

— Si vous le souhaitez, on peut se rencontrer maintenant.

Il sembla s'assagir.

— Entendu. J'habite au sommet de l'hôtel. Demandez au réceptionniste de vous indiquer le chemin.

Mathis pria un groom d'accompagner Léa. Ils prirent un ascenseur réservé au personnel et arrivèrent au dernier étage.

Léa pénétra chez le directeur, dans un appartement d'apparence modeste. La première pièce en arrivant était un petit bureau. Lopez l'invita à s'asseoir dans un fauteuil. Il s'était radouci.

— Pardonnez-moi d'avoir été vif avec vous, mais je ne supporte plus qu'on me bombarde de questions sur la tuerie. Deux de mes clients ont été tués. Je n'y peux rien.

Par pure stratégie, Léa ne voulut pas lui poser de questions trop directes.

— Depuis combien de temps existe ce joli palace ?

— Vous le trouvez beau ? Tant mieux. Il a été bâti dans les années 1930, époque où l'on savait construire.

— Il a quelques petits défauts, mais son charme est exceptionnel.

— Des défauts ?

— Oh, rien de grave. Pas assez de pression dans le pommeau de douche, des fenêtres qui ferment mal, mais ce sont des détails. J'adore les volets verts, la salle à manger, les jardinières fleuries et la vue exceptionnelle sur la chaîne du Mont-Blanc. Cette adresse vaut le voyage !

Elle guettait sur son visage chacune de ses réactions, y compris les plus anodines.

— Ouf, j'ai eu peur, vous sembliez fâchée au téléphone.

— Mon but était de discuter avec vous.

— Vous allez écrire dans votre article que vous aimez cet endroit ?

— Certainement !

— Oh, vous savez, ne le dites pas, mais à cause de la pandémie, les choses sont très difficiles sur le plan financier. Pour la première fois de ma vie, je suis terriblement endetté, même si les affaires ont repris. Je possède plusieurs établissements, je ne peux même pas les vendre, personne n'est intéressé. Les éventuels acheteurs craignent que l'épidémie reparte. Alors que non, celle-ci a cessé !

Tout le monde savait qu'après des mois de cauchemar la pandémie avait été stoppée grâce à la découverte d'un vaccin d'un genre nouveau.

Les propos de Lopez ne l'intéressaient pas.

Elle dériva subtilement vers le sujet qui lui tenait à cœur.

— Daniel et Anna Chapuis ont fait partie des derniers clients avant le confinement...

— Exactement. L'hôtel a fermé deux jours plus tard. Ils s'apprêtaient à faire leurs bagages. Quand ils sont morts, c'était leur ultime journée ici.

— Forcément ! On les a tués !

— Je voulais dire : ils devaient quitter cet endroit le lendemain matin. Ils avaient réglé leur note. Je peux vous demander une faveur ?

— Je la connais. Vous ne voulez pas que je cite votre établissement dans mon ouvrage.

— Exactement ! Dites tout le bien que vous en pensez dans l'article, mais ne le mentionnez pas dans le livre.

— Je l'appelle comment ?

— Appelez-le « l'hôtel », sans en dire le nom. C'est aussi simple que ça. Le mal est fait, les journalistes en ont déjà parlé, mais je n'ai pas envie qu'il réapparaisse dans un ouvrage d'investigation plus de trois ans après les faits.

Il se mit à rire avec nervosité.

— Pourquoi riez-vous ?

— Tout le monde va se demander quel est cet hôtel.

Léa ne trouvait pas ça spécialement amusant, mais qu'importe.

Elle revint à la charge.

— Les Chapuis ont porté des masques pendant tout le séjour ?

— Sauf quand ils étaient à table. Debout, il fallait garder sa muselière ! Certains clients avaient des masques transparents, c'était moins sinistre.

— Tout le monde était masqué ?

— Eh oui ! On aurait dit que des fantômes habitaient l'hôtel. Une danse de fantômes. Un bal masqué. Les employés aussi en portaient. Du coup, personne ne voyait personne, ou presque. Vous n'étiez pas au courant ?

— Je pensais qu'il existait des dérogations dans les grands établissements hôteliers.

— Du tout. On aurait pu demander aux clients de garder leurs distances, d'autant qu'il y a de la place, ici. Mais non. Ma clientèle a baissé le jour où le masque est devenu obligatoire.

— Comment se comportaient les Chapuis ?

— Vous recommencez, avec vos questions ! Je croyais qu'on allait parler de l'hôtel.

— Je vous montrerai l'article une fois qu'il sera terminé, vous me direz si ce que j'ai écrit vous convient.

Elle essayait de l'amadouer.

Un sourire se dessina sur ses lèvres.

— Merci, c'est gentil.

— Les Chapuis ont dû apprécier cet hôtel de charme.

Il semblait ennuyé.

— La dernière fois, je vous ai caché la vérité parce que j'étais agacé. Je vous ai parlé d'un couple sans histoire…

Elle fit semblant d'être surprise.

— Ce n'était pas le cas ?

— Je vous ai dit ce que je répète aux journalistes quand ils me posent des questions, mais depuis notre discussion je me suis renseigné sur vous. J'ai lu sur Internet que vous étiez quelqu'un de bien. De plus, vous vous êtes engagée à ne pas citer le nom de mon hôtel dans votre livre, cela me rassure.

— Vous avez ma parole. Qu'avez-vous à me dire sur les Chapuis ?

— Anna était très agitée. Tout le temps.

— Agitée ?

— Elle criait pour un oui ou un non.

— Sans raison ?

— Je ne sais pas. Elle buvait beaucoup. Elle passait du temps au bar.

— Seule ?

— Oui, seule.

Les propos de M. Lopez collaient avec ceux de Mathis.

Elle n'eut pas besoin d'évoquer le thème de l'amant caché.

— On raconte qu'elle avait rencontré un jeune homme. Un alpiniste. Il déjeunait et dînait ici régulièrement. Parfois, il passait du temps au bar, sans parler à personne. Certains jours, il partait faire des courses en solitaire, c'est du moins ce qu'il disait. Je ne l'ai jamais vu en tenue de montagne.

— Elle ne l'accompagnait pas ?

— Elle n'avait sans doute pas le niveau. C'était une randonneuse du dimanche.

— Et du coup, elle l'attendait ?

— À mon avis, ils se rencontraient ailleurs. Ici, jamais. Le mari se serait aperçu de leur liaison.

— Il y a souvent des histoires comme ça dans les hôtels ?

— Ça arrive.

Léa essayait de rassembler ses idées.

— J'imagine que vous connaissez l'identité de cet homme…

— Eh bien, je vais vous surprendre. Mais non. Il payait tout en espèces. Parfois en francs suisses. Les enquêteurs en ont déduit qu'il était suisse. Il prenait ses repas ici, passait énormément de temps à l'hôtel, mais il dormait à l'extérieur, j'ignore où… Un jour, il m'a dit qu'il s'appelait Jacques Balmat, le même nom qu'un des deux alpinistes ayant réalisé la première ascension du Mont-Blanc. Original ! Il mentait, c'est certain.

— Les enquêteurs ont cherché tous les Jacques Balmat de Suisse ?

— Je n'en sais rien.

— Ils ont récolté des traces ADN à la table qu'il occupait ?

— Sûrement, mais j'ignore ce que ça a donné. Nous désinfections les tables et les chaises après chaque repas. J'imagine qu'ils ont fait chou blanc. Vous en savez davantage, de votre côté ?

— L'enquête a eu lieu pendant le confinement. J'étais enfermée chez moi, à Paris. Vous êtes au courant, quasiment rien n'a filtré dans les médias. D'habitude, quand un crime de ce genre se produit, il y a des fuites, des journalistes ont accès au dossier… Là, silence radio. Et puis, ça n'intéressait pas les gens. Ce fait divers, malgré son caractère exceptionnel, est passé quasiment inaperçu.

— Dans la vallée, on ne parlait que de ça, murmura le directeur d'un air triste.

Léa respira un grand coup.

— Quelle est votre hypothèse ? Pour vous, qui a tué les quatre randonneurs ?

— Je l'ignore.

— Le jeune alpiniste ?

— Pourquoi lui ?

— Anna lui a peut-être dit que tout était fini entre eux.

Léa ne faisait que répéter ce que lui avait suggéré Mathis.

— Peut-être, soupira le directeur. Ou peut-être pas. Comment savoir ?

— Le jeune homme ne s'est jamais manifesté depuis ?

— Jamais.

Journal de Léa

J'ai étalé quelques photos d'Anna sur la table de ma chambre.

Les témoignages du réceptionniste et du directeur se rejoignent, ce qui renforce la piste d'un crime dirigé contre le couple Chapuis, même s'il n'existe aucune certitude.

Anna est-elle la clé de l'énigme ?

Au lendemain du meurtre, j'ai regardé son profil Facebook avant qu'il ne soit désactivé, j'ai enregistré sur mon ordinateur tous les clichés, tous les textes qu'elle avait publiés les mois précédant sa mort.

Ses yeux sont éclatants. Elle a toujours la même coiffure, des cheveux blonds qui tombent sur ses épaules en ondulant légèrement. Sur chaque photo, elle sourit. Je ne sais pas si elle était souriante tout le temps ou si c'était seulement lors des prises de vue.

Elle n'a pas du tout une tête d'alcoolique. Buvait-elle avant de séjourner au Chardon bleu ?

Sur certaines photos, on la voit avec son mari. Ils ont l'air de bien s'entendre, mais je ne veux pas m'intéresser à lui aujourd'hui. J'essaie de découvrir les secrets d'Anna, si elle en a.

Elle me ressemble un peu, elle a l'air douce, un peu triste malgré son sourire. Elle est plus belle que moi. Je comprends qu'elle ait pu séduire un jeune alpiniste. Se connaissaient-ils avant de séjourner à l'hôtel ? Se sont-ils rencontrés à Chamonix ?

Une photo m'intrigue : Anna se trouve devant le château de Chillon, au bord du Léman. Au loin, les dents du Midi, légèrement enneigées. La jeune femme regarde l'objectif, elle semble très triste. C'est le seul cliché où elle a un regard empli de désespoir. Je ne sais pas qui a pris cette photo, si c'est son mari, ou quelqu'un d'autre, un ami, un amant. J'aimerais savoir ce qu'elle avait dans la tête à ce moment-là. Ce cliché ne colle pas avec les autres, comme si c'était une autre femme. Aimait-elle son époux ? La rendait-il heureuse ? Se disputaient-ils avant de venir au Chardon bleu ?

Un message m'a intriguée sur son « mur » Facebook. Elle l'a posté juste avant son arrivée à Chamonix. C'est son ultime publication. Rien pendant son séjour à l'hôtel.

J'ai recopié le dernier message sur mon ordinateur. Le voici : *Chamonix sera la fin ou le recommencement. Les montagnes touchent les étoiles où j'aimerais me perdre.*

Elle avait téléchargé la photo d'un immense ciel nocturne au-dessus de sapins.

Son mari avait-il lu ce commentaire ? Lui en avait-il parlé ? Lui avait-il posé des questions ? Demandé des explications ?

Des « amis » avaient réagi sous le « post » :

Tout va bien ?

Que se passe-t-il ?

Tu es sérieuse ?

Un souci ?

C'est de l'humour ?

On s'appelle ?

Elle n'avait répondu à personne, en tout cas pas sur son « mur ».

Chamonix sera la fin ou le recommencement. Les montagnes touchent les étoiles où j'aimerais me perdre.

Le dernier message avant la mort. Avait-il une signification cachée ?

L'une de mes hypothèses est la suivante : elle connaissait le jeune alpiniste depuis longtemps, elle était amoureuse de lui, et elle lui avait donné rendez-vous à l'hôtel, elle voulait passer une semaine avec lui en toute discrétion. Son mari l'avait su, il l'avait rejointe pour l'empêcher de vivre cet amour qui était si beau et si pur. Le ton était monté entre les deux époux, Daniel l'avait abreuvée de reproches, elle avait vu l'alpiniste en cachette dans un appartement de location, ce n'étaient pas du tout les vacances dont elle avait rêvé. Un jour, elle avait fini par céder aux exigences de son mari. Elle avait dit au jeune homme que leur histoire d'amour était terminée.

7 avril. La dernière journée.

Fou de désespoir et de colère, celui qui se faisait appeler Jacques Balmat avait tué le couple Chapuis, mais aussi l'autre couple, pour éviter qu'il ne témoigne.

Puis il avait disparu à jamais.

Cette version des faits est-elle plausible ? Des indices concordants plaident en sa faveur : le jeune homme a caché son identité, il a payé en espèces, il a bondi de sa table quand le couple Chapuis a quitté l'hôtel, il s'est évaporé après les meurtres ; les enquêteurs ne l'ont jamais retrouvé ou, s'ils l'ont retrouvé, ils n'ont parlé de lui à aucun moment. Pour ma part, je suis persuadée qu'ils ont perdu sa trace.

Le client blond aux cheveux gominés est le fantôme de cette histoire.

Tout ceci est un raisonnement parmi d'autres : aucun indice matériel ne permet d'affirmer que l'individu qui payait en espèces a bien tué les deux couples.

Après avoir éteint son ordinateur, Léa descendit au bar, où Alex buvait un vin blanc de Savoie. Elle lui proposa de s'asseoir à l'écart, histoire de ne pas être entendus.

Les différents scénarios expliquant les meurtres tournoyaient dans sa tête.

Un tueur fou avait-il voulu punir des touristes susceptibles de propager le virus dans la vallée ?

Les randonneurs avaient-ils été massacrés par un jeune homme envahi par le désespoir ?

Un psychopathe avait-il abattu quatre personnes au hasard, comme ça, sous le coup d'une pulsion irrépressible ?

Les Meunier étaient-ils la vraie cible de l'assassin et les Chapuis des dégâts collatéraux ? L'inverse ?

Ses pensées allaient et venaient comme des poissons rouges zigzaguant dans un bocal.

Elle s'installa en face d'Alex autour d'une table en bois de sapin.

— Tu as un peu enquêté de ton côté ? lui demanda-t-elle sans savoir s'il s'intéressait à ce fait divers ou s'il se contentait d'accompagner sa meilleure amie.

— Eh bien, oui ! J'ai appris que l'autre couple, les Meunier, aurait gravi le Mont-Blanc en partant d'Italie. Un sacré exploit tout de même, surtout en cette période de l'année, où le froid et l'enneigement sont importants.

— Comment le sais-tu ?

— Tout à l'heure, j'ai discuté avec un vendeur d'équipements sportifs. Il bosse dans une boutique à l'entrée de Chamonix, le Top Mountain.

— Et bingo, il t'a donné l'info ? s'écria-t-elle d'une voix étonnée. Comment le sait-il ?

— D'après lui, ils auraient laissé leur voiture au Châtelard puis emprunté le téléphérique de l'aiguille du Midi jusqu'au val Ferret, côté italien, d'où ils ont commencé leur périple.

— Ah bon ? À supposer que ce soit vrai, il est peu probable qu'un tueur les ait attendus sur le parking sans savoir à quel moment ils allaient revenir. Cela exclut *de facto* qu'ils aient été la cible première.

— L'assassin avait peut-être une paire de jumelles, à moins qu'un complice ne les ait suivis discrètement. Toi qui t'intéresses aux affaires criminelles, tu devrais savoir que tout est possible…

— Certes, il ne faut rien écarter, mais attendre sur un parking un couple qui marche plusieurs jours en montagne est une hypothèse improbable. À la limite, s'ils étaient partis pour la journée…

— Dans les crimes, il existe toujours des choses improbables.

— En tout cas, je ne vois aucun mobile au meurtre des Meunier.

Léa était songeuse.

— Je vais questionner le vendeur d'équipements de sport. Tu connais son nom ?

— Pierre Leblanc.

Elle éclata de rire.

— Original pour la région ! Tout est blanc ici : les sommets, les glaciers, les cascades, les lacs…

Alex ne comprenait pas pourquoi elle riait pour une raison aussi futile, sans doute était-ce dû à la nervosité.

— Attends, ce n'est pas tout, ajouta-t-il. Il paraît qu'il a sa petite idée sur l'auteur des coups de feu. Il ne m'en a pas dit plus.

Léa marcha vers Top Mountain, le plus grand magasin de sport de la vallée. On y trouvait tout ce qui intéresse un skieur, un randonneur, un grimpeur, un parapentiste, un vététiste. Un supermarché de l'altitude, ouvert sept jours sur sept toute l'année : des milliers d'articles, une ruche bourdonnante de vendeurs et de clients.

Elle voulait parler à celui avec qui Alex avait discuté, et à lui seul.

Elle aborda un individu d'une quarantaine d'années portant une petite barbe.

— J'aimerais poser quelques questions à M. Leblanc. Est-il là ?

— C'est moi. Je suis le directeur du magasin. Que puis-je faire pour vous ?

— Peut-on se voir à part ?

— Pour quelle raison ? Vous savez, j'ai pas mal de boulot.

Elle n'aimait pas attendre. Il fallait que les choses se fassent vite, sinon, souvent, elles ne se faisaient jamais.

— C'est très urgent.

Il semblait intrigué.

— Il y a eu un accident en montagne ? On me demande d'intervenir ? Je suis pompier volontaire… En général, je reçois un appel de la caserne, mais pas toujours. Alors ?

— Pire qu'un accident, s'écria-t-elle d'une voix déterminée.

— Ah bon ? Dans ce cas, suivez-moi dans mon bureau.

Ils s'assirent tous deux sur une chaise, face à face, dans l'arrière-boutique.

Des médailles et des fanions ornaient les murs, comme des trophées.

— Vous êtes alpiniste ? demanda-t-elle.

— À votre avis, je fais partie d'un club de tricot ?

— Ce sont des médailles que vous avez gagnées ?

— J'ai fait quasiment toutes les voies du massif, hiver comme été, et quelques sommets de l'Himalaya, parfois en solo… Alors, qu'est-ce qui se passe ?

— Je voudrais savoir…

Elle ne savait pas par où commencer…

— … ce que vous pensez du quadruple meurtre du Châtelard !

— Ah, mais c'est vieux tout ça ! Trois ans déjà. Je croyais qu'un drame venait d'arriver. Il n'y a pas d'urgence, alors…

— Je suis de passage au Chardon bleu et j'enquête.

— Vous travaillez pour la police ?

— Pas vraiment.

Elle ne voulait pas lui dire qu'elle écrivait un livre, elle craignait qu'il se ferme aussitôt.

— En quoi puis-je vous aider ? J'ai quelques minutes à vous consacrer, pas davantage.

Elle faisait celle qui n'était au courant de rien.

— Que savez-vous sur Félix et Clotilde Meunier, deux des victimes ?

— Ils ont fait des achats ici, je l'ai dit aux gendarmes venus m'interroger. Quand j'ai entendu parler du quadruple meurtre, je n'ai pas tout de suite établi le rapprochement avec les deux randonneurs…

— Comment les gendarmes ont-ils su qu'ils étaient venus ici ?

— Pas compliqué. Félix a payé avec une carte bancaire. Puis ils ont pris le téléphérique de l'aiguille du Midi jusqu'en Italie, d'où ils voulaient rentrer à pied en traversant le massif, c'est en tout cas ce qu'ils m'ont annoncé. Ils m'ont demandé des conseils sur l'itinéraire. Ils avaient pour projet d'escalader le Mont-Blanc côté italien puis de redescendre en France par le glacier des Bossons. Je les ai mis en garde : le versant italien est extrêmement difficile, quelle que soit la voie. Pour moi, c'est la seule paroi himalayenne des Alpes, même si on n'a pas besoin de masque à oxygène. On passe de mille à près de cinq mille mètres en escaladant des parois glacées, c'est le même dénivelé qu'entre le camp de base de l'Everest et le sommet. Ce type de course se prépare très longtemps à l'avance. Seuls les plus grands alpinistes grimpent par là, et le printemps n'est pas propice à ce genre de parcours : trop de neige, trop d'avalanches. C'est un peu comme la face nord des Grandes Jorasses ou de l'Eiger. En les voyant, j'ai eu l'impression qu'ils partaient pour une banale randonnée. J'étais éberlué. D'autant qu'ils avaient prévu de dormir sous la tente. Ils étaient peu entraînés, peu renseignés et très chargés. Ils m'ont acheté des crampons et des piolets.

— Vous pensez qu'ils ont suivi cet itinéraire ?

— Je n'en sais absolument rien ! Toujours est-il qu'ils ont survécu.

Survécu ? Ces mots collent mal avec ce qui s'est passé par la suite, pensa Léa.

Leblanc comprit que sa dernière phrase n'était pas appropriée.

— Disons qu'ils ne sont pas morts en escaladant le Mont-Blanc. Ils ont été tués sur un parking. Très étrange ! On ne saura jamais par où ils sont passés, et d'ailleurs, peu importe.

— Pauvre couple, oui ! Une randonnée en haute montagne se termine en bain de sang comme à la sortie d'une boîte de nuit de Marseille.

Pierre Leblanc regarda son écran de téléphone. Il venait de recevoir un texto. Il se leva. Léa sentait qu'il voulait abréger la conversation.

— Pourquoi parlez-vous de « couple » ? dit-il.

— C'était un couple, non ? Ils avaient le même nom de famille. Tous les médias l'ont affirmé.

— Si on veut… En tout cas, un couple très récent.

— Comment ça ?

— Félix était parti avec la copine de son meilleur ami.

— Ils n'étaient pas mariés ?

Leblanc ne répondit pas à la question.

— L'ex de Clotilde est arrivé dans la boutique au moment où Félix réglait.

Léa était suspendue à ses lèvres.

— Il les avait suivis ?

— Je suppose… Il a été très violent avec son ancienne copine… Il l'a traitée de « petite garce ! » puis il a giflé Félix. Je lui ai demandé de partir, je m'apprêtais à appeler les gendarmes. Il s'est éclipsé.

— Comment savez-vous que c'était le copain ?

— Parce que Clotilde me l'a dit juste après. Elle a affirmé qu'elle essayait de lui échapper depuis plusieurs semaines et qu'il était devenu très menaçant. Vous connaissez les violences faites aux femmes. Un féminicide par jour en France !

— Comment était-il ?

— Un type plus âgé, très costaud. Je ne connais même pas son prénom. J'ai cru qu'il allait les attendre à la sortie du magasin, mais il est parti et je ne l'ai jamais revu.

— Après les meurtres, vous en avez parlé aux gendarmes ?

— Non.

— Pourquoi ?

Un temps de silence.

— J'ai hésité. Mais finalement, je me suis dit que je ne pouvais pas accuser quelqu'un sans preuves. Une dispute et un crime, ce n'est pas la même chose. D'autant que plusieurs jours s'étaient écoulés entre l'incident dans le magasin et le quadruple meurtre. J'imagine que Félix et Clotilde ne lui ont pas dit où ils allaient.

— Il les a peut-être suivis jusqu'au parking, où il les a attendus ?

Journal de Léa

Il existe au moins deux pistes parallèles qui ne se croisent pas. Il est peu probable que deux amants éconduits aient agi en même temps. Un couple *ou* l'autre était visé. Aucune de ces hypothèses n'a filtré dans les journaux. Black-out complet des enquêteurs ? Soit ils ne savent pas, soit ils ne veulent rien dire. La seule explication évoquée officiellement est celle d'un tueur fou.

Je regarde les photos de Félix et de Clotilde. Ces deux alpinistes auraient escaladé le Mont-Blanc puis l'auraient redescendu. Ont-ils vraiment grimpé sur le toit de l'Europe, alors que la face italienne est réservée aux sportifs de très haut niveau ? Combien de jours ont-ils marché ? Impossible de savoir. Ont-ils dormi sous la tente ? Sans doute. D'après les médias, aucun refuge n'a recensé leur passage, sauf celui des Grands-Mulets. Après plusieurs jours dans un royaume de neige, ils ont été criblés de balles en retrouvant leur voiture. Se doutaient-ils que quelque chose allait se produire ?

J'ai de nouveau essayé de trouver le téléphone de membres de leur famille, sans succès. J'ai cherché à savoir où le couple travaillait, là encore j'ai fait chou blanc.

Je ne connais pas l'identité de l'ex-copain de Clotilde. Qui est-il ? Où habite-t-il ? Le témoignage de Leblanc est-il crédible ? Pourquoi n'en a-t-il pas parlé aux gendarmes ?

Une chose me taraude, je ne fais que me répéter : ma voiture a été incendiée. Si l'un des deux amants abandonnés a commis le massacre, j'ai du mal à l'imaginer mettant le feu à mon véhicule. Dans quel but ? Pourquoi le meurtrier rôderait-il sur les lieux d'un crime passionnel vieux de trois ans ?

J'ai lu que les enquêteurs excluaient formellement le fait qu'une des victimes ait tué les trois autres avant de se donner la mort, d'autant qu'un motard a été aperçu en train de tirer. Aucune arme n'a été retrouvée sur place. Aucune trace de poudre n'a été décelée sur les mains des cadavres.

La tuerie du Châtelard restera-t-elle pour toujours un *cold case* ?

Pour la première fois, je comprends pourquoi je m'intéresse autant aux affaires non élucidées. Je viens de m'en rendre compte, en pensant à un événement traumatisant de mon enfance. Ça remonte en moi tout à coup, à l'instant, dans la chambre, alors que je regarde la forêt au loin. La grande forêt qui escalade le Mont-Blanc, ces milliers d'arbres serrés à l'assaut de la montagne. Ces conifères tassés les uns contre les autres sont la forêt des premières années de ma vie. La forêt originelle. Je l'avais oubliée. Cachée dans ma mémoire. Mise de côté. Censurée. J'habitais avec mes parents près de Nevers, et le dimanche, on allait marcher dans le Morvan, ces collines à l'allure de montagnes. Il fait frais là-bas, même en été, alors que les plaines alentours croulent sous la chaleur. J'avais oublié combien cette immense forêt de conifères a compté, pour une raison très particulière. Un jour de juillet, on s'était perdus sur les sentiers, j'avais cinq ou six ans, et maman avait craint de ne pas retrouver la voiture. Papa lui disait de se calmer, mais alors qu'on arrivait dans une clairière, on est tombés sur un corps couché. Un jeune homme. Je l'ai vu quelques secondes. À l'odeur, mes parents ont compris tout de suite qu'il ne faisait pas une sieste, ma mère m'a entraînée plus loin, pendant que papa examinait le cadavre. La scène a duré très peu de temps. On est arrivés sur une route. À l'époque, pas de portable, on ne pouvait pas appeler les gendarmes. On a arrêté une voiture. Papa a murmuré quelque chose au chauffeur, qui nous a emmenés jusqu'à un village où mes parents ont prévenu les forces de l'ordre. Mon père les a accompagnées sur les lieux de la découverte pendant que je restais avec ma mère qui pleurait. On ne parle pas de la mort aux enfants. On l'occulte. Quand papa est revenu, il a dit que le jeune homme avait fait une *mauvaise chute*, je me souviens de cette expression, sans comprendre. Il n'y avait pas de falaise à cet endroit. Instinctivement, j'ai pensé que l'homme avait été tué. Je ne sais pas pourquoi j'ai pensé ça. Mes parents ne m'en ont plus parlé, et je n'ai jamais su la vérité.

Je me souviens de l'odeur pestilentielle et du visage d'un homme très jeune. Il avait été assassiné, sans doute, ou il s'était suicidé. Je ne sais pas si les gendarmes ont compris ce qui s'était passé. J'ai mis cette scène fugace dans un coin de ma tête jusqu'à aujourd'hui.

Un cadavre à la sortie d'une forêt de conifères. Pour quelle raison était-il mort ?

Des années plus tard, mes parents ont été tués dans un accident de la circulation, mais c'est une autre histoire. Ils ont pris un camion de face, en voiture, sur la nationale 7, un jour de pluie, sans que personne ne comprenne exactement ce qui s'était passé. J'avais quinze ans. Une tante éloignée m'a prise en charge.

Mes parents reposent dans un cimetière non loin de la Loire. L'image est d'une bouleversante douleur.

Trois morts ont souillé ma jeunesse.

À dix-huit ans, j'ai touché un héritage, mon père dirigeait une usine à Imphy, ville ouvrière au sud de Nevers. Pas de frère, pas de sœur. Pas de cousin ni de cousine. Rien. Seule au monde.

J'aimerais tellement avoir un enfant avec Ugo. Il est le seul amour de ma vie.

Ugo, pourquoi m'as-tu abandonnée ?

Pour la première fois, en regardant les forêts lointaines, je me dis que résoudre le mystère d'un *cold case*, c'est laver l'honneur des morts de mon passé.

Alex entra dans la chambre sans frapper.

— Tu as vu Pierre Leblanc ?

Perdue dans ses pensées, Léa sursauta.

— Oui.

Après un silence, elle lui raconta l'entrevue en trois mots.

— Et donc ? s'exclama le photographe.

— Une piste de plus.

Il haussa les épaules.

— Il existe un autre scénario.

— Lequel ?

— Clotilde et Félix rencontrent un individu un peu plus haut avant de regagner leur voiture. Ils ont une altercation avec lui. Il tient une arme à la main. Tout à coup, il se met à tirer, les deux jeunes gens fuient, il les rattrape sur le parking où il a garé sa moto. Il monte dessus et tire…

Léa était songeuse.

— Ça sort d'où ?

— J'ai entendu cette rumeur dans un bar de Chamonix à l'instant. Un type avait picolé, il racontait ça, tout en disant qu'il n'en savait rien.

— Les enquêteurs n'ont pas retrouvé de douilles en dehors de la scène du crime. C'est du moins ce que j'ai lu.

— Ils ont peut-être mal cherché. Une forêt, c'est grand. Ou alors le type n'a pas tiré lors de l'altercation.

— Soit. Tout est possible, murmura-t-elle d'une voix dubitative. Admettons… Et maintenant, on fait quoi ?

— On cherche le tireur, Léa. Tout simplement.

— Comment ?

— Rappelle-toi que ta voiture a été incendiée. C'est quelqu'un du pays, pas un type de Lyon ou de Genève. Un fou habite la vallée. La preuve, tu as vu quelqu'un qui t'observait de loin quand tu es entrée chez Barbara.

La piste locale est plausible, mais aucun élément factuel ne permet de l'étayer, pensa-t-elle.

— J'ai découvert autre chose, ajouta Alex.

— Tu enquêtes toi aussi ?

— En arrivant, je n'étais pas très intéressé. Mais à force d'entendre parler de cette tuerie, je me suis pris au jeu.

— Je t'écoute.

— J'ai parlé à Mathis discrètement au moment où il rentrait chez lui.

— Il habite où ?

— Pas très loin, dans un studio. Sauf quand il est de garde, il ne dort pas ici, il ne supporte pas l'ambiance.

— Il t'a dit quoi ?

— Il n'est sûr de rien, mais les Meunier auraient bien été la cible.

— Comment le sait-il ?

— Une autre rumeur assez similaire.

Léa était circonspecte.

— D'après les études balistiques, il est impossible de savoir dans quel ordre les balles ont été tirées. Tu en sais plus sur cette rumeur ?

— Selon un témoin mystère, une moto est arrivée sur la route en même temps que l'Audi blanche des Chapuis, celle-ci s'est garée sur le parking. Le motard a ralenti, mais ce sont les Meunier qui ont été tués en premier. Il s'est approché de Clotilde et lui a tiré une balle en pleine tête. Félix a hurlé, il l'a abattu. Puis il a tué les Chapuis avant de repartir.

— Ce prétendu témoin a-t-il fait une description du tueur ?

— Il a dit que c'était un homme ou une femme de corpulence moyenne coiffé d'un casque intégral.

Elle éclata de rire.

— Nous voilà bien avancés ! Et la plaque d'immatriculation ?

— Il était trop loin pour la voir.

Elle soupira.

— C'est bizarre que ce témoin n'ait rien dit aux gendarmes.

— Oh, tu devrais le savoir, les gens craignent souvent de parler. Ils ont peur des représailles.

— Il peut faire une déposition incognito. Le seul moment où il doit décliner son identité, c'est lors du procès.

Alex soupira.

— Je n'en sais pas plus. Je te dis ce que Mathis m'a dit.

— Au lac Blanc, il ne m'a pas parlé de ça. Pour quelle raison ?

— Il voulait te le dire, mais je suis arrivé. Souviens-toi.

— Si ce témoignage est exact, le couple Chapuis serait un dommage collatéral. L'hypothèse du directeur pour tenter d'expliquer les crimes serait fausse.

— En tout cas, ce crime est l'œuvre d'un professionnel. Quatre morts d'un coup, il faut le faire !

Léa passa une main dans ses cheveux, songeuse.

— À moins que le témoignage dont tu me parles soit un faux destiné à lancer les gens dans un cul-de-sac. Cette affaire part dans tous les sens. Il n'y a aucun fait vérifiable, juste des ouï-dire.

— Tu privilégies l'un d'eux ?

La journaliste se cabra.

— Récapitulons, veux-tu ? Première piste : un crime passionnel ; un mystérieux alpiniste hantant le restaurant et le bar du Chardon bleu tue Anna et Daniel par dépit amoureux. Deuxième piste : un crime passionnel ; l'ex-copain de Clotilde tue cette dernière et Félix par dépit amoureux. Dans les deux cas, l'un des couples est un dommage collatéral, mais lequel ? Troisième piste : la vengeance d'un habitant contre des touristes susceptibles de propager le virus. Quatrième piste : un tueur en série passant là par hasard… Ça fait quatre pistes très minces pour un crime exceptionnel, mais il n'en existe pas d'autres et c'est bien le problème. Ce quadruple meurtre s'explique-t-il par une chose à laquelle personne n'a jamais pensé ?

Jeudi 11 avril

De bon matin, Léa décida de retourner à pied sur le lieu des crimes. Sa voiture brûlée était à la fourrière, l'assureur dresserait un constat, elle louerait un véhicule pour se déplacer. Elle ne savait pas combien de temps elle resterait à Chamonix.

Ce quadruple meurtre était le fait divers le plus incompréhensible de ces dernières décennies : aucun mobile sérieux, une chape de plomb sur la vallée.

Elle se disait que quelqu'un, forcément, dans le coin, *savait.* Ou que des gens savaient des choses, mais ne voulaient pas en parler publiquement. Dans la capitale de l'alpinisme, on faisait comme si ce crime odieux n'avait jamais existé.

Avant d'accéder au parking du Châtelard, munie d'une puissante bombe lacrymogène qui ne la quittait pas, elle fit une halte sur la terrasse de La Joyeuse Marmotte. Plusieurs personnes prenaient un verre, éclairées par le soleil du printemps.

Deux serveurs virevoltaient d'un client à l'autre.

Elle avait mis des lunettes de soleil. Elle regarda un instant le téléphérique qui grimpait en direction de l'aiguille du Midi, telle une cabine spatiale s'envolant vers le ciel.

Charles s'approcha d'elle sans la reconnaître.

— Bonjour, que voudriez-vous boire ? dit-il d'une voix avenante.

Elle retira ses lunettes.

— Une limonade… Vous vous souvenez de moi ?

— Ah, pardon ! Je ne vous avais pas reconnue. Vous êtes la journaliste de l'autre jour. Désolé, je vois passer tellement de monde ! Comment allez-vous ?

— Je piétine dans mon enquête, cette histoire est ahurissante.

— Je vous l'avais dit ! Attendez cinq minutes, je reviens avec votre boisson.

Il alla au comptoir et rapporta une bouteille pétillante et un verre rempli de glaçons.

— Je vous l'offre !

— En quel honneur ?

— Oh, j'ai envie que vous disiez du bien de la buvette dans votre livre, même si vous ne parlez pas de moi. Ici, je ne suis qu'un serveur, mais c'est comme si j'étais le patron. Je dirige tout et je touche une prime au-delà d'un certain chiffre d'affaires. C'est dans mon intérêt qu'on encense cet endroit !

Il regarda autour de lui, puis reprit :

— La clientèle n'est pas très nombreuse aujourd'hui, les vacances scolaires n'ont pas commencé. On peut discuter quelques minutes si ça vous va. La dernière fois, je n'ai pas été très bavard. Je peux m'asseoir près de vous ?

— Avec plaisir !

— Depuis que je suis arrivé, comme je vous l'ai dit, j'entends beaucoup de choses sur la tuerie, je ne sais pas ce qui est vrai et ce qui est faux. À vous de faire le tri !

— Et donc ?

— Eh bien, il paraît que plusieurs personnes étaient présentes sur la scène du crime.

— Il y aurait eu plusieurs meurtriers ?

— Un meurtrier et des complices, peut-être…

— Que faisaient tous ces gens sur place ?

— On l'ignore. Apparemment, les gens sont partis en courant et n'ont rien dit aux enquêteurs.

— Rien ? Pourtant les gendarmes ont interrogé des dizaines de témoins.

— Les enquêteurs, je ne les ai vus qu'une fois, un an après les faits, c'est mince. Je ne les ai pas sentis très motivés.

Léa avait vérifié que le snack avait bien changé de propriétaire après le confinement et que toute l'équipe de serveurs avait été renouvelée. Ceux qui travaillaient à l'époque du drame s'étaient volatilisés. Hasard ?

— Ce sont les gendarmes qui vous ont dit qu'il y avait eu des témoins ? demanda Léa, intriguée.

— Ils m'ont demandé si je connaissais leur nom. S'ils m'ont posé cette question, c'est qu'ils savent que cette rumeur court dans la vallée.

— Et vous avez répondu quoi ?

— Je n'ai pas voulu colporter les ragots qui circulent. Cela ajouterait de la confusion à la confusion.

— Quels ragots ?

— Je vais vous révéler des choses que je n'ai pas dites aux enquêteurs, mais j'ignore si elles sont vraies.

— Vous n'avez pas de point de vue personnel ?

— Aucun. Je vous répète ce que j'ai entendu sur cette terrasse. Ça papote, surtout quand les gens ont picolé. À vous de vérifier et, éventuellement, de me faire part de vos investigations à venir.

— Je vous écoute.

— Félix et Clotilde Meunier étaient attendus sur le parking, plusieurs personnes les guettaient, dont le motard qui a tiré.

— Quel serait le mobile ?

— J'ai cru comprendre qu'il était lié à l'activité professionnelle du couple.

— L'un était professeur de physique, l'autre chercheuse dans une start-up. Ils ne pouvaient pas être tués pour la même raison.

— Selon la rumeur, un seul était dans le collimateur, mais on a tué les deux. Puis on a tué le couple Chapuis parce qu'il avait assisté à la scène. Quatre morts, une seule cible ! Trois victimes collatérales, en quelque sorte.

— D'après cette fameuse rumeur, qui était visé en premier ?

Il toussa avant de reprendre.

— Plusieurs clients ont colporté la même histoire.

— Laquelle ?

— Quand Clotilde Meunier a été touchée, elle n'est pas morte immédiatement. Avant de perdre connaissance, elle aurait hurlé : « Ils m'ont eue ces salauds, ils m'ont eue ! » J'ignore si cela est vrai, mais j'aimerais savoir ce que vous pensez de cette hypothèse…

Léa était perplexe.

— Je n'ai aucun avis sur ce que vous m'apprenez…

Elle regarda le paysage, essayant de trouver des réponses aux questions qui tambourinaient dans sa tête. Cette affaire tentaculaire était un sac de nœuds : des cordes d'alpiniste entremêlées dans le plus grand désordre.

Elle observa les aiguilles de Chamonix qui la fascinaient : le pain de Sucre, la dent du Requin, les aiguilles des Deux-Aigles, des Pèlerins, du Peigne, du Crocodile, du Caïman, du Fou, des Ciseaux, de Blaitière, des Grands-Charmoz, de la République. Elle avait bonne mémoire, elle avait écrit un article sur le massif l'année dernière, elle se souvenait de ces noms légendaires.

Comment retrouver les témoins ?

Elle regarda le grand barbu.

— Si vous connaissez le nom de gens qui ont quelque chose à me confier, n'hésitez pas à me contacter. Je ne répéterai rien aux enquêteurs.

— Je ne les connais pas personnellement. Quand j'entends des commérages sur la terrasse, je ne demande pas aux gens leurs coordonnées, ça ne se fait pas. Les rumeurs passent comme le vent, on ne sait pas d'où elles viennent, où elles vont. Mais si j'ai une piste concrète, je vous préviendrai sans problème, vous m'avez laissé votre carte. *Idem* de votre côté. Depuis que vous êtes arrivée, cette histoire me titille. Revenez quand vous voulez ! J'essaierai de discuter avec certains habitués, je vais les cuisiner pour tenter d'en savoir plus. On verra bien !

Léa s'éloigna de La Joyeuse Marmotte en longeant la route qui menait au parking de la mort. Elle voulait revoir la fausse garde forestière : celle-ci était un peu dérangée, mais son habitation était si proche du lieu du carnage que la journaliste souhaitait la questionner de nouveau. Qu'avait-elle à perdre ? Elle avait le sentiment confus qu'elle n'avait pas tout dit la fois précédente et qu'il fallait revenir à la charge. Forcément, elle savait plein de choses qu'elle ne révélait pas au premier venu.

Après avoir atteint la scène de crime, elle marcha sur le sentier pentu qui menait au chalet. Son cœur battait très fort. Un pressentiment l'envahissait. Elle se disait qu'il allait se passer quelque chose, elle ne savait pas quoi, mais l'appréhension la gagnait. Elle aurait dû demander à Alex de l'accompagner.

Elle frappa à la porte plusieurs fois. Pas de réponse.

Elle était dépitée. Elle aurait dû appeler, mais elle avait oublié de demander à Barbara si elle avait un téléphone. Vu le personnage, il était possible qu'elle n'en ait pas. Cette femme refusait la modernité. C'était son choix, son droit. Elle aimait les fleurs des champs, les chamois, les nuages accrochés aux montagnes, les neiges étincelantes de lumière.

Léa attendit, assise sur le banc devant la maison, imaginant que la militante écologiste faisait une balade.

La journaliste ne se trompait pas. Une heure plus tard, elle la vit arriver sur un chemin.

Elle était souriante, elle regardait les feuillages secoués par la brise, émerveillée comme une petite fille.

— Barbara, ma chère Barbara, s'écria Léa d'une voix aimable, quel plaisir de vous revoir !

Elle cherchait à la mettre en confiance.

La jeune écologiste tourna la tête dans sa direction.

— Ah, je ne vous avais pas vue. Comment allez-vous ? Quelle surprise !

Léa était étonnée par son attitude avenante. Elle avait l'impression qu'elle avait changé depuis la première discussion. Avait-elle compris que Léa était quelqu'un de fiable ?

— Vous avez fait une jolie promenade ? demanda la Parisienne.

— Je suis montée jusqu'à la lisière du glacier des Bossons. J'ai constaté qu'il avait encore reculé depuis l'année dernière, malgré les fortes chutes de neige de cet hiver.

— Vous ne lui aviez pas rendu visite récemment ?

— Le voir racornir me rend malade. Mais que faire ? À moi toute seule, je ne peux pas lutter contre le réchauffement planétaire. Pour commencer, il faudrait interdire aux voitures d'envahir la vallée.

— Pour quelle raison ?

— Elles dégagent du CO_2, c'est terrible. Le CO_2 fait des ravages.

— Vous avez raison. Je suis d'accord avec vous. On devrait créer une immense zone piétonne.

Léa ne savait pas si l'écologiste avait tort ou raison, mais elle n'était pas là pour en discuter.

— Vous pensez que les victimes n'auraient pas dû venir en voiture, c'est…

Barbara la coupa sèchement.

— Quelles victimes ?

— Les morts du parking…

L'écologiste semblait outrée. Elle haussa les épaules.

— Vous considérez que je les ai tuées ?

Léa avait l'impression d'avoir commis une gaffe.

— Mais non !

— Qu'avez-vous dit ?

— J'aimerais que vous me racontiez en détail ce que vous avez vécu ce jour-là. La dernière fois, j'ai eu l'impression que vous m'avez caché certaines choses.

Léa n'en savait rien mais c'était la seule façon d'avancer.

— Cela fait trois ans que les gendarmes me charcutent. Cela fait trois ans que je ne dis rien.

— Vous ne m'avez pas tout révélé ?

Elles pourraient être de bonnes copines. Elles avaient à peu près le même âge. Elles pourraient faire des balades dans la nature. Parler nature, écologie. Parler de leurs amours et de leurs amitiés. Léa ne savait pas grand-chose sur elle en dehors de sa passion pour l'environnement. Elle était un peu fofolle, certes, mais très attachante. Avait-elle eu un copain ? Vivait-elle seule depuis toujours ?

La journaliste revint à la charge.

— Alors ?

— Alors quoi ?

— Vous m'avez dit la vérité l'autre jour ?

Barbara soupira, avant de parler à voix très basse.

— Oh, vous savez, en réalité, j'étais sur le parking, j'ai vu le tueur.

Léa sursauta : c'était une information capitale.

— Je n'ai pas le droit de parler de lui, murmura l'écologiste en regardant autour d'elle avec des yeux affolés.

— Pourquoi ?

— Juste après les meurtres, il m'a poursuivie à pied sur quelques mètres en criant : « Si tu dis quelque chose, je te flingue. » Il n'a pas tiré sur moi. Je me suis enfermée dans mon chalet.

Léa inspira lentement.

— La dernière fois, vous ne m'avez rien dit.

— J'avais peur.

— Pourquoi ne pas déménager ?

— Pour aller où ? Je me sens très bien, ici. Ce chalet, c'est ma vie.

— Vous vous êtes confiée aux gendarmes ?

— Jamais. Du coup, le tueur m'a laissée tranquille. Depuis le massacre, il ne s'est pas manifesté. Comme s'il avait quitté la région.

— Pourquoi me parler de lui alors que vous avez promis de ne rien dire ?

Un long silence.

— Je vous aime bien. Je me suis renseignée sur vous. J'ai regardé sur Internet ce que vous avez écrit. Vos livres, vos articles. J'ai confiance.

— Donc, vous allez m'en dire plus ?

— À condition de ne pas me citer dans votre livre. Pas une allusion sur moi. Je risque ma vie en vous parlant.

Allons, bon, elle aussi, elle ne veut pas qu'on parle d'elle, se dit Léa, *mais, après ce qu'elle vient de me dire, je comprends.*

— Mettez un pseudonyme, ajouta l'écologiste. Dites que vous avez rencontré une touriste qui a assisté à la scène. Ou *un* touriste, c'est encore mieux. Un touriste allemand. Aaron par exemple. Un étudiant d'Ulm. Un étudiant en médecine qui randonnait dans le coin. Voilà. Je vous dis ce qui me passe par la tête. Parlez de quelqu'un qui n'a aucun rapport avec moi.

Elle se mit à rire.

— Mais surtout, poursuivit-elle, ne dites rien aux enquêteurs. Ils m'interrogeraient de nouveau, ça se saurait, forcément. Et le tueur, tôt ou tard, me ferait la peau.

Une brise souffla de nouveau, secouant les feuillages. Une belle lumière de printemps éclairait le sous-bois.

Barbara se leva.

— Je vous propose une chose. Nous allons descendre jusqu'au parking et je vous expliquerai ce que j'ai vu.

Les deux femmes arrivèrent sur le bas-côté de la route. Barbara semblait très émue.

— J'étais assise là, dit-elle simplement.

Elle montra une grosse pierre au fond du parking.

— J'avais marché dans la montagne et je me reposais avant de regagner mon chalet.

— Les voitures des victimes étaient-elles déjà garées ?

— Une seule : la Toyota grise du couple qui descendait des Bossons. Jusque-là, c'était une journée ordinaire.

— D'autres passants ont-ils assisté aux meurtres ?

Léa pensait à tous ces supposés témoins qui ne s'étaient pas manifestés.

— Je ne sais pas.

Léa avait du mal à entendre ce que disait Barbara. Le torrent faisait un énorme vacarme et la jeune femme parlait doucement, comme si elle craignait d'être entendue. De temps en temps, elle regardait autour d'elle, inquiète.

— Je vous écoute, murmura Léa d'une voix douce.

— Des gens descendaient à pied sur la route. En face de moi, de l'autre côté du bitume, un homme téléphonait. Il portait un masque, un chapeau et des lunettes de soleil, je serais bien incapable de le reconnaître, je l'ai à peine regardé. Il est parti assez vite. Pour moi, il était dans le coup, mais je n'en ai pas la certitude. Rien ne présageait ce qui allait se produire.

Le cœur de Léa battait très fort.

— Ensuite ?

— J'ai vu arriver l'Audi blanche des Chapuis. Elle roulait lentement. Elle s'est garée devant moi. Exactement au même moment, j'ai aperçu Félix et Clotilde qui déboulaient du sentier. J'ignorais leur nom, bien sûr, je l'ai appris plus tard dans les médias.

— Les deux couples avaient l'air de se connaître ?

— Je n'en sais rien. Je n'ai pas eu le temps de me poser la question.

— Après ?

— C'est très simple. Félix a ouvert le coffre de la Toyota. Les Chapuis regardaient une carte dans leur voiture. Ils portaient des masques noirs, à cause de la pandémie.

Elle se tut un instant, visiblement émue, avant de reprendre.

— Tout s'est précipité en quelques secondes. Un homme ou une femme est arrivé à moto. Il a sorti un pistolet de son blouson et a fait feu. Il a tiré à bout portant. Il a tué les randonneurs les uns après les autres. La scène s'est passée à une vitesse effarante.

Léa était blême.

— Pourquoi vous a-t-il épargnée ? Le savez-vous ?

— Regardez bien la pierre sur laquelle j'étais assise. L'Audi des Chapuis me cachait. Le tueur ne m'a pas vue tout de suite. Je suis partie en courant. Il m'a pourchassée à pied. J'ai vécu la plus grande terreur de ma vie.

— Il est descendu de sa moto pour tenter de vous tuer ?

— Absolument ! Il a couru sur plusieurs mètres parce que j'étais aux premières loges. J'ai vu le sang qui jaillissait des têtes. C'était horrible.

Léa lui prit la main. Elle imaginait le traumatisme que cette scène avait provoqué en elle.

Elle pensa aux autres témoins supposés. Étaient-ils dans le coup ? Un guet-apens avait-il été organisé ? Comment ? Pourquoi ? Combien de personnes avaient-elles assisté à la scène ?

Les enquêteurs n'avaient pas évoqué leur présence, en dehors de celle, lointaine, du Russe.

Léa inspira un grand coup.

— Ma chère Barbara, je comprends votre douleur. Ces souvenirs sont terribles.

Elle lui caressa la main.

— Les victimes ont-elles dit quelque chose avant de mourir ?

— Peut-être, mais je n'ai rien entendu à cause du vacarme du torrent.

— À quoi ressemblait le tueur ?

— Il était casqué et portait un blouson noir. Impossible de le décrire, je ne l'ai pas vraiment vu.

— Sa moto ?

— Je n'y connais rien. Une grosse cylindrée, mais je n'ai pas la moindre idée de la marque.

— Plaque minéralogique ?

— Vous croyez que j'ai eu le temps de la lire ? Je n'avais qu'une envie : sauver ma peau. J'ai couru comme un lièvre. Sur le sentier qui mène au chalet, j'ai cru qu'il allait tirer, mais non. Après coup, je me suis dit qu'il n'avait plus de munitions.

Les enquêteurs n'avaient jamais révélé le type d'arme utilisée.

Léa reprit :

— Le motard a tiré sur qui en premier ?

La réponse à cette question permettrait d'orienter l'enquête dans un sens ou un autre.

Pour l'instant, Barbara n'avait rien révélé de capital.

— C'est très simple, murmura-t-elle. Un couple était la cible. Le motard s'est acharné sur lui avec une sauvagerie folle. Tout de suite. Dès qu'il a vu les pauvres malheureux. Puis il a abattu les autres. Je n'oublierai jamais ce moment.

— Dans quel ordre a-t-il tiré ? L'avez-vous dit aux gendarmes ?

— J'ai tenu ma langue. Vous avez oublié notre discussion ? Si je parle aux enquêteurs, je meurs. J'ai menti en disant que je n'avais rien vu. Or, je sais.

— Dites-moi.

— Le motard a commencé par…

Elle murmurait de manière quasi inaudible, le torrent couvrait sa voix.

— Allez, courage, s'écria Léa. Je ne le répéterai à personne.

Le visage de Barbara changea d'expression, comme si elle n'arrivait pas à accoucher du nom qui mettrait Léa sur la bonne piste.

L'écologiste s'appuya contre un arbre. Elle chancelait. Son visage était blafard.

Léa ne comprenait pas pourquoi elle ne parlait plus. Malaise ?

— Alors ?

Barbara s'accrocha à une branche avant de s'écrouler sur le sol.

La journaliste comprit ce qui venait d'arriver en apercevant une rigole de sang qui jaillissait de son corps.

Quelqu'un avait tiré sur elle, par-derrière. Pas de moto, cette fois. Léa n'avait pas entendu le coup de feu, l'arme était forcément munie d'un silencieux. Elle aperçut un individu caché dans les buissons, ganté, à quelques mètres, portant un casque de moto et un blouson noir, visière fumée rabattue. Il s'avançait vers elle une arme à la main. Elle était pétrifiée, elle claquait des dents.

Il avait sans doute compris que Barbara était en train de révéler des indices d'une importance capitale.

Était-ce celui ou celle qui avait massacré les quatre randonneurs ?

Comment savait-il que les deux femmes se trouvaient là, sur le parking ? Léa avait-elle été suivie dès la sortie de son hôtel ? Barbara était-elle sous étroite surveillance ? Une webcam avait-elle été installée discrètement à proximité de son chalet ? Rien n'était impossible.

La journaliste supputait que la prochaine victime, ce serait elle.

L'individu s'approcha. En une fraction de seconde, elle se cacha derrière un arbre.

Par miracle, sans doute parce que le casque occultait une partie de sa vision, il se prit les pieds dans un roncier, trébucha, s'écroula sur le sol et lâcha son arme.

Léa craignit qu'il ne la reprenne. Dans un réflexe de survie, elle se jeta sur le pistolet et le braqua sur lui. Il n'avait pas réussi à se relever.

D'une voix menaçante, elle lui cria :

— Levez les bras et restez assis sur le sol.

Il ne disait rien, mais à la surprise de la journaliste, il parvint à s'enfuir à travers l'épaisse végétation. Il disparut au loin dans les frondaisons de l'immense forêt.

De toute façon, Léa n'avait pas l'intention de tirer. Ce n'était pas à elle de faire justice, d'autant qu'elle n'était plus en situation de légitime défense.

À cet instant, une voiture arriva sur la route. Léa se mit à hurler de toutes ses forces.

Le véhicule s'arrêta, un homme se trouvait à bord. Un complice ?

Vu sa tenue, le conducteur était à l'évidence un randonneur. Il ouvrit la vitre.

— Que se passe-t-il ?

Il aperçut l'arme que tenait Léa dans la main, le corps couché à ses pieds.

Il semblait effaré.

Léa tentait de le rassurer en jetant le pistolet sur le sol. Elle parla d'une voix douce.

— Un individu vient de tirer sur cette pauvre femme avec qui je discutais. J'ai réussi à lui arracher son arme et à le faire fuir. Merci de vous être arrêté.

— Je vais appeler les secours, s'écria-t-il. Ne touchez pas à l'arme. Venez vers moi. Je suis guide de haute montagne, ne craignez rien.

Au bout d'une vingtaine de minutes, une voiture de la gendarmerie arriva. Deux hommes en jaillirent, pistolet au poing.

— Que tout le monde lève les bras, cria l'un d'eux.

C'était la procédure en pareille circonstance.

Léa et le guide obtempérèrent.

Les pompiers arrivèrent à leur tour. Ils se précipitèrent vers le corps couché. Au bout de quelques secondes, l'un d'eux murmura d'un ton triste :

— C'est fini. Impossible de la ranimer. Elle est morte.

Léa éclata en sanglots, effondrée.

La scène de crime fut gelée.

Un gendarme entoura la zone d'une bande jaune et noire. C'était la deuxième fois que ce parking était éclaboussé de sang.

Le major de gendarmerie, M. Joulain, arriva un peu plus tard.

Léa fut menottée, puis jetée dans un véhicule.

— Je n'ai rien à voir avec le meurtre, s'écria-t-elle d'une voix outrée. Rien ! Je vous assure.

Personne ne répondit, on attendait les hommes de la police scientifique, qui allaient ausculter la scène. Quand ils arrivèrent, les mains de Léa furent examinées afin d'y déceler d'éventuelles traces de poudre.

La journaliste fut placée en garde à vue à la gendarmerie puis emmenée au palais de justice d'Annecy pour y être entendue.

La juge d'instruction, Marie-Odile Viallard, la questionna d'une voix glaciale.

C'était une femme au visage anguleux, sec, la cinquantaine. Léa ignorait ce qu'elle avait dans la tête. Elle avait forcément une idée, une intime conviction, mais en général ce n'était pas dans le tempérament des juges d'instruction de révéler ce qu'ils pensaient, surtout face à un suspect. Ils pouvaient mentionner des éléments de l'enquête, comme ça, mine de rien, afin de montrer qu'ils travaillaient, qu'ils avaient des pistes, mais ils cachaient les choses les plus importantes jusqu'à la résolution de l'énigme.

— Je suis chargée du dossier sur le quadruple meurtre du Châtelard, dit-elle en guise de préambule. Et aujourd'hui, un autre homicide, celui de Mme Barbara Dubois, est commis au même endroit avec, *a priori*, le même type de pistolet. Ce genre de réitération est tout à fait exceptionnel.

Léa ne savait que dire. Elle attendait qu'on lui pose des questions précises. Elle menait son enquête parallèlement à celle de la section de recherches, elle n'avait pas l'intention de révéler les indices qu'elle avait glanés.

— L'ennui, poursuivit la juge, c'est que le guide de haute montagne vous a vue avec l'arme du crime à la main non loin du cadavre… Mais d'abord, donnez-moi votre version des faits.

Léa lui raconta une partie de la scène.

— Un individu est arrivé dans les bois. Nous ne l'avons pas entendu à cause du bruit du torrent.

— Ensuite? s'écria la juge d'une voix dubitative.

— Il a tiré sur Barbara dans le dos.

— Pour quelle raison?

— Ah ça, je ne sais pas, il faudrait le lui demander.

— Qui était cet individu? Vous le connaissez?

— Sa tête était dissimulée par un casque intégral, la visière fumée était rabattue. Impossible de vous en dire plus. Je ne sais même pas si c'était un homme ou une femme.

— Vous êtes incapable de le décrire?

— Je vous promets que c'est vrai. J'étais dans un état second.

— Ensuite?

— Il a trébuché, a lâché son arme, j'en ai profité pour la saisir. Il s'est enfui. Vous savez tout.

— Le problème, c'est que vous êtes la seule à avoir vu le tueur…

Léa comprit le sous-entendu.

— Je suis restée sur place. Pensez-vous que je l'aurais fait si j'avais eu quelque chose à me reprocher? Je n'aurais pas attendu que quelqu'un arrive sur la route…

Elle était à la fois excédée et inquiète.

— Un criminel n'arrête pas une voiture, ajouta-t-elle. Il disparaît le plus rapidement possible. Ou alors, il tue ceux qui s'approchent. Ils éliminent tous les témoins. Demandez au guide de montagne de quelle manière je me suis comportée.

— Dites-moi ce que vous faisiez à cet endroit avec cette femme.

Elle répondit avec franchise.

— Je suis journaliste. J'enquête sur la tuerie du Châtelard. Je compte écrire un livre. La victime habitait juste à côté du parking. Je lui posais des questions.

La juge ne fit aucun commentaire, elle avait forcément glané foule d'informations sur Léa avant l'interrogatoire. Ses papiers avaient été confisqués, il était facile de connaître sa biographie en tapant son nom sur un moteur de recherche.

— Avant toute chose, s'écria Marie-Odile Viallard d'une voix autoritaire, vous allez subir des examens médicaux. Nous allons prélever votre ADN, vos empreintes digitales, et procéder à toutes sortes d'analyses. Un laboratoire se trouve à proximité. On verra bien ce que ça donne.

Léa avait craint d'être mise en examen, voire incarcérée, mais la juge n'évoqua pas ces hypothèses.

Elle allait se lever, accompagnée par un policier, avant que la juge ne lui pose une question qui lui glaça le sang.

— Où étiez-vous le jour du quadruple meurtre ?

Elle ne s'attendait pas à pareille estocade.

— Il y a trois ans ? Je me trouvais chez moi !

— Adresse ?

— Je l'ai mentionnée tout à l'heure en remplissant les formulaires avant de vous rencontrer. J'habite au 39 rue de Douai dans le IXe arrondissement de Paris, non loin de la place Blanche. Vous situez ?

— Vous habitez toujours là ?

— Affirmatif.

— Vous n'êtes pas venue à Chamonix au moment de la tuerie ?

— Du tout. Rappelez-vous, c'était le confinement.

— Ah non, vous vous trompez. Le confinement a commencé quelques jours plus tard. Le quadruple meurtre n'aurait sans doute pas eu lieu au cours de cette période, il n'y avait aucun randonneur sur les sentiers. Or, les gens assassinés étaient tous des randonneurs.

Léa ne savait pas si elle venait de commettre une gaffe, ou si la juge considérait qu'il s'agissait d'une simple maladresse.

Pour tenter de se rattraper, la journaliste renchérit :

— Je voulais dire que le confinement venait d'être annoncé et que je m'organisais pour vivre cette épreuve en réaménageant mon appartement le mieux possible. On ne savait pas à quel moment ce cauchemar prendrait fin, rappelez-vous ! Les épidémiologistes s'affrontaient sur les plateaux de télévision, ils n'étaient pas d'accord entre eux. Comme tous les Français, j'étais perdue, inquiète.

La juge n'avait pas l'air de s'intéresser à la pandémie. Elle se leva, presque menaçante.

— Il faudra que vous me prouviez que vous étiez bien à Paris ce jour-là.

— J'ai un copain.

— Vous étiez avec lui au moment des meurtres ?

— Absolument.

— Nom ? Téléphone ?

Elle lui donna les coordonnées d'Ugo. Elle ignorait s'il serait contacté.

— Ce fameux 7 avril, je suis restée chez moi toute la journée. La plupart du temps, je travaille dans mon appartement. Mon copain est rentré en milieu d'après-midi. Il bosse au CNRS.

Elle pensait à lui, à son silence qui s'éternisait.

— C'est noté, dit la juge d'une voix sèche. Nous procéderons à des vérifications le moment venu. Le plus urgent pour nous est de savoir ce qui s'est passé tout à l'heure. Pourquoi cette femme est-elle morte, et par qui elle a été abattue ? À supposer que ce ne soit pas vous, vous avez une idée de l'identité du tueur ?

— Je ne sais pas. Qu'ont donné les investigations ?

— C'est moi qui pose les questions, pas vous.

Si Léa avait fréquenté bien des juges d'instruction, jamais elle n'avait rencontré de magistrate aussi désagréable.

— Vous discutiez avec Mme Dubois pour savoir ce qu'elle avait vu sur le parking le jour du crime ? poursuivit-elle.

— Exactement.

— Ma question était un piège. Une chose est bizarre : nous avons interrogé cette femme à plusieurs reprises, elle nous a dit qu'elle n'était au courant de rien. Le 7 avril, il y a trois ans, elle a affirmé qu'elle était chez elle, assise sur un banc extérieur d'où le parking est invisible. Elle a cru que les coups de feu étaient de gros pétards. Et là, vous prétendez qu'elle vous a décrit la tuerie comme si elle y avait assisté.

Léa se contenta de hausser les épaules. Elle n'avait pas envie de lui raconter ce que Barbara, même morte, lui avait révélé.

La juge se rassit dans son fauteuil.

— Je mets fin à l'entretien. Vous êtes placée sous contrôle judiciaire. Vous n'avez pas le droit de quitter le département jusqu'à nouvel ordre et vous vous engagez à répondre à toutes mes convocations. Un policier va vous accompagner jusqu'au centre d'analyses. Je reconsidérerai éventuellement votre statut juridique d'ici quelques jours.

Après avoir subi une batterie de tests dans un laboratoire dédié aux enquêtes criminelles, Léa fut raccompagnée par des gendarmes à Chamonix. Sur Internet, le meurtre de Barbara n'était pas encore évoqué.

Elle retrouva Alex au bar de l'hôtel. Il était surpris de n'avoir aucune nouvelle d'elle depuis plusieurs heures.

Ils s'installèrent dans un coin.

Les larmes aux yeux, elle lui raconta les moments éprouvants qu'elle venait de vivre.

— C'est bizarre, la juge ne m'a pas mise en examen.

— Elle attend probablement les résultats des analyses. Et puis, elle a sans doute une autre piste dont elle ne veut pas te parler.

— Aucune trace de poudre sur mes mains, c'est le fait le plus important ! La police scientifique m'a fait subir un test sur la scène de crime dès qu'elle est arrivée. La juge aura les résultats rapidement.

Après un silence, elle ajouta :

— Je suis très affectée par la mort de Barbara. Je la connaissais depuis peu, mais elle me touchait : un peu allumée, certes, mais tellement adorable ! Tu te rends compte ? Bien que menacée de mort, elle a refusé de déménager. Après avoir assisté à un quadruple meurtre, elle est restée sur place… Quel courage !

Elle se tut avant de reprendre, la voix enrouée par l'émotion :

— De plus, je ne saurai jamais ce qu'elle a cherché à me dire et qui semblait si important… Je venais de lui demander sur qui le tueur avait ouvert le feu en premier. Un indice capital ! Elle n'a pas eu le temps de répondre...

Un silence pesant s'instaura entre les deux amis.

Ils commandèrent des Desperados, la bière préférée de Léa. Un élégant garçon leur apporta deux grands verres.

Elle but une première gorgée en fermant les yeux.

Elle avait oublié de dire à la juge que sa voiture avait été incendiée, mais elle était sûrement au courant.

Marie-Odile Viallard croyait-elle à son récit ?

La journaliste essaya de penser à autre chose.

— Et toi, Alex, qu'as-tu fait de ta journée ?

— Oh, tu me connais...

— Tu as encore rencontré une jolie fille ?

— Comment le sais-tu ?

— Tu ne penses qu'à ça.

— Oh, c'était en tout bien, tout honneur. Une Savoyarde croisée dans un café. On a sympathisé, on a mangé un sandwich thon-tomates. Tu vois, ce n'est pas très romantique.

— Tu vas la revoir ? dit-elle d'une voix amusée.

— Je n'en sais rien mais si on se retrouve sur un oreiller, ça va me permettre d'avoir son point de vue sur le massacre. Comme dans les films d'espionnage ! C'est une jeune femme très sympathique, une blonde avec des couettes.

Elle ne savait pas s'il plaisantait ou s'il était sérieux. Faire parler les gens du coin, c'était facile, mais chacun avait un avis différent.

Elle avait été soulagée qu'aucun journaliste ne l'ait attendue à l'entrée de l'hôtel à son retour.

La mort de la jeune écologiste allait faire la une des médias de manière imminente. Ceux-ci souligneraient la parenté troublante entre les crimes : même lieu, même mode opératoire. Léa imaginait que la juge allait continuer à la cuisiner pour savoir si elle était dans le coup.

Il fallait qu'elle prouve son innocence, alors qu'elle enquêtait sur une affaire vieille de trois ans. Une situation inédite pour elle. Elle était coincée entre un tueur sans visage et des enquêteurs soupçonneux.

— Que comptes-tu faire maintenant ? lui demanda Alex.

— Puisque personne ne sait rien ici, ou que personne ne veut parler, je vais essayer de rencontrer ceux qui ont vu les victimes en dernier, si c'est possible.

— Tu vas finir par rentrer à Paris, non ?

— La juge m'a demandé de ne pas quitter le département pour l'instant.

— Du nouveau sur le couple Meunier ?

— Une chose me chagrine, je ne sais plus si je t'en ai parlé. Sur Internet, on parle d'eux en tant que victimes, il existe des centaines d'articles sur le sujet. Mais sur leur vie professionnelle et familiale, presque rien.

— Les enquêteurs ont peut-être tout effacé…

— C'est une explication, mais ils ne l'ont pas fait tout de suite pour l'autre couple. Ils ont attendu plusieurs jours.

— Personne n'est obligé de s'inscrire sur une application. Je connais des gens qui fuient les réseaux sociaux, c'est leur droit le plus strict.

— Certes, mais là je n'ai retrouvé aucune trace ni de l'un ni de l'autre. C'est quand même étrange. J'ai simplement appris qu'ils habitaient Lyon, que lui était professeur de physique à l'université, elle salariée dans une start-up, j'ignore laquelle. C'est mince. Normalement on trouve tout, sur Internet. La presse affirme que c'étaient des scientifiques, chacun dans son domaine, sans en dire plus.

— Comment tu expliques ça ?

— Une hypothèse m'est venue à l'esprit.

— Laquelle ?

— L'un des deux travaillait sur un projet hautement sensible.

— Comment le sais-tu ?

— Je n'en sais rien, justement. Les médias ont évoqué rapidement le sujet, mais sans insister.

— Qu'est-ce qui te fait dire ça, alors ?

— Aucune trace d'eux sur les réseaux sociaux : ça ressemble à une mise à mort informatique. Seul un hacker a pu faire ça. Si mon intuition est la bonne, la piste du tueur fou tombe à l'eau. Il s'agit au contraire d'un crime programmé et organisé.

Alex hocha la tête, il n'avait pas l'air convaincu.

— Mais par qui ?

— Par une mafia, un truc de ce genre. Trois ans plus tard, elle continue à sévir dans le coin pour empêcher qu'on comprenne ce qui s'est passé. Il faut considérer les faits et eux seuls. Quelqu'un brûle ma voiture, avant d'abattre un témoin capital. La tuerie du Châtelard n'est pas le crime d'un chasseur ou d'un ivrogne qui tire pour se défouler, ni même un crime passionnel. Souviens-toi, au début, on parlait de la vengeance de quelqu'un qui voulait faire fuir les touristes contaminés par le virus. Cette explication me semble de moins en moins crédible…

— Tu as lu beaucoup de romans policiers, Léa.

— J'ai surtout enquêté dans de nombreuses affaires. Pour moi, il existe une machination derrière tous ces meurtres, quelque chose de très élaboré.

Journal de Léa

Je publierai ce journal *in extenso* dans le livre consacré à cette affaire, je viens de le décider. Il fera partie intégrante de mon récit, ça le rendra plus vivant, plus authentique. Ce journal est mon confident, mon ami, celui à qui je dis tout.

Toujours aucun signe de vie d'Ugo depuis le texto qu'il m'a envoyé le premier jour. Il faut dire que je ne le contacte pas non plus. J'attends qu'il m'appelle le premier. Ai-je raison ? Ai-je tort ? Est-ce la fin ?

Je ne l'ai pas avoué à Alex, mais j'ai beaucoup pleuré après la mort de Barbara. Je m'étais prise d'amitié pour elle, même si on se connaissait à peine. Lors de la première rencontre, elle n'a pas été très coopérative, je me suis dit qu'elle cachait un élément important. C'est vrai, elle cachait quelque chose car elle se méfiait de moi, ce qui était normal. Puis elle a changé d'attitude. Je l'ai mise en confiance. Je revois très bien chaque seconde de la tragédie.

Incroyable ce qui est arrivé !

Je vais encore pleurer. Pleurer seule dans ma chambre. Cela fait des années que j'enquête sur des crimes, j'ai vu des cadavres, mais c'est la première fois qu'on assassine quelqu'un sous mes yeux. À quelques centimètres de moi. Au début, je n'ai pas compris ce qui arrivait. Barbara parlait, et brutalement, plus rien. Ses yeux ont chaviré, ils sont devenus vitreux. Elle est passée de la vie à la mort en une seconde. Très choquant. Je n'avais jamais assisté à une chose aussi horrible.

Comme je l'ai dit à Alex, j'exclus à ce stade l'hypothèse du tueur fou. Ou alors c'est un fou d'un genre nouveau.

J'écarte le drame passionnel qui a mal tourné. Si un amant éconduit avait tué le couple Chapuis par désespoir, avant d'en tuer un autre pour l'empêcher de témoigner, il ne serait pas revenu sur les lieux du crime trois ans plus tard. J'ai tort ? Peut-être.

C'est ainsi que je ressens les choses. Profondément. Confusément. À l'instinct.

Je me retrouve dans l'œil du cyclone. Va-t-on me tuer à mon tour ?

J'ai résolu plusieurs affaires que la police avait quasiment classées et j'en suis fière. Le meurtrier – ou les meurtriers – doit le savoir, il suffit de taper mon nom sur un moteur de recherche pour voir mon tableau de chasse : résolution de l'affaire Picara, de l'affaire Marcus, de l'affaire Keita, etc.

L'annonce de ma venue dans la presse locale a-t-elle provoqué la panique parmi ceux qui ont commandité ces crimes ?

Vendredi 12 avril

Après le petit déjeuner, Léa retourna à la boutique de sport. À défaut de trouver des éléments en ligne sur les deux jeunes randonneurs criblés de balles, il fallait qu'elle questionne de nouveau celui qui les avait vus juste avant leur mort. Elle poussa la porte du magasin. Pierre Leblanc était en train de ranger des chaussures de ski, consciencieusement, sur des étagères en bois. Il y en avait des centaines, de toutes les couleurs et de toutes les tailles. On était en fin de saison hivernale, les beaux jours revenaient, il fallait tout réorganiser, de nouveaux vacanciers allaient débarquer à l'occasion des congés scolaires de printemps.

Un immense écran plasma diffusait des images de haute montagne sur la chaîne Télé-Savoie. On voyait un alpiniste escaladant l'aiguille du Dru, filmé par un drone.

— Vous me reconnaissez ? lui dit Léa d'un ton jovial.

— Oh, vous savez, je rencontre des milliers de gens chaque année. Redites-moi qui vous êtes ?

Elle était vexée qu'il l'ait oubliée si rapidement.

— J'étais venue pour vous parler du crime du Châtelard…

— Ah, oui, ça me revient… Que voulez-vous ? Je ne sais rien, moi !

— J'ai oublié de vous dire une chose…

— Laquelle ?

— Je suis journaliste, j'écris un livre sur cette tragédie.

Il observa la jeune femme des pieds à la tête.

— Écoutez, si ça ne vous dérange pas, on va retourner dans l'arrière-boutique comme la dernière fois. Je n'ai pas envie que les clients nous entendent.

Le bureau était en pagaille.

— Désolé pour le fourbi, mais en ce moment, c'est la course. Je privilégie le bon ordre du magasin à celui de ma paperasserie.

Après un silence, il ajouta :

— On me pose sans arrêt des questions sur le crime du Châtelard. Voyez-vous, j'en ai marre. La dernière fois, je vous ai parlé car vous avez une tête sympathique, mais en général, je ne dis rien. Vous écrivez vraiment un livre ?

Elle lui montra la copie du contrat qu'elle avait signé avec un éditeur. Elle le gardait toujours avec elle pour le cas où elle aurait besoin de convaincre son interlocuteur.

— En fait, s'écria l'homme, l'autre jour, je vous ai trouvée un peu envahissante, pardonnez-moi de vous le dire. L'histoire du projet d'escalader le Mont-Blanc, c'est vrai, mais à la fin, j'ai raconté des salades pour abréger la conversation. J'ai dit n'importe quoi pour m'amuser. Je sais, ce n'est pas bien, mais parfois je pète les plombs. En réalité, l'histoire de l'ex-petit copain agressif est sortie de mon imagination débordante. Aucun individu jaloux n'a voulu casser la gueule à Félix devant le magasin…

— Vous m'avez lancée sur une fausse piste ? Ce n'est pas très sympa ! Vous avez raconté ce bobard aux gendarmes ?

— Je ne leur en ai pas parlé, bien sûr, il me semble vous l'avoir dit. Ils sont arrivés après le meurtre, dès qu'ils ont su que les deux randonneurs avaient fait des achats ici. Je ne sais pas pourquoi, mais j'ai cru qu'ils m'accusaient de quelque chose. Vous connaissez la formule : le dernier qui a vu la victime est le premier suspect. Eh bien, moi, je n'ai rien à me reprocher…

Léa ne comprenait pas pourquoi il cherchait à se disculper. Elle n'avait lu nulle part qu'il était inquiété.

Il poursuivit d'une voix gonflée de colère.

— Il y a eu cette affreuse tuerie, et quelques jours plus tard, j'ai été obligé de fermer ma boutique. L'année maudite ! Douze mois sans rien gagner ! Puis, après le confinement, les remontées mécaniques ont été mises à l'arrêt.

Léa n'avait pas envie de parler de la pandémie, le sujet l'ennuyait, il appartenait au passé. Une période révolue, même si elle continuait à peupler la mémoire collective. Un chercheur suisse avait découvert un vaccin miracle qui avait mis fin à la tragédie en quelques mois. Il avait obtenu le prix Nobel de médecine. Malgré sa renommée internationale, il fuyait les médias. Personne ne connaissait son visage en dehors de ses proches. Il ne s'était pas rendu à la cérémonie de remise du Nobel. Comme Churchill, il y avait envoyé son épouse. Un Suisse romand. Un certain Michel Mueller. Chercheur de génie et directeur du laboratoire Janus, situé à Lausanne, qui commercialise le vaccin dans le monde entier. Son nom était aussi connu que celui du président des États-Unis ou du pape, mais depuis sa gloire subite, il avait préféré rester dans l'ombre. Les milliards qu'il avait engrangés avaient été reversés à la recherche et à des organisations caritatives.

— Alors, ce couple de randonneurs ? demanda Léa d'une voix ingénue. Qu'est-ce qu'ils avaient de particulier ? Tout restera entre nous, je vous le promets !

— Au début, je les ai pris pour des rigolos, je vous l'ai dit. Escalader la voie la plus difficile du Mont-Blanc en cette saison, c'était mission impossible. Je suis persuadé qu'ils ont renoncé à leur projet. De plus, ils étaient mal équipés. Pas de crampons, pas de piolets.

Léa se fichait de ces détails, d'autant que, s'ils avaient poussé la porte du magasin, c'était justement pour acquérir un matériel adapté.

— Et à part ça ?

— On a un peu discuté, je n'avais quasiment plus de clients à cause de la situation sanitaire. On a même bu un café ensemble.

— Ils vous ont parlé de leurs activités professionnelles ?

— Ben oui… C'étaient deux scientifiques : un physicien travaillant dans une centrale nucléaire et une chercheuse salariée dans une start-up, vous êtes sûrement au courant.

— La presse n'a quasiment pas évoqué leur carrière respective.

— Oh, vous savez, les scientifiques, contrairement aux people, sont très discrets. On a discuté pas mal de temps. Ils venaient de séjourner aux Houches.

Un rayon de soleil illumina la pièce.

— Les Houches ?

— Oui, à l'École de physique, pas loin de Chamonix. Un centre international d'échanges scientifiques célèbre dans le monde entier. Vous ne connaissez pas ? Clotilde accompagnait Félix. Elle ne participait pas aux sessions, m'a-t-elle dit.

— Qu'est-ce qu'elle faisait de ses journées ?

— Ah ça, je n'en sais rien. Allez sur place. Posez des questions aux gens qui l'ont vue. Au personnel administratif. J'imagine qu'on se souvient de ce joli couple, surtout après ce qui s'est passé.

L'École de physique des Houches se trouve au 149 chemin de la Côte, au pied de l'aiguille du Goûter qui la domine de sa hauteur vertigineuse. Vue de l'extérieur, elle ressemble à un village de vacances : coquets chalets groupés autour de bâtiments plus vastes.

Léa arriva en taxi, accompagnée d'Alex.

Durant le trajet, elle se retourna plusieurs fois pour vérifier que personne ne les avait pris en chasse.

Ils frappèrent à la porte d'une maison en bois devant laquelle était garée une voiture. Une pancarte indiquait : *École de physique des Houches. Administration.*

Une femme aux cheveux bouclés, la cinquantaine, ouvrit la porte.

— L'école est fermée ces jours-ci pour travaux, dit-elle en voyant les deux intrus. Vous voulez des renseignements sur la réouverture ?

Au début, sa voix n'était pas très accueillante, mais elle se radoucit face à la mine joviale de Léa, qui savait s'y prendre pour mettre les gens à l'aise. Celle-ci alla droit au but.

— Deux de mes amis sont venus ici il y a trois ans, Clotilde et Félix Meunier.

À l'évidence, la femme voyait très bien de qui elle parlait.

— Ah oui, dit-elle d'une voix où se devinait de l'émotion. Entrez, je vous en prie. Je m'appelle Myriam Roy. Je suis la directrice de cette école. Comme vous pouvez le constater, j'habite sur place.

Elle invita les deux amis à s'asseoir sur un canapé, avant de poursuivre.

— Je me souviens d'eux, bien sûr. Félix participait aux sessions, j'ai peu discuté avec lui. J'ai surtout sympathisé avec Clotilde. Ils habitaient le chalet des Edelweiss, un peu plus haut.

— Vous avez échangé avec elle ?

— À de nombreuses reprises ! Je n'étais pas très occupée. Il n'y avait quasiment plus personne à l'école. On était en pleine pandémie, souvenez-vous. À peine un participant sur trois dans les salles de cours, par rapport à une période normale.

Alex ne disait rien, il écoutait la conversation.

— Pour quelle raison avez-vous sympathisé ? demanda Léa, histoire d'en savoir un peu plus.

— Je la sentais seule. Triste. Perdue. Tendue. J'ignorais qui c'était. En principe, on n'accueille pas les invités, ce n'est pas un hôtel, mais là, comme l'endroit était presque désert et que Félix a insisté, j'ai accepté sa présence.

— Perdue ? Pourquoi perdue ?

— Je devinais qu'elle était très angoissée.

— Angoissée ?

— Dès que Félix n'était plus là, elle paniquait. Elle n'assistait pas aux sessions, cela aurait été contraire à nos habitudes.

— Pourquoi ?

— Soit on est physicien, soit on ne l'est pas. Or elle était chercheuse dans un laboratoire médical.

— Ah oui ?

Léa avait une chance inouïe de tomber sur cette femme.

— Vous avez des révélations à me faire ?

— Je peux vous raconter certaines choses maintenant qu'elle est morte. Elle ne risque plus rien.

Ce genre de phrase était terrible à entendre.

— Vous avez témoigné auprès des enquêteurs ?

— Bien sûr ! Je n'ai rien à cacher : Clotilde voulait séjourner ici incognito, personne n'était au courant, sauf moi et son mari.

Myriam respira un grand coup avant de continuer.

— Elle disait qu'elle était menacée. Vous qui l'avez connue, vous étiez au courant ?

— Je ne l'avais pas vue depuis des années.

Elle mentait pour la bonne cause, avant d'ajouter :

— Je vais vous dire la vérité : je suis journaliste et j'écris un livre sur la tuerie du Châtelard. D'après vous, pourquoi ces menaces ? Je ne suis au courant de rien.

— Elle travaillait pour une start-up pharmaceutique. Et pas n'importe laquelle ! Une start-up à la pointe des recherches contre le fameux virus.

Léa était stupéfaite.

— On fait un petit tour ? proposa Myriam. Le temps est superbe. Avant que vous n'arriviez, j'avais l'intention de me dégourdir les jambes dans la forêt.

Léa accepta la proposition.

Ils sortirent tous les trois. Les aiguilles de conifères crissaient sous leurs chaussures.

Alex ne semblait pas intéressé par la conversation et Léa avait envie qu'il s'éloigne un peu, elle était gênée quand une tierce personne assistait à un échange qui ne lui était pas destiné. Il alla marcher plus haut dans l'alpage. Des oiseaux piaillaient. Il existait un décalage inouï entre la splendeur de la nature et l'atmosphère macabre du dialogue entre les deux femmes.

— Dites-m'en plus sur la start-up où travaillait Clotilde, demanda Léa d'une voix presque suppliante.

— Elle élaborait un traitement contre le virus.

— Traitement ou vaccin ?

— Traitement. Vous êtes sourde ?

— Et donc ?

— Clotilde, malgré sa jeunesse, était une scientifique d'un très haut niveau. Ses recherches avançaient vite.

— C'est à cause de ça qu'elle a été tuée ?

— En tout cas, elle se disait en danger.

— Pourquoi vous en a-t-elle parlé ? Elle ne vous connaissait pas.

— Au début, elle ne m'a rien dit. Mais elle est restée quinze jours et nous avons fini par nous rapprocher. Elle a eu confiance en moi. Elle m'a dit ce qu'elle avait sur le cœur.

— Racontez-moi tout ! s'exclama Léa d'une voix intriguée.

— Aux Houches, je la sentais sur ses gardes. Quand un inconnu s'approchait, elle se réfugiait dans leur chalet.

— Elle aurait pu rester à Lyon.

— Là-bas, elle était persuadée que le danger était plus grand. Je me répète : elle n'avait dit à personne qu'elle séjournait ici.

Léa ne comprenait pas.

— Dans ce cas, pourquoi avait-elle peur ?

— D'abord, j'ai cru qu'elle était un peu dérangée. Son attitude rappelait certaines phobies. Jusqu'au jour où j'ai compris pourquoi elle était terrorisée.

Léa observa l'aiguille du Goûter nappée de neige fraîche. Pendant une conversation difficile, elle aimait laisser ses yeux vagabonder sur le paysage. C'est par là que passe la voie normale pour accéder au sommet du Mont-Blanc, laquelle comporte des risques. Sur la paroi de l'aiguille se trouve le couloir de la Mort, un lieu où de grosses pierres dévalent à toute vitesse. Chaque année, des alpinistes sont tués à cet endroit : un morceau de rocher les écrabouille ou les fait dévisser.

Le couloir de la Mort.

Elle regarda Myriam en essayant de comprendre ce qui s'était passé sur le parking maudit.

— Clotilde se sentait en danger ici, c'est ça que vous me dites ?

— Quelques jours avant de venir aux Houches, elle avait reçu un mail qu'elle m'a montré. Je vous le cite de mémoire : « Si tu n'arrêtes pas tes recherches, on te suivra partout et on te flinguera. »

— Quelles recherches ?

— Les recherches sur le traitement curatif, voyons. Je viens de vous le dire ! Elle travaillait avec le docteur Galileo dans la start-up qui porte son nom, à Villeurbanne. Elle était en train de mettre au point un médicament destiné à combattre le virus de manière radicale. Une très bonne nouvelle pour l'humanité, une mauvaise pour des équipes concurrentes qui avaient investi des sommes très importantes dans la recherche pour lutter contre cette terrible maladie. L'argent domine le monde, vous n'êtes pas au courant ?

— Un concurrent l'a menacée de mort ?

— Elle ne sait pas. Le message n'était pas signé, bien sûr. Elle a essayé de répondre, l'adresse était bloquée. Une lettre anonyme, en quelque sorte !

— Elle en a parlé à la police ?

— Elle a porté plainte. Le commissaire n'a pas pris ça au sérieux. Des menaces de mort sur Internet, il y en a des millions tous les jours. Je vous rappelle qu'on était en pleine pandémie et que la police n'allait pas enquêter pour quelques mots écrits dans un mail. Comme on dit, ils avaient d'autres chats à fouetter !

— Et une fois qu'elle a été assassinée, ils ont cherché, non ?

— Sans doute, mais à la suite de ce message menaçant, dans la mesure où aucune enquête n'avait été diligentée, elle a quitté son centre de recherches pour venir ici avec son mari. Elle a pris un congé.

— Ses collègues aussi ont été intimidés ?

— Je n'en sais rien. En tout cas, c'est la seule à avoir été massacrée.

— Pour vous, elle a été tuée parce qu'elle s'apprêtait à mettre au point un traitement ?

— Attendez, je vous raconte la suite.

Léa vit son interlocutrice esquisser un sourire désolé.

— Elle avait décidé de retourner à Lyon la veille du confinement, mais pas avant. Elle s'est dit qu'après le bouclage de la ville, elle serait en sécurité. Les gens resteraient cloîtrés chez eux.

— Sa mort a-t-elle changé quelque chose aux recherches de Galileo ? Ce sont des équipes qui travaillent, pas une seule personne !

— D'après ce que j'ai compris, Clotilde était un génie, au sens où Einstein l'était. Sur le plan médical, elle comprenait des choses que personne d'autre ne saisissait. Elle avait un don, comme on dit.

— Et par conséquent, elle voulait rester aux Houches le plus longtemps possible ?

— C'était son idée initiale. Mais l'école a fermé une dizaine de jours avant le début du confinement. La gendarmerie a demandé à tout le monde de partir.

— D'où son désir de crapahuter dans la montagne ?

— Exactement. Elle m'a expliqué qu'elle ferait de la randonnée avec Félix avant de rentrer à Lyon. Elle m'a dit qu'ils voulaient monter en téléphérique à l'aiguille du Midi avant de marcher en altitude. Elle m'a demandé où ils pouvaient acheter du matériel. Je lui ai donné l'adresse de la meilleure boutique du coin, Top Mountain, à Chamonix.

— Pas d'incident pendant son séjour aux Houches ?

— Aucun, à mon grand soulagement ! Elle avait peur, mais personne n'a cherché à attenter à sa vie. Sans certitude, j'en ai déduit que personne ne savait qu'elle se trouvait là. D'où ma stupéfaction, quelques jours après son départ, quand j'ai appris qu'elle avait été assassinée.

Un silence assez long. Léa sentait que Myriam était bouleversée. Elle s'était attachée à la jeune chercheuse et son meurtre avait dû être un traumatisme.

— Vous avez témoigné auprès des gendarmes ? demanda la journaliste.

— Évidemment. Les enquêteurs ont débarqué chez moi. Ils savaient que Félix et Clotilde avaient séjourné ici.

— Qu'avez-vous dit ?

— Ce que je viens de vous raconter. J'ai répété ce que la jeune chercheuse m'avait révélé.

— Comment ont-ils réagi ?

— Je les ai vus seulement deux fois. J'ai aussi rencontré la juge d'instruction à Annecy, Marie-Odile Viallard.

— Et donc ?

— Elle m'a posé une foule de questions. Elle m'a demandé si j'avais vu des gens bizarres rôder dans le coin pendant les sessions. J'ai répondu par la négative. Rien à signaler ! Et puis je ne sais pas ce qu'est un individu bizarre. Un meurtrier potentiel ne porte pas un panneau pour le signaler.

— Conclusion ?

— La juge n'a pas eu l'air de croire à l'hypothèse d'un crime dirigé contre Clotilde, mais je me trompe peut-être.

Léa soupira.

— Les juges d'instruction ne révèlent pas forcément leurs arrière-pensées, un classique. J'enquête sur des crimes depuis des années. S'ils privilégient une piste, ils n'en parlent pas systématiquement, jusqu'au dénouement. Motus et bouche cousue !

Myriam avait l'air perdue.

— Vous pensez plausible que le criminel ait attendu pendant des jours la jeune chercheuse sur le parking du Châtelard ?

— Rien n'est jamais à écarter. Si ça se trouve, le meurtrier venait seulement de la repérer. Avant, il ignorait où elle se trouvait. D'où le fait qu'il ne l'ait pas tuée ici.

— Mais pourquoi la massacrer sur un parking relativement fréquenté ? Ce n'est pas le meilleur endroit pour commettre un crime !

Léa hocha la tête.

— Je ne cherche pas à tout expliquer. Je constate simplement que trois ans plus tard, après un quadruple meurtre le long d'une route, on n'a toujours pas trouvé la moindre explication crédible. Qui a tué ? Pour quelle raison ? Qui était visé ? Il faut donc tout envisager, même les choses les plus improbables. Sinon, on n'avance pas.

Elle ne voulut pas évoquer la piste du crime passionnel dirigé contre les époux Chapuis.

Myriam regarda Léa les yeux noyés de larmes.

— Comment savoir ?

En se quittant, elles s'embrassèrent.

Léa était tellement fatiguée qu'elle décida de se reposer à l'hôtel tout le week-end, en essayant de ne plus penser à l'affreuse tuerie. De façon générale, quand elle menait une enquête, elle s'accordait deux jours de répit par semaine.

Lundi 15 avril

De bon matin, les gendarmes vinrent chercher Léa à l'hôtel puis l'emmenèrent au palais de justice d'Annecy, où l'attendait la juge d'instruction, assise derrière son bureau, aussi raide qu'un piquet. Elle parlait comme un automate. Léa se disait qu'avec un personnage pareil, il n'était pas étonnant que l'enquête balbutie.

— Madame Grange, je n'ai pas grand-chose à vous dire mais je tenais à vous voir en personne. Nous avons enquêté sur le meurtre de Barbara Dubois. La version que vous nous avez donnée me semble crédible, même si je ne suis sûre de rien. Les analyses balistiques ont permis de retrouver vos traces ADN sur l'arme du crime, mais vous nous avez expliqué l'avoir saisie parce que le meurtrier l'avait fait tomber et que vous craigniez qu'il ne la reprenne. En revanche, nous n'avons décelé aucune trace de poudre sur vos mains, ce qui nous laisse penser que vous n'avez pas tiré. D'autre part, nous avons la preuve que vous étiez à Paris lors de la première tuerie, comme vous nous l'avez affirmé. Voilà où nous en sommes. À ce stade, vous n'êtes pas mise en examen mais vous restez sous contrôle judiciaire. Je me répète : vous devez répondre à nos convocations et ne pas quitter le département. Vous devez également nous signaler tout changement d'adresse. Vous aviez peut-être l'intention de rentrer chez vous, ce ne sera pas possible. Vous êtes placée sous le régime de témoin assisté. Vous voyez de quoi il s'agit ?

Léa connaissait bien les rouages des procédures judiciaires. « Témoin assisté » signifiait qu'elle n'était accusée de rien mais blanchie de rien. En termes courants, on aurait dit « suspectée ».

Elle était suspectée d'un meurtre qu'elle n'avait pas commis et devait se tenir à la disposition de la magistrate.

Elle ne chercha pas à contester quoi que ce soit. Elle avait craint d'être incarcérée, ce qui n'est jamais drôle et l'aurait obligée à cesser une enquête qui lui tenait à cœur.

Elle ne voulait pas se mettre à dos une juge qui, dans l'enquête sur la tuerie du Châtelard, pouvait lui être utile. Plutôt que de l'affronter, elle la caressa dans le sens du poil, une technique qu'elle affectionnait.

— Merci, madame la juge. Je craignais d'être mise en examen alors que je suis innocente, ce que vous avez compris.

— Je n'ai pas dit que vous l'étiez...

Léa fit semblant de n'avoir pas entendu.

— J'imagine que vous vous êtes renseignée sur moi. Vous connaissez mon parcours. J'ai écrit plusieurs livres consacrés à des faits divers célèbres.

— J'ai appris des choses sur vous, effectivement. Mais qu'est-ce que ça change à la mort de Barbara Dubois ?

— Si je suis venue ici, c'est pour enquêter sur un quadruple meurtre. Pas pour me transformer à mon tour en criminelle, je radote. Si jamais vous avez des choses à me dire pour m'aider, je suis preneuse...

Agacée, la juge haussa les épaules.

— Je ne peux vous renseigner davantage et le regrette. Ce que nous avons révélé se trouve dans la presse. Il suffit que vous fassiez une recherche sur Internet.

— Mais voyons, s'exclama Léa d'une voix faussement outrée, il n'est pas rare qu'un juge fasse des confidences à un journaliste sérieux !

— Voyez-vous, répondit Marie-Odile Viallard sans sourciller, chaque magistrat est libre d'agir comme bon lui semble. Certains juges parlent beaucoup, d'autres se taisent. Moi, j'ai choisi la discrétion.

Léa n'avait rien à perdre.

— Quelle est la piste la plus crédible, d'après vous ?

— Encore une fois, relisez ce que nous avons déclaré aux médias !

Léa avait épluché consciencieusement tout ce qui avait été publié sur l'affaire, il n'y avait pas grand-chose.

— J'imagine que certains éléments n'ont pas été divulgués.

— Vous pensez que je vais vous faire des révélations ?

— Oui !

La juge se mit à rire nerveusement.

— Ce serait la meilleure, ça ! Me confier à quelqu'un qu'on soupçonne de...

Elle n'acheva pas sa phrase.

Léa la relança.

— Allez, dites-moi quelque chose...

Elle sortit sa carte de presse, elle ne savait plus si elle la lui avait montrée, de toute façon la juge savait très bien qu'elle était journaliste. Mais, dans certains cas, la carte elle-même agissait comme un sésame, l'interlocuteur se décoinçait comme par magie.

— Qu'est-ce que ça change ? s'écria la juge d'un air constipé. Si nous avions découvert la vérité, vous le sauriez déjà.

Un roc inébranlable.

Léa ne voulait pas lâcher prise.

— Je suis repartie de zéro, murmura-t-elle d'une voix froide. Je fais une enquête de terrain très poussée. J'en sais peut-être plus que vous.

Elle cherchait à titiller sa curiosité.

Marie-Odile Viallard inspira longuement.

— Il faudra nous aider si vous découvrez...

Léa lui coupa la parole.

— C'est donnant, donnant. Je ne suis ni missionnée ni payée par l'État. Si vous ne me dites rien, je ne vous dirai rien.

— Que voulez-vous savoir ?

— Je me répète : privilégiez-vous une piste ?

— Non, justement, et c'est bien le problème, murmura la juge. Nous ne savons même pas qui était visé. Si le tueur est un fou, il a tiré sur des inconnus, comme ça, au hasard. Dans ce cas, on peut fouiller des années dans la vie des quatre victimes, on ne trouvera aucun mobile.

Léa se jeta à l'eau.

— Clotilde Meunier était menacée, non ?

— Comment le savez-vous ?

— Quelqu'un me l'a dit.

— Vous êtes bien renseignée. C'est exact, mais les médias ne sont pas au courant. Nous n'en avons parlé à personne.

— Pourquoi se taire ?

— Pour une raison très facile à comprendre : nous ne voulons pas diffuser de fausses informations. Nous avons enquêté pendant des mois. La chercheuse Clotilde Meunier était-elle la cible principale ? Au début, nous l'avons cru. Nous avons fouillé cette piste avec minutie, en envisageant qu'elle était la plus probable en fonction des éléments recueillis. Eh bien, nous avons fait fausse route.

— Fausse route, ou vous n'avez pas trouvé de preuves ?

— Ça n'a rien donné. Absolument rien. Nous estimons très improbable que Clotilde Meunier ait été la cible du tueur. Comme on dit dans le jargon juridique, nous avons fermé cette porte. Pas forcément de manière définitive, mais pour l'instant, nous ne cherchons plus de ce côté.

Léa ne voulait pas évoquer la conversation qu'elle avait eue avec la directrice de l'École des Houches.

— Pourquoi ne plus chercher ?

— C'est très simple : *a priori*, personne ne pouvait savoir que le couple Meunier arriverait sur le parking ce jour-là, à cette heure-là. Au départ, ils avaient prévu de marcher une bonne semaine, ils l'avaient annoncé à plusieurs personnes, mais ils ont écourté leur randonnée, sans doute à cause d'un enneigement qu'ils avaient sous-estimé.

— Cela ne prouve rien, voyez-vous. Les deux jeunes gens ont peut-être été pris en filature.

— Dans ce cas, Clotilde aurait été tuée avant, en pleine nature, dans un endroit peu fréquenté. De plus, il semble acquis qu'un motard soit l'auteur des coups de feu. Vous pensez qu'il a pisté le couple sur sa grosse cylindrée à travers les glaciers ?

— Un complice s'est peut-être chargé de le faire ? Clotilde a reçu un mail très menaçant juste avant son séjour dans la vallée.

— Nous le savons ! Mais nous estimons, après enquête, que cette menace n'était pas sérieuse. Je ne vous en dirai pas plus. Secret de l'instruction !

Léa ne voulait jamais rien lâcher.

— Vous n'avez trouvé aucune explication probante ?

— Je ne vais pas me répéter cent fois. Aucun élément factuel ne permet de savoir par qui et pourquoi ces quatre malheureux ont été assassinés.

La juge n'évoquait pas la piste de l'amoureux éconduit. En avait-elle entendu parler ? Sûrement. Y croyait-elle ?

Elle regarda un instant son portable. À l'évidence, elle venait de recevoir un message.

— Désolée, une urgence. Je suis obligée de mettre fin à notre conversation. Si vous avez des choses importantes à me communiquer sur la tuerie du Châtelard, n'hésitez pas à me recontacter.

Léa était certaine que la juge cachait la plus grande partie de ce qu'elle savait. Elle n'évoquait aucune piste, pas la moindre. Or, il en existait, forcément.

Le problème, c'est que les médias de l'époque, aveuglés par la pandémie, n'avaient eux aussi évoqué aucune hypothèse sérieuse.

Trois ans plus tard, on était toujours au point mort.

L'affaire se perdait dans un brouillard sans fin.

Quatre randonneurs avaient été assassinés sans qu'on sache pourquoi.

Une voiture de la gendarmerie raccompagna Léa à l'hôtel, où l'attendait Alex. Celui-ci avait l'air très exalté.

— J'ai rencontré une femme qui m'a confirmé une chose dont je t'avais parlé.

Elle se remémora la fausse nouvelle colportée par le marchand d'équipements sportifs : la piste du petit copain jaloux.

— Encore ?

— Clotilde et Félix auraient bien eu une violente altercation avec un homme juste avant d'arriver sur le parking.

— Comment cette femme le sait-elle ?

— Un témoin le lui a raconté.

Léa était éberluée par cette version des faits que personne, en dehors d'Alex, n'avait évoquée jusque-là.

— Vraiment ? Ou répète-t-elle comme un perroquet une rumeur qu'elle a entendue ?

— Je ne sais pas. Tu lui poseras la question. Quelques centaines de mètres avant la route, un type baraqué a bousculé le couple. Il descendait de la montagne en courant. Un joggeur.

— Jusque-là, rien d'extraordinaire.

— Il a fait tomber Clotilde. Félix s'est énervé, d'autant que le type n'était pas masqué, alors que c'était obligatoire. Les deux hommes se sont battus. L'inconnu aurait arraché les masques de Félix et de Clotilde.

— Le témoin ne s'est pas interposé ?

— L'altercation a été très brève. Le gars est reparti très vite. Il portait un petit sac à dos et, accroché dessus, un casque…

— Un casque de montagne ?

— Du tout. Un casque de moto.

— Pourquoi de moto ?

— Le témoin imagine qu'il avait garé son engin en contrebas.

— Et donc ?

— C'est bien un motard qui a tiré, non ? S'agit-il du même ? Si c'est le cas, il a attendu les deux randonneurs, les a flingués, avant de flinguer le couple Chapuis qui arrivait là par hasard.

— Un meurtre impulsif, non prémédité ?

— Exactement.

Léa ferma les yeux. Elle essayait de réfléchir à cette piste dont aucun journal n'avait jamais parlé.

Dans la plupart des affaires judiciaires, il existe un mobile précis, circonstancié, démontable : une affaire d'héritage, une vengeance longuement recuite, une pulsion sexuelle mortifère… Les enquêteurs fouillent dans les histoires de famille, on cherche les ennemis du mort, on regarde s'il a des dettes ou des créances, on fait défiler sa vie au ralenti, on ausculte son ordinateur, on inspecte les moindres détails de son emploi du temps des derniers jours, des derniers mois, des dernières années, on fait parler son téléphone portable…

Le problème, c'est que, parfois, il n'existe aucun mobile. Ou celui-ci est si ténu, si microscopique, qu'on a beau chercher, on ne le trouve pas.

Si l'altercation évoquée par Alex était réelle, le meurtrier ne connaissait pas le couple Meunier, encore moins les Chapuis. Les crimes avaient été provoqués par un incident, sans que ce soit pour autant un crime gratuit, pour le simple plaisir. Léa appelle ça un « crime pour rien ». Il y en a régulièrement à la sortie de boîtes de nuit. Des jeunes sont alcoolisés, une dispute éclate, quelqu'un sort un couteau, le sang coule.

Si cette piste se confirmait, impossible de retrouver le meurtrier. À moins de tomber sur des gens capables de l'identifier.

Barbara avait vu le fameux motard, s'il s'agissait du même, mais elle était morte.

Léa l'avait entrevu, mais elle était incapable de savoir de qui il s'agissait.

Elle reprit sa respiration.

— Le témoin de l'altercation, c'est qui ?

— Je n'en sais rien.

— Tu as demandé à la femme qui t'a parlé ?

— Oui, mais elle l'ignore.

Léa éclata d'un rire nerveux.

— C'est l'homme qui a vu l'homme qui a vu l'homme qui a vu le loup. Tu as entendu parler des légendes urbaines ?

— Tu me prends pour un idiot ?

— Le plongeur retrouvé dans une forêt incendiée…

— Pardon ?

— Dans toute la France, on raconte qu'un homme en tenue de plongée a été découvert au milieu d'arbres calcinés : il aurait été avalé par un Canadair dans la mer, puis recraché sur un incendie. C'est un *fake* auquel des milliers de gens croient, j'ai entendu cette histoire des dizaines de fois…

— Quel rapport avec ce que je viens de dire ?

— Eh bien, il se peut que cette altercation soit une pure fiction. Le bouche-à-oreille a construit une histoire imaginaire qui, d'ailleurs, n'a jamais été racontée par aucun média.

— Ce que tu as découvert par toi-même n'avait pas été non plus évoqué par la presse…

— Certes, mais moi j'ai vu des témoins sérieux et directs ! Là, tu me parles de quelqu'un qui a entendu parler d'une histoire qui circule… Ça sent le ragot à plein nez. Dans la plupart des affaires dont je me suis occupée, des rumeurs invérifiables vagabondent…

Elle se tut quelques instants, avant d'ajouter :

— Bon, cette femme, tu me dis qui c'est, je vais aller la cuisiner moi-même. Elle habite où ? Si tu ne le sais pas, je laisse tomber.

Journal de Léa

Je viens de discuter avec la femme qui a parlé à Alex. Elle travaille dans une agence immobilière qui loue des appartements de standing à des touristes. Comme je m'y attendais, elle n'est sûre de rien. Elle répète ce qu'un vacancier lui a dit. Ce vacancier lui-même n'a rien vu, mais il a entendu parler de cette histoire. C'est flou du début à la fin. Le fameux « témoin », on ne sait pas qui c'est. D'après le vacancier, c'est un randonneur. Difficile d'être plus vague. Il ignore s'il a rencontré les enquêteurs.

Cette rumeur s'ajoute à toutes les autres. Elle ne les complète pas, elle ne les contredit pas.

Une rumeur, deux rumeurs, trois rumeurs, quatre rumeurs, cinq rumeurs, six rumeurs. C'est la vallée des rumeurs.

À supposer que cette dernière histoire soit vraie : la seule chose intrigante est que l'agresseur du sentier possédait une moto, ce qui corrobore le témoignage du Russe et de Barbara. Même si cette rumeur est vague, je ne peux pas exclure qu'elle soit fausse. Je peux même imaginer que le motard suivait le couple à pied dans l'intention de le tuer. L'altercation avait peut-être pour but de savoir si les deux randonneurs étaient bien ceux qu'il comptait assassiner : c'est pourquoi il aurait arraché leurs masques.

Une fausse altercation, un vrai meurtre ?

Il faudrait que je retrouve le témoin direct de la scène, s'il existe, et lui poser des questions plus précises.

Vais-je en parler au juge d'instruction ? Si elle sait quelque chose à ce sujet, elle ne dira rien. Si elle n'a pas entendu parler de cette histoire, elle la mettra sur le compte d'un racontar.

Moi je me contente de compiler, et un jour, je saurai. J'ai réussi à percer le mystère de certains *cold cases* sur lesquels j'ai enquêté. Même si celui-ci me semble le plus alambiqué, je finirai par découvrir la vérité.

À l'évidence, un individu s'inquiète de ma présence.

Il a brûlé ma voiture.

Il a tué Barbara, qui s'apprêtait à me faire des révélations.

Il rôde dans le coin.

Tout près.

Cet individu m'espionne.

Homme ou femme ? Homme et femme ? Deux hommes ? Deux femmes ? Un groupe de gens ?

Est-ce que je connais *personnellement* le motard ? L'ai-je déjà croisé ?

Séjourne-t-il dans l'hôtel ?

Léa éteignit son ordinateur puis effectua quelques pas dans sa chambre, jusqu'à une fenêtre qui donnait sur les aiguilles Rouges. Elle essayait de réfléchir à la meilleure façon d'avancer dans la mélasse de cette affaire. Contrairement à la section de recherches de la gendarmerie, elle n'avait aucune méthode d'investigation, aucun plan préétabli. Elle agissait au feeling, en fonction de son instinct et des circonstances qu'elle essayait de provoquer, y compris en mettant en danger sa propre vie.

L'an dernier, un éditorialiste l'avait surnommée l'*Enquêtrice courage.* Cela lui avait fait très plaisir.

Elle se disait que la vie en général, c'était la même chose : on avance sans savoir où l'on va. Ugo l'aime, puis ne l'aime plus, elle ne sait même pas pourquoi. Parfois, on nage dans le noir le plus total, dans une angoisse de chaque instant. Un jour, à force de patience et de détermination, la lumière finit par chasser la nuit.

Mardi 16 avril

Léa regardait souvent son portable. Elle n'avait pas de nouvelles d'Ugo, pas la moindre. L'attente était interminable, insupportable. Elle finit par lui laisser un message :

J'aimerais bien savoir ce que tu deviens. Tu me recontactes ?

Elle imaginait qu'il avait rencontré quelqu'un et qu'il n'osait pas le lui dire.

Tant qu'ils n'auraient pas rompu de manière officielle, elle n'irait pas voir ailleurs. C'était sa façon à elle de concevoir l'amour.

De toute façon, en ce moment, elle était accaparée par une affaire de sang.

Sur un coup de tête, en début d'après-midi, elle décida d'aller revoir la juge d'instruction. Si elle arrivait à lui parler, ce serait le deuxième entretien en quarante-huit heures. Elle ne savait pas pourquoi elle avait eu ce désir si soudain, mais elle voulait absolument en savoir davantage sur la piste la plus vraisemblable : Clotilde Meunier avait été la cible principale du tueur, même si la juge prétendait avoir abandonné cette hypothèse. Elle voulait lui parler non en tant que suspecte d'un crime qu'elle n'avait pas commis, mais comme enquêtrice indépendante, spécialiste des histoires sordides. Pour l'amadouer, elle lui lâcherait des bribes d'informations afin de lui donner le sentiment qu'elle collaborait avec l'institution judiciaire.

Elle retrouva Alex au bar de l'hôtel et lui expliqua son projet.

— Ça serait sympa que tu m'accompagnes. Je me sens traquée. N'oublie pas ton pistolet.

— Tu te crois réellement en danger ?

— À mon avis, je suis trop loin du dénouement pour risquer ma vie, sinon je serais morte depuis longtemps. Mais trop curieuse pour qu'on me laisse tranquille. La preuve : on a brûlé ma voiture.

— Selon toi, pourquoi as-tu été épargnée par le tueur de Barbara ?

— Son arme lui a échappé des mains, j'ignore s'il avait l'intention de me tuer. Selon moi, je suis sur la liste d'attente. Facile à comprendre. Pourquoi tuer quelqu'un qui ne présente pas un danger imminent ? Je suis dans un entre-deux. Le jour où je m'approcherai de la solution, on se débarrassera de moi.

— Tu as peur ?

— Est-ce qu'une femme comme moi a déjà eu peur de quelque chose ? Dans de nombreuses affaires, j'ai été menacée, je m'en suis toujours sortie. Je connais quelques techniques de défense, j'ai ma bombe lacrymogène, mais surtout, je suis assez rusée pour déjouer les pièges qu'on me tend. C'est pourquoi il faut que tu m'accompagnes, mon cher Alex. Tuer deux personnes est plus compliqué qu'en tuer une seule.

— Et pour la voiture, on fait comment ? La tienne est carbonisée, ne l'oublie pas !

— Je te laisse louer un véhicule… Une agence Avis se trouve à côté. Puis tu reviens me chercher. Ne t'inquiète pas, je te rembourserai les frais.

— Tu penses que le meurtrier t'observe en permanence ?

— Peut-être, ou peut-être pas. À moins qu'il me fasse observer par quelqu'un qui me côtoie…

Elle regarda Alex droit dans les yeux. Le jeune homme se sentit mal à l'aise.

— Tu penses que je fais partie de cette machination ? J'espère que tu plaisantes, ma chère Léa, sinon je rentre à Paris.

— J'ai confiance en toi, Alex, même si tu es souvent dans les nuages.

Deux heures plus tard, au volant d'une Ford, ils arrivèrent à Annecy, posée au bord d'un lac éponyme, l'un des plus harmonieux des Alpes. L'eau d'un bleu profond est dominée par des montagnes ressemblant à d'inaccessibles forteresses.

Annecy, Venise savoyarde, vieille ville traversée de canaux.

Lors des précédents entretiens avec la juge, Léa était arrivée dans un véhicule de la gendarmerie et, perdue dans ses pensées, n'avait pas remarqué la beauté de la cité millénaire.

Ils ne venaient pas là pour faire du tourisme.

Malheureusement.

Ils se garèrent non loin du palais de justice, sur une place entourée de pimpants immeubles aux façades colorées.

Elle descendit de la voiture, en disant à Alex :

— Va faire ton petit tour, je te bipe quand je sors, tu m'attendras à la voiture.

— Tu n'as pas pris rendez-vous ! Tu vas débarquer comme ça dans le bureau de la juge ?

— Ben oui !

— Je ne te crois pas.

— En fait, j'arrive à l'accueil en disant que je veux voir Mme Viallard en extrême urgence, sans dire de quoi il s'agit. C'est ma technique ! La juge est intriguée et me reçoit, même si l'entretien ne dure que cinq minutes.

— Elle ne travaille peut-être pas aujourd'hui ?

— Je me suis renseignée ! Elle n'aura pas le choix que de discuter avec moi. Tu connais mon tempérament.

— Pour l'instant, tu patauges, s'écria-t-il d'une voix taquine.

— Alex, va faire ta balade ! On se retrouve plus tard.

Elle se dirigea vers le palais de justice d'un pas décidé. À l'accueil, elle montra sa carte de presse. Elle annonça à la réceptionniste qu'elle devait voir la juge Marie-Odile Viallard pour une affaire très grave.

— Vous avez rendez-vous à quelle heure ? lui demanda la femme calée derrière son bureau.

Question à la Pavlov.

— Pas de rendez-vous.

La réceptionniste fronça les sourcils.

— Ah, mais on n'arrive pas chez la juge à l'improviste !

Léa se mit à crier.

— C'est très urgent ! Je vous dis : très urgent !

L'employée semblait déstabilisée par tant d'assurance. Une moue se dessina sur ses lèvres. Elle décrocha le téléphone.

— Allô ? C'est l'accueil, une femme dénommée Léa Grange souhaite rencontrer Mme Viallard rapidement.

Elle raccrocha.

Léa l'observa avec des yeux éberlués.

— Alors ?

— J'ai laissé un message sur un répondeur. On va me rappeler.

— Je monte, dit-elle sans réfléchir.

— Madame, c'est interdit !

Un homme de la sécurité tenta de l'en empêcher, mais il n'y parvint pas. Elle grimpa quatre à quatre l'escalier jusqu'au bureau. Elle voulait entrer sans frapper à la porte, même si ça ne se faisait pas. Elle n'eut pas besoin de le faire, la juge traversa le couloir à ce moment-là.

— Il faut que je vous parle ! s'écria Léa.

Mme Viallard se tourna vers elle, visiblement surprise.

— Vous venez comme ça, sans prévenir ? On a discuté hier. Vous ne pouvez plus vous passer de moi, c'est ça ?

— Exactement !

— Que se passe-t-il ?

— J'ai oublié de vous dire que…

La juge lui coupa la parole.

— Normalement, il faut prendre rendez-vous. Je n'ai pas un emploi du temps extensible…

Elle regarda sa montre.

— Écoutez, exceptionnellement, j'ai cinq minutes à vous consacrer. Mais ne me refaites pas ce coup. Interdit de passer à l'improviste, je pourrais vous faire expulser…

Elle la fit entrer dans son bureau, avant d'ajouter :

— Soyez synthétique, s'il vous plaît, j'assiste à une importante confrontation juste après. Je m'occupe de dizaines de dossiers en même temps.

Fidèle à son habitude, Léa y alla au bluff.

— Eh bien, je viens de trouver une explication à la tuerie du Châtelard.

La juge fronça les sourcils.

— Ah bon ? Si c'est vrai, vous êtes drôlement efficace.

Léa avait ressassé le témoignage de celui qui prétendait qu'un randonneur avait arraché les masques des deux jeunes gens avant de les tuer. Elle ne savait pas si ce témoignage était crédible, mais qu'importe. Elle fonçait sur une route ensevelie dans le brouillard, elle n'avait pas d'autre choix que d'avancer à l'aveuglette.

— Quelqu'un a parlé ! Clotilde Meunier était bien visée ! Elle a été tuée par un homme qui voulait empêcher la jeune femme d'avancer dans ses recherches. Un tueur à gages envoyé par une entreprise concurrente de celle du docteur Galileo.

Léa n'en savait absolument rien, mais pour elle, c'était la version la moins absurde. Les Chapuis étaient des dégâts collatéraux.

La juge haussa les épaules.

— Hier, je vous ai dit que nous avions abandonné cette piste. Vous avez déjà oublié ?

La journaliste continua sans sourciller.

— Je viens de retrouver un témoin capital. Il a assisté à la scène, tout comme Barbara Dubois, qui a été tuée parce qu'elle s'apprêtait à parler.

La juge semblait décontenancée.

— Et qu'a dit ce témoin ?

— Le tueur a traité Clotilde de « sorcière de laboratoire », avant de l'abattre, puis d'abattre Félix. Les Chapuis venaient d'arriver. Ils ont été descendus à leur tour car ils avaient le nez sur la scène de crime…

— Le meurtrier a laissé la vie sauve au témoin dont vous me parlez ? Étrange, non ?

— Il se trouvait plus haut, en retrait, planqué dans la végétation.

Léa inventait une fable afin de pousser la juge à lui faire des révélations. Elle sentait confusément que celle-ci dissimulait des indices. Elle n'avait jamais vu d'instruction environnée d'un tel mystère.

— Le nom du témoin, s'il vous plaît ? s'écria la magistrate. Adresse ? Téléphone ? Nous allons l'interroger.

Léa avait préparé la parade.

— Il craint pour sa vie. Il a peur de l'institution judiciaire et des médias. Il vit dans la hantise d'être abattu à son tour si son nom est dévoilé.

— Nous ne révélons aucun nom si le témoin l'exige, mais faute de le rencontrer, je ne peux pas tenir compte de votre déclaration. Tout le monde peut dire n'importe quoi, les *fake news* inondent les enquêtes et les réseaux. Il existe une procédure à respecter et vous le savez.

— Vous aviez entendu parler de ce témoignage ?

— Je ne peux pas vous révéler certaines choses.

— Donc, vous êtes au courant !

— Nous avons entendu parler de témoins, oui, mais je n'en dirai pas plus. L'enquête est d'une complexité inouïe, des dizaines de pistes s'entremêlent.

— Des dizaines ?

— Puisque vous souhaitez m'aider, je vous rappelle une chose : ce quadruple meurtre s'est produit quelques jours avant un confinement national… Au départ, l'enquête sur cet horrible massacre n'a pas été une priorité. Les forces de l'ordre travaillaient à faire respecter les dispositions prises par le gouvernement en catastrophe. Et puis cette histoire de masques n'a rien arrangé.

— Les masques ?

— Oui, souvenez-vous, tout le monde devait en porter, y compris en pleine nature, et du coup les témoins ont été incapables de décrire avec précision les suspects éventuels. J'enfonce des portes ouvertes, mais c'est la vérité.

Léa se jeta à l'eau.

— Le témoin en question a révélé une chose capitale à propos des masques, justement. Le tueur aurait arraché celui de Clotilde et de Félix pour savoir si c'étaient bien eux. Puis il les a abattus comme des chiens. En résumé : la pandémie est la cause indirecte de ces meurtres. La chercheuse sur le point de trouver un traitement a été assassinée. Vous savez sûrement des choses à ce sujet, non ? Je sens que vous ne voulez pas tout dire. J'aimerais que vous n'écartiez pas le fait que Clotilde Meunier était la cible du tueur.

Excédée, la magistrate soupira.

— Je me répète : nous avons refermé cette porte.

— Vous mentez !

— Pardon ? Je vais vous faire expulser. On ne parle pas comme ça à un juge d'instruction. Soyez courtoise, je vous prie.

Cette fois, Léa se dit qu'elle avait été trop loin.

— Mes excuses, chère madame, mais j'aimerais que vous accordiez une dernière chance à cette hypothèse, tout en me révélant ce que vous ne m'avez pas dit.

— Je vais être franche avec vous. Je n'ai pas changé d'avis en vingt-quatre heures et je n'ai aucune confidence à vous faire. Quant à la rumeur dont vous me parlez, sachez qu'une rumeur n'est pas une preuve, vous devriez le savoir. Je réitère ma demande : donnez-moi le nom et les coordonnées de ce fameux témoin, c'est le seul moyen d'avancer. Si nous réussissons à l'interroger, je vous raconterai des petites choses. Donnant, donnant ! C'est vous qui avez utilisé cette expression, n'est-ce pas ?

Avant de regagner la Ford, Léa envoya un texto à Alex. Elle était de plus en plus méfiante, de plus en plus paniquée à l'idée qu'elle pouvait se faire agresser.

Le tueur tournoyait autour d'elle comme un gros frelon asiatique, elle en était certaine.

Elle attendit quelques minutes en haut des marches de ce palais de justice à l'architecture contemporaine.

— *Je t'attends à la voiture*, répondit Alex au bout de quelques minutes.

Il adressa un sourire à son amie quand il l'aperçut.

— Tu sais, j'ai fait une super balade. Annecy, c'est vachement beau. Ces maisons, ces canaux, ce lac, ces montagnes… Et toi, comment ça s'est passé ?

— J'ai dû forcer les choses. Comme la juge me connaît et qu'elle tourne en rond, elle a fini par me consacrer quelques minutes. Elle s'est forcément renseignée sur moi, elle a vu que j'avais résolu pas mal d'affaires. En quelque sorte, je travaille bénévolement pour l'institution judiciaire.

— Elle t'a dit quoi ?

— Rien de très précis mais, dans ce genre de conversation, il faut analyser les silences, les non-dits, l'expression du visage, l'expression corporelle. Tout doit entrer en ligne de compte.

Ils parlaient à voix basse, debout près de la voiture.

— Bon, on va rentrer, s'écria Léa. Je te raconterai la suite sur le chemin du retour…

Ils s'apprêtaient à monter dans la Ford quand la jeune femme aperçut quelque chose sur le siège avant, juste sous le volant.

Quelqu'un avait déposé un journal, un numéro du *Dauphiné libéré.*

Étrange, très étrange.

Elle saisit le quotidien : en une, un article consacré à la tuerie du Châtelard.

— On avait fermé les portières ? murmura-t-elle d'une voix tremblante.

— Je ne sais pas, c'est toi qui as le badge.

Elle était tellement perturbée qu'elle avait sans doute oublié de verrouiller la voiture.

Elle regarda attentivement le journal.

Il datait du lendemain de la tuerie, ce n'était pas un hasard. Un titre énorme barrait la première page :

Tuerie du Châtelard
4 randonneurs abattus, un mystère glaçant

Elle n'eut pas le courage de lire la suite. De toute façon, la suite, elle la connaissait.

Elle avait collecté beaucoup de coupures de presse consacrées au drame.

Qui avait déposé ce journal ?

Elle se tourna de nouveau vers Alex, elle voulait qu'il la rassure.

— Tu as cherché à me faire une blague, c'est ça ?

— Je te promets, ce n'est pas moi.

Elle se disait que quelqu'un, ici, avait voulu lui « offrir » ce numéro dans le but de lui montrer qu'elle était sous haute surveillance.

Il fallait qu'elle se rende à l'évidence.

Comment fait-il pour savoir où je suis ? se demanda-t-elle. *C'est machiavélique. On me traque, je ne m'aperçois de rien.*

En arrivant à Chamonix, Léa se dit qu'elle avait le temps de retourner du côté de la scène de crime avant la nuit, à condition de ne pas être seule. Même si elle se mettait en danger, elle voulait refaire le chemin qu'avaient suivi Clotilde et Félix avant d'être abattus. Elle ne savait pas si cela servirait à quelque chose, mais elle refusait de rester les bras croisés comme une touriste en villégiature.

En passant devant la réception, elle constata que Mathis était absent. Elle supposait qu'il ne travaillait pas, elle espérait qu'il était libre pour l'accompagner.

L'alpiniste connaissait certainement le chemin sur lequel avaient marché les deux randonneurs. *A priori*, ils avaient descendu le glacier des Bossons après une nuit au refuge des Grands-Mulets.

Avec lui, elle se sentirait en sécurité.

Sur le parking de l'hôtel, elle composa son numéro.

— Allô ? C'est Léa. Je ne te dérange pas ?

— Du tout. Je me repose dans mon studio. Je peux faire quelque chose pour toi ?

Elle avait l'impression de le connaître depuis toujours.

— Tu as un peu de temps ? J'ai envie de monter au parking du Châtelard. Je t'expliquerai tout *de visu*.

Un blanc au bout du fil.

— Allô, allô, tu as raccroché ? s'écria-t-elle.

— Non, mais quel intérêt d'aller là-bas ?

— Tu as peur ?

Mathis ne répondit pas tout de suite, puis d'une voix peu enthousiaste :

— Passe chez moi, je t'expliquerai.

Il lui indiqua l'adresse, elle le rejoignit très vite. Il lui ouvrit la porte, torse nu. Il était sculpté comme un dieu grec. Il avait aménagé son studio comme un vrai sportif. Outre ses affaires d'alpiniste, il possédait du matériel de ski et un VTT en carbone.

— Léa, j'ai un truc à te dire, dit-il sans préambule.

— J'écoute.

— Tout à l'heure, à la réception, un homme a demandé si tu étais là. Je l'ai appris par Hassan, que tu as sûrement croisé. Il ne t'a rien dit ?

— Je ne l'ai pas vu. Le visiteur, c'était qui ?

— Je ne sais pas. Hassan lui a demandé son nom, il a répondu « peu importe ».

— Il ressemblait à quoi ?

— Tu demanderas à mon collègue. Je l'ai eu au téléphone pour autre chose, il m'a dit ça en vitesse. Il sait que tu enquêtes sur les crimes du Châtelard, ça intrigue tout le monde.

Léa ne voyait pas qui pouvait être ce visiteur. Quelqu'un qui lui voulait du mal ?

— Il a demandé à quel moment tu rentrais, Hassan lui a dit qu'il ne connaissait pas l'emploi du temps des clients.

Un temps de silence.

Mathis enfila une tenue de randonnée, chaussures de montagne comprises, avant d'ajouter.

— Je vais aussi te révéler une chose. Tu n'es pas la première journaliste à vouloir écrire un ouvrage consacré au massacre. Deux experts en affaires criminelles se sont succédé à l'hôtel. Tu les connais peut-être…

— Et donc ?

— Ils ont rapidement jeté l'éponge. Soit parce qu'ils trouvaient l'histoire trop compliquée, soit parce que…

Il semblait hésiter.

— Dis-moi ! murmura Léa.

— Ils sentaient qu'ils avaient affaire à plus fort qu'eux. Ils devinaient un danger. Ils empiétaient sur un territoire de ténèbres qui n'était pas le leur. Ça les a effrayés.

— Ah bon ? Quel genre de danger ?

— Ils ne m'ont pas tout dit. En tout cas, ils ne sont pas restés longtemps.

— Tu en déduis quoi ?

— Ceux qui ont commis ce massacre rôdent dans le secteur.

— Tu penses qu'il existe plusieurs tueurs ?

— Je ne sais pas. Tu tiens vraiment à sortir ?

— Je n'ai pas envie de jeter l'éponge, moi. Je veux refaire le chemin que le couple Meunier a suivi avant de mourir.

— Dans quel but ?

Léa évoqua la piste qu'elle privilégiait : Clotilde, chercheuse de génie, était sur le point de découvrir un traitement contre le virus au sein du laboratoire Galileo. Un concurrent aurait organisé une opération commando pour l'assassiner.

Elle ajouta d'une voix triste.

— La juge d'instruction prétend ne pas croire à cette hypothèse.

— En tout cas, selon moi, elle mérite d'être creusée.

Elle se souvint que Mathis avait évoqué le sujet à Alex.

— Pourquoi dis-tu ça ?

— Cette rumeur circule depuis trois ans dans la vallée… Tu veux marcher combien de temps ?

— Oh, on ne va pas monter très haut, mais j'aimerais observer ce que le couple Meunier a vu avant de regagner son véhicule.

Elle repensa à l'hypothétique altercation quelques dizaines de mètres en amont du parking.

— Tu crois que le meurtrier est toujours posté dans le coin et qu'il va te donner ses coordonnées ? dit-il d'un ton moqueur.

— Dans toute enquête, il faut explorer les alentours de la scène du crime, ce que j'aurais dû faire dès le premier jour.

Même si ça n'aboutit pas. On doit tout essayer. Fouiller partout. La configuration des lieux donne parfois des indications importantes. Parfois, la solution se trouve à quelques mètres de la scène de crime.

Mathis regarda sa montre.

— On a juste le temps avant qu'il fasse nuit. Ce soir, je suis invité à dîner en ville.

Il enfila un bonnet de laine.

Je prends des risques insensés, se dit-elle, *mais si je n'en prends pas, j'abandonne l'idée de résoudre cette énigme.*

À l'issue d'une marche rapide, ils atteignirent le fameux parking. Aucune voiture. Pas de randonneur.

Le petit sentier partant de là rejoignait le GR proprement dit, celui menant à la Jonction, antichambre de la haute montagne.

Elle observa avec une infinie tristesse l'endroit où Barbara avait été assassinée. La mort de la jeune femme la hantait. Son chalet se dressait un peu plus haut, tel un fantôme.

Le chemin commençait à l'ombre des conifères, au milieu d'une végétation touffue. Au bout d'une centaine de mètres, on ne voyait déjà plus la route et le parking.

Léa n'avait aucune idée de l'endroit où avait eu lieu la supposée altercation. Comment savoir ?

— *A priori*, s'écria-t-elle, si le meurtrier attendait Clotilde et Félix sur la route, il n'a pas pu les voir de très loin. À moins que quelqu'un, plus haut, ne l'ait prévenu de leur arrivée.

Mathis marchait devant. On sentait qu'il était très entraîné. Léa avait du mal à le suivre.

— Ne va pas trop vite, supplia la Parisienne. Je prends des photos.

Une façon détournée de dire qu'elle n'avait pas son niveau.

La forêt s'éclaircit, et ils arrivèrent sur un alpage parsemé de pierres et de fleurs où ils rejoignirent le GR principal, l'un des chemins d'accès au Mont-Blanc, ou plutôt la voie historique, celle qu'avaient empruntée Jacques Balmat et Michel-Gabriel Paccard lors de la première ascension, en 1786.

— Tu comprends enfin ce qui s'est passé ? s'écria Mathis d'une voix narquoise.

Elle était étonnée par l'attitude du jeune homme. Elle avait découvert en lui plusieurs personnages : le réceptionniste affolé, le sportif sympathique du lac Blanc, et désormais, un jeune homme railleur. Elle ne comprenait pas ces métamorphoses.

— Je constate que le meurtrier n'a pu voir arriver le couple Meunier, s'exclama-t-elle. D'ici, la vue est dégagée, mais on n'aperçoit ni la route ni le parking.

Il se mit à la charrier.

— Les drones, ça existe ! Ils sont de plus en plus nombreux dans le coin, on les utilise en toutes circonstances... Si le meurtrier voulait espionner les randonneurs, il pouvait en utiliser un.

— Mathis, tu as l'air très au courant.

— Une hypothèse ! Bizarre que tu n'y aies pas pensé, toi qui es une journaliste confirmée.

Ils se connaissaient à peine, mais le jeune homme devenait familier.

Ils se trouvaient à quelque deux cents mètres au-dessus de Chamonix, qui s'étalait dans la vallée en forme d'auge glaciaire. Perchés sur une haute colline, ils n'étaient pas très loin de maisons, et en même temps, ils étaient déjà en pleine nature, à la lisière des glaces.

— Tu veux continuer à marcher ? demanda-t-il en l'observant de ses grands yeux noirs.

— Je n'en sais rien. Tu connais la vérité sur ces crimes, toi ?

— Depuis trois ans, j'en ai entendu des choses !

— L'hypothèse de l'amant abandonné, tu n'y crois plus ?

— Je t'ai déjà répondu. Elle est ressassée par M. Lopez en interne, comme s'il voulait convaincre ses employés que c'était la seule explication possible...

Ils montèrent sur un escarpement d'où la vue portait au loin : d'un côté le massif du Mont-Blanc, de l'autre le

Brévent, les aiguilles Rouges, à l'horizon le Buet caparaçonné de glace.

Mathis reprit la parole.

— Je me suis fait violence en te parlant. En principe, je suis astreint à me taire. Je risque de perdre mon poste.

Le soleil déclinait lentement.

Il poursuivit.

— Tu as débarqué dans une histoire qui te dépasse, qui nous dépasse.

— Pourquoi as-tu accepté de venir ici ?

— C'est toi qui me l'as demandé. Je voulais te faire plaisir.

— Quelle est la vérité, Mathis ?

— Oh, tu sais, je ne suis sûr de rien. À mon avis, elle est plus simple qu'on ne le croit. Depuis ton arrivée, en toute discrétion, je questionne les employés qui étaient en service la semaine de la tuerie et qui continuent à travailler à l'hôtel. Ta venue m'a poussé à mener ma petite enquête.

— Et tu as appris quoi ?

Il ne répondit pas.

Elle commençait à s'impatienter.

— Écoute, ou tu me racontes tout, ou on redescend. J'en ai assez d'être le bouchon sur la vague, ballottée entre plusieurs explications contradictoires.

Elle regarda les énormes calottes glaciaires qui dominaient le paysage. Le toit de l'Europe était à la fois majestueux et rassurant.

Le jeune homme murmura.

— Il existe un faisceau d'indices qui me fait penser que la solution est à portée de main. À moi de vérifier une hypothèse à laquelle personne n'avait pensé. Mais, pour l'instant, je me tais. Je ne veux pas te précipiter sur une piste qui ne serait pas sérieuse.

Mathis rentra à Chamonix pour dîner avec ses amis, Léa s'arrêta à La Joyeuse Marmotte, d'où elle envoya un texto à Alex pour lui demander de la rejoindre.

Elle voulait boire un verre dans la nuit naissante, en espérant que son ami la protégerait.

« N'oublie pas ton pistolet », lui avait-elle demandé.

Charles était en service, elle l'appelait « le bûcheron canadien » : grande barbe brune, chemise à carreaux, tantôt rouge, tantôt verte.

— Comment allez-vous ? lui dit-il d'une voix enjouée. Qu'est-ce que je vous sers ?

— Un jus d'orange. Mon ami Alex va venir. Lui, ce sera plutôt de l'alcool : une bière ou un pastis.

Charles apporta un jus de fruits fraîchement pressés.

Il n'y avait pas d'autres clients, ils arriveraient sans doute plus tard, le snack proposait des plats simples et copieux.

— Excusez-moi de vous poser cette question, mais vous avancez dans votre enquête ? dit-il de sa grosse voix rauque.

— Un peu, oui. Vous êtes au courant qu'une femme a été tuée sur le parking du Châtelard il y a quelques jours ?

— Oui, bien sûr. C'est terrible. Quelle tragédie ! Je vais finir par craindre pour ma vie.

— À mon avis, si vous n'empiétez pas sur leurs plates-bandes, vous ne risquez pas grand-chose.

— Vous supposez que plusieurs personnes sont dans le coup ?

— Une hypothèse parmi d'autres.

Elle ne voulait pas dire qu'elle était suspectée d'avoir commis le meurtre, même si elle n'avait pas été mise en examen. Les médias n'avaient pas parlé d'elle, elle avait vérifié sur Internet.

Juste à côté, un jeune homme était attablé. Il mangeait une tartiflette près de laquelle se trouvait une pinte de bière. À l'évidence, il avait entendu l'échange entre le serveur et la journaliste. Quand Charles retourna dans la cuisine, il s'adressa à la jeune fille.

— Je n'écoute pas les conversations, mais je viens d'entendre ce que vous disiez. Je m'appelle Yannick Boutot, j'habite le coin.

— Oui, et alors ?

— Eh bien, comme tous les gens d'ici, je m'intéresse à ce massacre. Je laisse traîner mes oreilles.

Elle sentait qu'il avait quelque chose à lui dire.

— Vous avez appris des choses que personne ne sait ?

Il semblait hésiter.

— L'an dernier, j'ai rencontré un type qui m'a affirmé qu'il avait vu le couple Meunier dans le téléphérique de l'aiguille du Midi juste avant leur mort.

— En soi, rien d'extraordinaire.

— Mais là-haut, ce client a également croisé Daniel et Anna Chapuis.

Léa sursauta.

— Les deux couples étaient au sommet le même jour ? Vous connaissez la date ?

— La veille ou l'avant-veille de la fusillade, d'après ce que j'ai compris.

— Bon, et alors ?

— Il m'a dit que les Chapuis et les Meunier semblaient très bien se connaître !

Léa était médusée. Jusqu'à présent, tous les médias avaient entonné le même refrain : un couple était visé, l'autre non, on ignorait qui était la cible première. Les Chapuis et les Meunier ne se connaissaient pas. Ils ne s'étaient jamais rencontrés avant le tragique événement.

Quelque chose clochait dans ce qu'elle venait d'entendre.

— Comment le témoin dont vous me parlez a-t-il reconnu les deux couples ? Au moment de les croiser au sommet de l'aiguille, les médias n'avaient pas encore parlé d'eux. Leurs photos n'avaient pas été diffusées, et pour cause, la tuerie n'avait pas eu lieu !

— C'est simple. Il a déjeuné au 3842, le restaurant situé là-haut. 3842, vous l'avez compris, c'est l'altitude. Il a pris des photos de la salle vers midi. Eh bien, sur l'une d'elles, on voit les deux couples partager un repas, en grande conversation. Ils étaient à côté de lui, à la même table. Dans son souvenir, ils se parlaient comme de vieux copains. Ça ne ressemblait pas à une rencontre fortuite.

— Il a gardé la photo ?

— Il me l'a même transférée, je vais vous la montrer.

Il sortit son portable de sa poche.

— Regardez ! Les deux couples déjeunent ensemble !

Effectivement, on reconnaissait très bien Félix, Clotilde, Daniel, Anna. Ils se trouvaient à côté d'une grande baie vitrée. Le soleil inondait leurs visages. Ils souriaient en mangeant une pizza. Ils avaient l'air heureux, insouciants.

Léa se gratta le nez. Elle connaissait bien la géographie du massif. Si le couple Meunier avait déjeuné au 3842 la veille ou l'avant-veille du quadruple meurtre, ils n'avaient pas escaladé la face italienne du Mont-Blanc, qui nécessitait trois jours de montée au minimum, avant une longue journée de descente. Ils avaient dû aller directement de l'aiguille du Midi au refuge des Grands-Mulets. Mais ce n'était qu'un détail.

— Vous pouvez m'envoyer cette photo ?

— Bien sûr ! Sans problème ! À une condition.

— Laquelle ?

— Que vous n'en parliez pas aux enquêteurs.

— Je n'ai aucunement envie de le faire. Mais pourquoi cette exigence ?

— Parce que le photographe ne veut pas être interrogé.

— Pour quelle raison ?

— Oh, c'est tout bête. Il était avec sa maîtresse. Il a passé quatre jours avec elle. Son épouse n'était au courant de rien, évidemment. Et il ne fait pas confiance aux gendarmes, qui balancent tout. Il veut à tout prix éviter un clash avec sa femme, ça peut se comprendre. Officiellement, ce jour-là, il était en séminaire à Cannes. Vous voyez ce que je veux dire ?

Léa se fichait de la vie privée de cet individu. La seule chose qui l'intéressait, c'était la photo.

— Donnez-moi votre numéro, poursuivit Yannick. Je vous envoie ça tout de suite.

Alex arriva quelques minutes plus tard. Il commanda un pastis. Attablée loin de Yannick, Léa lui parla à mi-voix de la fameuse photo, ils la regardèrent ensemble sur l'écran de téléphone.

Puis elle lui posa une question qui n'avait rien à voir.

— Tu as fait une sieste ?

— Oui, j'étais crevé. Et toi ?

Elle lui raconta sa balade avec Mathis.

— Il a sa petite idée sur le massacre, mais il a besoin de vérifier un certain nombre de choses avant de m'en parler. Il ne veut pas me lancer sur une fausse piste.

— Il t'a donné des indices ?

— Il dit que tout le monde fait fausse route. J'ai supposé qu'il faisait allusion à l'enquête policière.

— C'est comme ça dans beaucoup d'affaires judiciaires ! s'exclama Alex d'une voix assurée, tu me l'as souvent dit. La France est le royaume de la technocratie. Les investigations sont menées de manière bureaucratique. On remplit des formulaires, des tableaux Excel, des PowerPoint, on coche des cases, on raisonne de manière conformiste, alors que chaque affaire est inédite. Il faut imaginer des scénarios auxquels personne n'a pensé.

— Tu t'intéresses aux affaires judiciaires, maintenant ?

— Je ne te l'ai pas dit, mais j'ai apporté ici quatre bouquins consacrés à de célèbres crimes : Dominici, Grégory, Chevaline, Dupont de Ligonnès. Chaque affaire est totalement différente des autres.

— Je suis entièrement d'accord avec toi. C'est pour ça que je mène moi-même mes enquêtes sans suivre aucun schéma préétabli.

— Et donc, Mathis suppose que les gendarmes se trompent ?

Elle reparla à Alex de la photo qu'elle venait de découvrir. La juge Viallard imaginait sans doute que l'un des couples était visé, mais pas l'autre, sauf si les quatre malheureux avaient été abattus par un tueur en série. Or, apparemment, les deux couples se connaissaient. Une cible unique. Une vengeance pour des raisons cachées ? Si c'était le cas, il n'existait pas deux pistes disjointes. Et ça, personne ne l'avait envisagé.

Quels liens unissaient les deux couples ? Léa ne s'était pas posé la question, et pour cause, elle n'avait pas imaginé cette hypothèse. Se connaissaient-ils depuis quelques jours, quelques semaines, quelques mois ? Avaient-ils déclenché la colère d'un individu lors de leur séjour dans la vallée ?

À partir de ces nouveaux éléments, elle allait reconsidérer l'enquête.

Le soir venait, doux, lumineux, quasi estival. Les neiges avaient encore reculé. Des parapentes parcouraient le ciel, tels d'énormes nénuphars volants, multicolores, irréels dans la lumière rasante du soleil.

Charles revint et proposa la carte des plats.

— Si vous avez faim, vous avez de quoi vous restaurer. Je ferai en sorte que ce soit copieux.

Ils commandèrent des pizzas et des frites.

Alex s'adressa de nouveau à Léa.

— Tu vas demander à Mathis de t'aider ?

— Oui, mais discrètement. Je ne peux pas échanger avec lui dans l'hôtel. Tu le sais, le patron a interdit à ses employés de parler de l'affaire. Heureusement que j'ai son téléphone et son adresse.

— Tu exclus le fait qu'il soit dans le coup ?

Léa regarda autour d'elle, les yeux affolés.

— Arrête de parler si fort, des clients viennent d'arriver. Tout le monde t'entend.

Il se mit à chuchoter.

— Je doute que ces gens-là s'intéressent à ton affaire.

À côté d'eux se trouvait une famille : un père, une mère, deux très jeunes enfants.

Elle répondit à voix basse.

— Oh, tu sais, il faut se méfier de tout le monde. Je vis sous une menace constante. Je ressens la même chose à chaque fois que j'enquête. Le meurtrier étant dans la nature, je crains qu'il ne s'attaque à moi. Mais quand on choisit un métier comme le mien, il faut bien prendre quelques risques. Pour l'instant, malgré des intimidations récurrentes, je reste bien vivante, comme tu peux le constater !

Elle se mit à rire nerveusement.

En réalité, quand elle avait peur, elle l'avouait rarement. Elle était trop fière pour reconnaître la moindre faiblesse.

À Chamonix, elle avait l'impression que le danger était partout et nulle part.

Elle regardait les parapentistes qui glissaient comme des bulles de savon.

Alex revint à la charge.

— Suspectes-tu Mathis d'être mêlé à cette tuerie ? chuchota-t-il d'une voix quasi inaudible.

— Je ne sais pas, répondit-elle.

Mercredi 17 avril

Journal de Léa

Hier soir, j'ai marché dans la semi-pénombre avec Mathis sur le sentier emprunté par Clotilde et Félix Meunier avant leur assassinat. Comme je m'y attendais, je n'ai rien découvert. Seule certitude : du parking, on ne pouvait les apercevoir qu'au dernier moment, à cause de l'épaisse végétation. Soit le tueur attendait sagement, depuis des heures, sur sa moto ; soit un complice, plus haut, l'a prévenu ; soit un drone a été utilisé ; mais rien, dans ma balade, n'accrédite l'une ou l'autre thèse, à supposer que le couple ait été la cible principale.

Je viens de regarder la fameuse photo du 3842 sur mon écran d'ordinateur. On distingue certains détails invisibles sur le téléphone. Dans le restaurant de l'aiguille du Midi, les deux couples se font face de chaque côté d'une table. Effectivement, ils ont l'air de se connaître. Clotilde pose sa main sur celle d'Anna, comme si elles étaient de bonnes copines. Ils ont commandé une bouteille de vin rouge, chacun est servi, les verres sont pleins.

Les deux couples ont partagé un repas. Étaient-ils des amis intimes ? Était-ce la rencontre fortuite de gens qui ne se connaissaient pas ? À partir d'une simple photo, il est difficile de savoir.

S'étaient-ils donné rendez-vous sur le parking du Châtelard le lendemain après-midi ?

J'ai fait un petit calcul, de tête.

D'après la date inscrite sur la photo, celle-ci a été prise la veille des meurtres. *A priori*, les Chapuis sont redescendus en téléphérique et les Meunier ont pris le chemin du refuge des Grands-Mulets, qu'ils ont atteint le soir même, avant de redescendre jusqu'au parking le jour d'après.

Il est possible qu'un complice du tueur, ou le tueur, ait entendu les deux couples discuter dans le restaurant. Il a peut-être appris qu'ils avaient prévu de se rejoindre au Châtelard le lendemain.

Sur la photo, il y a plein de monde autour des quatre randonneurs. Comment savoir si quelqu'un était en train de les écouter ?

J'ai regardé les visages : il s'agit bien de Clotilde, Félix, Anna, Daniel, j'ai observé suffisamment de fois leurs traits sur d'autres photos pour en être quasi certaine. Quel lien d'amitié les unissait ? Travaillaient-ils ensemble d'une manière ou d'une autre ? Daniel était-il le banquier de Clotilde ? Finançait-il les recherches de Galileo ?

Jusque-là, j'ai peu fouillé dans la vie de Daniel Chapuis. J'ai glané des choses çà et là, mais ce personnage m'intrigue. Est-il la clé du mystère ?

Clotilde Meunier était sur le point de découvrir un médicament miracle : est-ce pour ça qu'elle a été assassinée ?

La juge d'instruction a balayé cette piste d'un revers de la main, j'ai trouvé ça étonnant. J'ai senti comme un blanc, un malaise au moment où j'ai évoqué le sujet devant elle. Pour moi, en dépit de ses dénégations, elle continue à travailler sur cette hypothèse.

Autre chose, qui n'a sans doute aucun rapport avec ce qui précède.

Qui a demandé à me voir dans le hall de l'hôtel ? Je n'en ai pas la moindre idée. Un témoin du meurtre ? Quelqu'un qui veut me mettre en garde ? Je n'ai pas réussi à discuter avec le dénommé Hassan qui a échangé quelques mots avec cet individu. Il est en congé pour quelques jours. Dans ce genre d'affaires, ne pas savoir est anxiogène.

Un mystère de plus. Cette anecdote est peut-être sans importance.

Léa éteignit son ordinateur et regarda par la fenêtre. Une prairie s'étalait devant l'hôtel, émeraude. Plus loin, à une centaine de mètres, s'élevaient les premières maisons de Chamonix. Elle réfléchissait à ce qu'elle allait faire dans les heures à venir quand le téléphone sonna dans sa poche. Perdue dans ses pensées, elle sursauta. Elle attrapa l'appareil et regarda l'écran. Un nom s'affichait, inattendu. Cela faisait longtemps qu'elle attendait cet appel qui ne venait pas.

Ugo.

La main tremblante, elle décrocha.

Elle était tellement heureuse !

— C'est gentil de penser à moi, dit-elle d'une voix douce.

— Comment vas-tu ? susurra-t-il du bout des lèvres.

Elle ne voulait pas parler de leur histoire d'amour qui s'étiolait, pas tout de suite.

— Si tu veux tout savoir, je piétine dans mon enquête.

À Paris, ils avaient souvent parlé de cette affaire. Elle lui avait tout dit sur son voyage à Chamonix, l'endroit où elle logeait, le nom de celui qui l'accompagnait.

Après des jours de silence, elle se demandait pourquoi il l'appelait.

— Je suis dans le coin, se contenta-t-il de dire.

Elle n'en revenait pas.

— Ah bon, où ça ?

— À deux pas. Je suis passé à la réception, on m'a dit que tu étais sortie.

— Non, c'était toi ?

Elle ne comprenait pas pourquoi il n'avait pas prévenu de son arrivée en appelant. Bonne ou mauvaise surprise ? Voulait-il lui faire plaisir ? Annoncer au contraire une sale nouvelle, celle qu'on ne peut pas dire par téléphone ?

— Tu es à l'hôtel ? On peut se voir ? demanda-t-il d'une voix neutre.

— Avec plaisir…

Qu'est-ce que ça signifiait ?

— Je t'attends en bas dans un quart d'heure. On ira se balader le long de la rivière, si ça te va.

— Oui, ça me va.

Son cœur battait à cent à l'heure.

Quand elle le vit, elle se jeta dans ses bras. Il lui caressa les cheveux, doucement ; elle sentait qu'il se forçait. Le langage de son corps indiquait qu'il était ennuyé.

— Allons marcher, dit-il simplement.

Elle le trouvait beau, dans son pull en laine écrue. Elle tremblait de le voir, partagée entre le désir et la peur.

— Où ça ? dit-elle.

— On va faire une petite promenade dans un coin que j'ai découvert tout à l'heure. Un endroit très chouette.

Elle devait se rendre à l'évidence : s'il n'avait pas appelé, s'il n'avait pas proposé de partager sa chambre, c'est que quelque chose ne tournait pas rond. Où logeait-il ?

Pendant de longues minutes, il n'ouvrit plus la bouche.

Ils atteignirent l'Arve, à la fois rivière et torrent de montagne.

Elle s'attendait à une catastrophe.

— Alors ?

Ils s'arrêtèrent sur un pont au-dessus de flots tumultueux.

— Je ne voulais pas t'annoncer ça au téléphone. C'est pour ça que je suis venu.

Il se racla la gorge, avant d'ajouter d'une voix blanche :

— J'ai passé des moments magnifiques avec toi, mais depuis trois ans, tu sens bien que le courant ne passe plus entre nous.

— Il t'a fallu trois ans pour me dire ça ?

Il ne la regardait plus en face.

— Écoute. J'ai rencontré quelqu'un. Ça fait plusieurs mois qu'on se connaît. J'ai décidé de vivre avec elle.

Elle resta sans voix, assommée par la nouvelle. Son histoire avec Ugo avait été tellement belle, tellement passionnée. Ils avaient échangé tellement de choses ensemble, la nuit, le jour, l'été, l'automne, au printemps, l'hiver. Ils n'étaient qu'un seul corps, qu'une seule âme, depuis des années. Il l'avait aidée quand ça n'allait pas, elle l'avait secouru quand il n'avait pas le moral. Ugo était son soleil.

D'un coup, tout s'éteignait.

Depuis trois ans, elle pensait que l'un et l'autre traversaient une mauvaise passe, que l'amour allait revenir.

Terminus.

Elle n'osait pas lui demander qui il avait rencontré. À quoi bon ? Elle ne voulait pas être suppliante, pitoyable, ce n'était pas dans son caractère.

Elle regarda les remous de la rivière, l'eau qui bondissait de pierre en pierre.

— C'est gentil d'être venu jusqu'ici, murmura-t-elle d'une voix blême. Au téléphone, je n'aurais pas supporté.

— Je sais.

Il caressa ses cheveux en la regardant d'un air navré.

— Ce n'est pas facile pour moi de te dire ça, surtout après toutes ces années passées ensemble. Mais voilà. C'est la vie. J'ai décidé de tourner la page, même si je n'oublierai jamais ce que nous avons vécu.

Tourner la page. Elle trouvait l'expression bien maladroite pour résumer la situation, mais elle ne fit aucune remarque.

Il ajouta.

— Je vais te laisser. Je rentre à Paris. Fais attention à toi. Ne prends pas de risques inconsidérés en tentant de résoudre l'enquête sur laquelle tu travailles. Nous en avons souvent parlé. Cette histoire me semble très compliquée…

Après un court silence.

— On se revoit en amis à ton retour si le cœur t'en dit.

— Je ne sais pas. Je suis sonnée. Il faut que je digère.

— Comme tu veux.

Cette phrase était la preuve qu'il était devenu indifférent à elle.

Elle le regarda droit dans les yeux.

— Ugo, je te remercie de ta franchise. De toute façon, vu ton attitude à mon égard, ces derniers temps, je n'y croyais plus, même si j'avais encore envie d'y croire. Heureusement, si j'ose dire, que je suis plongée dans une affaire criminelle, ça me permet de relativiser l'événement…

Elle se mit à rire, nerveusement, de manière irrépressible, avant d'ajouter :

— La fin d'une histoire d'amour par rapport à cinq cadavres, c'est vraiment un détail.

Elle ne voulait pas lui montrer qu'elle était effondrée.

Puisque tout était fini, il fallait qu'ils se séparent. Il ne servait à rien de prolonger la conversation. À quoi bon ? En quelques mots, ils avaient tout dit.

Elle lui serra la main mollement et chacun partit de son côté.

Elle ne savait pas s'il était venu seul, ou accompagné.

Elle ne lui en voulait même pas, à quoi bon ? Ce qui est fini est fini.

Sur le chemin de l'hôtel, elle se dit qu'elle n'avait plus rien à attendre d'Ugo, et cela, dans l'adversité qui était la sienne, était un soulagement. Depuis près de trois ans, elle pataugeait dans un marigot, elle ne savait pas ce qu'il pensait, c'était un supplice de ne pas savoir.

Au moins, maintenant, elle était libre. Libre de vivre ce qu'elle avait envie de vivre.

L'heure d'après, elle voulut se changer les idées en quittant la France. Oh, elle n'irait pas à l'autre bout du monde : elle traverserait juste la frontière pour se rendre à Genève, quai des Bergues, malgré l'interdiction de le faire, puisque son contrôle judiciaire stipulait qu'elle n'avait pas le droit de sortir du département de la Haute-Savoie.

Elle avait ressassé ce qu'Ugo lui avait dit, elle n'en avait pas parlé à Alex, à quoi bon ?

Elle voulait comprendre à n'importe quel prix ce qui s'était passé sur le parking du Châtelard. Puis elle rentrerait à Paris. Il ne l'avait pas précisé, mais elle imaginait qu'Ugo avait déménagé ses affaires, ou qu'il le ferait de manière imminente. De toute façon, ce point était un détail.

À Genève, elle allait essayer de questionner des gens travaillant à la Banque cantonale du lac, celle-là même qui employait Daniel Chapuis. Genève jouxte la Haute-Savoie, elle n'enfreignait pas tant que ça le contrôle judiciaire.

Elle partit avec Alex. Elle passa devant la réception, où Mathis avait repris son service. Celui-ci était en costume, élégant, très différent de la veille, joliment coiffé, alors que lors de la promenade il avait les cheveux hirsutes.

Léa savait qu'il ne s'épancherait pas dans le cadre de son travail.

En la voyant, il lui adressa un petit clin d'œil.

Le patron arriva à ce moment-là.

Léa salua M. Lopez d'un mouvement de la tête, mais elle ne s'attarda pas. Elle n'avait pas l'intention de discuter avec lui.

La Ford de location traversa Chamonix, Les Houches, Sallanches, Cluses, elle descendit la vallée de l'Arve jusqu'à Genève. Aucun contrôle à la frontière, qui était une passoire.

Les deux amis longèrent le quai du Mont-Blanc.

— C'est quand même beau, G'nève ! murmura Alex d'une voix teintée d'accent local.

— Tu parles comme un Suisse, toi !

— Pas un Suisse, un Romand !

— Tu connais la ville ?

— Un peu.

Par miracle, ils trouvèrent une place libre non loin de la BCL.

— On fait quoi, maintenant ? demanda Alex d'une voix ironique.

— On entre dans l'établissement et on pose des questions, c'est simple !

— Directement ? On ne prend pas rendez-vous ?

— Ben non.

La ville étant filmée par des milliers de caméras, Léa, pour une fois, n'avait pas peur.

Elle prit soin de bien verrouiller les portes avec son badge, hayon arrière compris.

À sa grande surprise, elle découvrit un papier glissé derrière l'essuie-glace de ce dernier.

La vision la glaça d'effroi.

Une photo.

Une simple photo.

À quel moment avait-elle été placée là ?

Ce matin ?

Hier ?

À l'instant, ici même, à Genève, pendant qu'elle se garait ? Elle avait vu un type passer subrepticement derrière le véhicule, elle n'avait pas remarqué de comportement anormal de sa part, mais elle n'avait pas été très attentive. Quand on fait un créneau, on s'occupe d'abord de ne pas toucher les autres véhicules.

La photo était d'excellente qualité.

Horrible à voir.

On voyait Anna et Daniel Chapuis, la tête criblée de balles, en gros plan. Du sang frais dégoulinait sur leurs visages.

Léa eut un mouvement de recul. Elle était écœurée. Elle trouvait le procédé ignoble. La vision était répugnante.

Forcément, le cliché avait été pris immédiatement après la fusillade. Léa connaissait bien la balistique. Quand les gendarmes arrivent, en général le sang a séché. Sur la photo, au contraire, elle avait l'impression qu'il était en train de couler.

Le tueur en personne a pris ce cliché.

Aucun doute.

Lui ou l'un de ses complices l'avait déposée sur la Ford.

Il cherchait de nouveau à effrayer Léa.

Parce qu'elle touchait au but ? Parce que la solution se trouvait quai des Bergues ?

Si la photo avait été placée à Chamonix, comment savait-il que la journaliste se rendrait à Genève ?

Existait-il un rapport entre le voyage en Suisse et cette immonde mise en garde ?

Elle saisit le cliché d'un air dégoûté et le plaça dans la voiture. Elle n'avait pas le temps, pas l'envie d'en ausculter tous les détails.

Elle referma consciencieusement les portes du véhicule et se dirigea vers la BCL.

Les banques suisses ressemblent à des coffres-forts. Pour y entrer, il faut montrer patte blanche. On n'entrait pas comme dans un supermarché Migros.

Léa sonna à un interphone.

Petite musique de nuit, de Mozart, en sourdine.

Puis une voix féminine.

— Que puis-je faire pour vous ?

Léa se montra la plus aimable possible.

— Je suis journaliste et je voudrais vous poser quelques questions.

La seconde suivante, elle pensa que c'était probablement une erreur de raconter ça sur le seuil d'un établissement qui cultivait la discrétion.

— Vous êtes cliente ? demanda la voix.

À n'en pas douter, une question rituelle.

— Pas encore.

— Pour tout renseignement concernant notre établissement, je vous suggère de vous rapprocher du directeur de la communication, M. Praz, qui vous répondra par écrit. Vous pouvez le contacter *via* notre site Internet.

Ce n'était pas du tout ce que Léa escomptait. Elle voulait rencontrer quelqu'un qui connaissait personnellement le banquier assassiné, même si elle se doutait qu'on n'allait pas lui dérouler le tapis rouge.

— Ah, j'ai oublié de vous dire une chose importante, poursuivit-elle. J'étais une amie de M. Chapuis.

Silence de quelques minutes. Puis une voix masculine.

— Que voulez-vous ?

— Je suis une proche de Daniel.

Elle ne respectait pas le protocole bien huilé de l'établissement.

— Vous devriez être au courant, s'écria la voix masculine, il a quitté l'établissement.

— Il est mort, vous voulez dire ! Assassiné.

— Patientez une seconde.

Au bout de quelques minutes, la porte s'ouvrit. Un homme en costume sombre apparut. La soixantaine. Une chevelure grisonnante. Des yeux clairs. Des petites lunettes. Sur le cou, il avait une énorme cicatrice.

Après s'être avancé dans la rue, il dévisagea Léa et Alex.

— Désolé, mais pour les questions d'ordre personnel, l'établissement ne reçoit personne.

Il avait l'air ennuyé.

— Qui êtes-vous ?

— Je suis journaliste, j'enquête sur le crime, répondit Léa sans s'étendre.

L'homme inspira un grand coup.

— Vous avez dit que vous étiez une proche de M. Chapuis.

— C'était pour vous faire réagir !

L'homme hocha la tête.

— Si vous le souhaitez, dans la mesure où j'étais un ami de Daniel, nous pouvons discuter après mes heures de travail. Vous connaissez Yvoire ?

Qui n'a pas entendu parler de ce magnifique village situé sur la côte française du Léman ?

— Bien sûr, mais c'est assez loin d'ici.

— Si cela vous convient, on peut se donner rendez-vous là-bas à 20 heures.

Léa acquiesça de la tête.

Une proposition inespérée.

— On peut se retrouver aux Flots exquis, poursuivit-il, un sympathique restaurant.

— Entendu, parfait pour moi.

Si l'homme lui avait proposé un rendez-vous le jour même, sans la connaître, c'est qu'il avait forcément quelque chose à dire.

Il restait plusieurs heures avant le rendez-vous à Yvoire. Comme deux bons touristes, ils visitèrent Genève, la vieille ville, la cathédrale, le jardin anglais. Ils longèrent les quais du Léman. Ils admirèrent l'immense jet d'eau. Mais Léa n'avait pas la tête à musarder. Elle était méfiante. Elle regardait autour d'elle, sans cesse, pour savoir si elle était suivie, si on l'observait. Elle ne constata rien d'anormal. Si quelqu'un l'espionnait, il était invisible, perdu au milieu de la foule.

— Tout va bien ? murmura Alex d'une voix inquiète.

— Le mieux du monde. Nous n'avons pas encore été criblés de balles. Estimons-nous heureux. Dans le cauchemar que nous traversons, c'est un véritable miracle.

Elle passa une main dans ses beaux cheveux, nerveusement.

— Tu penses que nous sommes traqués ? demanda Alex.

— La photo sur la lunette arrière, tu crois que c'était une pub pour la Suisse ?

— Je reconnais que ce n'est pas la meilleure façon d'apprécier Genève.

Dans le soleil couchant, ils arrivèrent à Yvoire, joli village médiéval dominant les eaux diaphanes du lac. Ils s'installèrent dans le restaurant.

L'inconnu de la banque arriva pile à l'heure, précis comme une horloge suisse. Élégant et parfumé, il s'assit en face des deux amis.

— Excusez-moi, dit-il d'une voix aimable. J'ai été un peu expéditif tantôt. Il m'est interdit de parler de choses personnelles dans le cadre de mon travail. Le règlement est formel. D'autant, qu'en l'occurrence, il s'agit d'une affaire sensible.

Ils commandèrent des filets de perche du Léman, spécialité locale.

L'endroit était joliment décoré, l'atmosphère chaleureuse.

— Je connaissais bien Daniel Chapuis. Sa mort m'a bouleversé.

Je suis tombée sur la bonne personne, pensa Léa.

— J'ai préféré dîner ici, en France, loin de Genève, où les oreilles traînent. Je ne dis pas que la cité est un gros village, mais les nouvelles circulent vite. Or, ce que j'ai à vous révéler est de la plus haute importance.

Léa était scotchée sur son siège. La vérité allait-elle jaillir de la bouche de ce banquier ?

Pour le mettre en confiance, elle se présenta plus longuement.

— Je m'appelle Léa Grange. Je suis une journaliste française spécialiste des faits divers. Je ne travaille pas pour la police, rassurez-vous. Tout ce que vous me direz restera entre nous. Vous avez ma parole. Votre nom ?

— Appelez-moi Robert.

À l'évidence, il ne voulait pas révéler sa véritable identité.

Elle se tut un instant, avant de reprendre :

— Je vous laisse ma carte de visite, vous pourrez me joindre quand vous voulez. Avez-vous un numéro de portable ?

— C'est moi qui vous appellerai si nécessaire.

Elle n'insista pas et poursuivit :

— J'ai écrit plusieurs livres consacrés à des *cold case*s, ces affaires non résolues. Je ne vais pas entrer dans le détail, mais dans certains cas, j'ai découvert la vérité, alors que la police, malgré des moyens considérables, piétinait.

— Comment procédez-vous ?

— L'intuition, le feeling, le hasard. Au doigt mouillé, comme on dit. Et puis les témoins parlent davantage avec moi qu'avec les enquêteurs. Ils sont en confiance. S'ils se trouvaient sur les lieux du crime, ils craignent d'être soupçonnés.

Des gens savent des choses importantes mais préfèrent se murer dans le silence.

L'homme s'exclama d'une voix admirative:

— Vous êtes une vraie psychanalyste!

Les plats arrivèrent, somptueux.

Robert poursuivit.

— Je ne peux pas vous révéler mon nom de famille, et vous ne le trouverez pas sur notre site Internet. Les employés sont des anonymes. Pour le reste, je vous dirai tout.

— Je vous écoute.

Ils se trouvaient dans un endroit isolé de la salle, loin des rares clients.

— Eh bien, Daniel Chapuis était un intime.

— Vous avez parlé de lui à la police?

— À la demande de notre directeur général, personne n'a répondu aux questions des enquêteurs. La banque a publié un communiqué disant que la mort de Daniel Chapuis et de son épouse était une affaire privée et qu'aucun employé n'avait d'élément à fournir aux autorités françaises.

— Une affaire privée, vraiment?

— Je ne sais pas ce qui s'est exactement passé sur le parking du Châtelard, mais un conflit déchirait le couple.

Léa faisait celle qui n'était au courant de rien. Il continua.

— Ils se détestaient, tout en refusant de se séparer, pour sauver les apparences. Vous savez, dans la grande bourgeoisie genevoise, l'emballage passe avant le contenu.

— Vous pensez que cette haine réciproque explique les meurtres? Ils sont morts tous les deux. Si Daniel avait tué Anna, j'aurais compris, mais là… Les enquêteurs réfutent le fait que le mari ait assassiné sa femme avant de se suicider, comme cela est arrivé dans d'autres affaires…

— La police a raison sur ce point! Mais il est possible qu'Anna ait renseigné en toute ingénuité le tueur sur leurs balades. Par exemple un amant.

— Elle avait des amants?

— Tout le monde le savait, quai des Bergues. Ce mannequin aimait les hommes très beaux, des sportifs à la plastique parfaite, ce qui était son droit le plus strict…

— Vous voulez dire qu'elle a eu un amant à Chamonix et que celui-ci a tué le couple car elle l'avait abandonné ?

Elle ne faisait que répéter la rumeur qui circulait au Chardon bleu.

— Je n'ai pas dit ça. L'amant était peut-être un tueur pour d'autres raisons que l'amour. Un peu comme dans les films d'espionnage : un homme fait semblant d'aimer, mais il a des arrière-pensées criminelles.

— La vengeance amoureuse ne serait pas le mobile du meurtre ?

— À mon avis, la vérité est tout autre.

Un long silence s'ensuivit. Léa était déconcertée. Pourquoi un amant d'Anna aurait-il tué le couple ? Le jeune inconnu du Chardon bleu habitait-il Genève ?

Alex, qui se contentait d'écouter, héla le serveur pour demander la carte des desserts.

Les perches du Léman étaient délicieuses, mais ils avaient encore faim. Une faim de loup.

Le lac était comme une mer, avec ses vagues, ses mouettes, ses voiliers, ses lumières, ses horizons infinis. Le grand air ouvrait l'appétit.

Pour terminer le repas, le restaurant proposait toutes sortes de gourmandises : clafoutis, brioches chocolatées, glaces accompagnées de macarons, crèmes brûlées.

Chacun choisit son dessert, puis Léa reprit la parole.

— Comment expliquer ces meurtres ? Éclairez-moi ! Jusque-là, je suis perdue !

— La pandémie.

— Comment ça, la pandémie ?

— Beaucoup de choses s'expliquent par la pandémie. Des millions de morts dans le monde, mais aussi des centaines de meurtres. On a vécu un moment de panique générale, de folie collective.

Léa n'avait rien oublié : le désarroi de la population, la gestion erratique des autorités.

— Des centaines de meurtres ? Que voulez-vous dire ?

— Les médias en ont peu parlé, mais les groupes pharmaceutiques, en coulisses, se sont affrontés sans vergogne.

L'argent rend fou ! Il s'agissait de trouver un traitement qui mettrait fin à l'épidémie. La firme qui le découvrirait en premier deviendrait richissime. Vous le savez, seul Janus a mis au point un vaccin, au détriment d'autres laboratoires qui avaient investi des sommes colossales.

— Vous sous-entendez que Janus s'est débarrassé de ses concurrents ?

— Attention, je n'ai pas dit ça ! Je me suis mal exprimé. Il y a eu une course de vitesse entre les firmes mais aussi entre les États, souvenez-vous ! Je n'accuse le laboratoire de Michel Mueller de rien. Plusieurs centres de recherches ont utilisé des méthodes mafieuses, d'autres ont été irréprochables. Je ne vais pas citer de noms.

— Soit, mais quel rapport avec Daniel Chapuis ?

— Eh bien, dans notre banque, il était chargé de financer un projet de traitement très avancé qui consistait à stopper net la maladie une fois qu'elle se déclarait. Du curatif. Ce traitement aurait pu sauver des millions de vies.

— Ce projet n'a pas abouti ?

— Le vaccin miracle a été découvert avant. Rappelez-vous. En quelques mois, il a été administré à des millions d'individus et l'épidémie a cessé.

Léa était songeuse.

— Vous pensez que M. Chapuis a été tué parce qu'il finançait un projet prometteur ?

— Affirmatif.

— Une chose m'intrigue : c'est votre banque qui finançait, pas lui !

— Certes, mais il connaissait parfaitement le dossier et il était le seul à travailler dessus. Je ne vais pas vous expliquer tout le montage économico-juridique, ce serait long et fastidieux. Daniel Chapuis sollicitait des mécènes, qui versaient l'argent à la BCL, qui le prêtait à l'entreprise à taux zéro. Si les recherches n'aboutissaient pas, le laboratoire ne rembourserait rien.

— Quel intérêt pour la banque ?

— Eh bien, nous espérions être celle qui avait aidé à trouver un traitement avant tout le monde. Nous l'aurions proclamé haut et fort. Cela nous aurait auréolés de gloire. Notre banque serait devenue la plus célèbre du monde.

— Les mécènes auraient pu directement verser au centre de recherches, non ?

— Certes, mais Daniel Chapuis avait un formidable carnet d'adresses en Suisse. Grâce aux comptes que nous gérons, il connaissait quelques-unes des familles les plus riches de la Confédération. Un atout majeur que ne possédait pas l'entreprise que nous avons financée. Notre banque est une institution. Les millionnaires ont confiance en nous. Daniel Chapuis était l'un des piliers de la BCL depuis vingt ans, il a convaincu de gros clients de verser de l'argent. Certains ont donné sans contrepartie, d'autres ont prêté sans demander d'intérêts.

— Mais ça n'a servi à rien…

— Hélas, mais nous ne le savions pas à l'avance. Daniel a été tué et un autre laboratoire nous a supplantés.

Elle insista.

— Vous pensez que Janus est responsable de sa mort ?

— Vous m'avez déjà posé la question. Je n'ai pas évoqué cette piste ! Des centaines de centres de recherches travaillaient sur le même type de projet : trouver un remède contre un virus qui ravageait la planète.

— Daniel aurait été tué par une firme pharmaceutique concurrente ?

— J'en suis quasi certain. Il n'avait aucune autre raison d'être assassiné. La vengeance amoureuse à elle seule ne tient pas la route. Si cela avait été le cas, Anna aurait survécu. Son amant jouait un double jeu : un délicieux compagnon et un tueur sans vergogne.

Léa pensa à Clotilde et à Galileo.

Si elle en croyait la photo prise à l'aiguille du Midi, la jeune chercheuse connaissait le banquier.

Elle ne voulut pas parler de ce cliché à quelqu'un qu'elle voyait pour la première fois.

Clotilde Meunier et Daniel Chapuis avaient-ils été tués pour la même raison ? Mettre fin à des recherches très avancées ?

Une question enfiévrait Léa :

— Connaissez-vous le nom du laboratoire que la BCL finançait ?

Robert poussa un soupir de dépit.

— Chère madame, on voit que vous connaissez mal le fonctionnement des banques suisses. À l'intérieur de chacune d'elles, pour des raisons de confidentialité, tout est très compartimenté. Imaginez qu'un salarié s'en aille et vende des données à un concurrent. Chaque employé travaille de manière indépendante. Seul le directeur général a accès à tous les comptes, mais lui ne dira jamais rien, pas même à la police.

— Soit, mais alors, comment savez-vous que Daniel Chapuis travaillait sur ce type de projet ?

— Parce que l'information circulait dans la banque sans que personne ne connaisse le nom du laboratoire, en dehors de Chapuis et du directeur général. On nous a annoncé qu'on le saurait le jour où le médicament serait mis sur le marché, mais cela ne s'est jamais produit.

— À tout hasard, avez-vous entendu parler d'une certaine Clotilde Meunier ?

Il hocha la tête.

— Désolé, ce nom ne me dit rien.

En résumé, pour Léa, à ce stade de ses investigations, cette histoire était une affaire de gros sous. Janus, qui avait mis au point le fameux vaccin, avait empoché des milliards d'euros. Les autres laboratoires n'avaient rien gagné. Pas étonnant que la section de recherches de la gendarmerie ne se soit pas précipitée pour tenter de résoudre l'énigme. En face d'elle se trouvaient des gens plus puissants que les États : des multinationales pharmaceutiques qui, pour certaines, étaient capables de tout, quand d'autres étaient d'une honnêteté scrupuleuse.

Comment savoir si Robert disait vrai ? C'était sa conviction à lui, mais avait-il raison ? Il n'avait apporté aucune preuve concrète.

Retrouver le commanditaire de ces meurtres revenait à chercher un grain de sable sur une plage.

Il fallait qu'elle sache si Galileo était financé par la BCL. Il fallait qu'elle découvre le nom de la banque qui subventionnait les travaux de la start-up lyonnaise. Il manquait un maillon de la chaîne. Cette affaire aux dimensions mondiales était pavée de mystères.

Léa rentra avec Alex à Chamonix dans la nuit noire. Ils ne parlèrent pas du voyage. La journée avait été inattendue, éprouvante, malgré la beauté de Genève, la splendeur du lac et le cadre idyllique du restaurant d'Yvoire. Elle avait été choquée par la photo retrouvée sur la voiture et surprise par le dialogue déconcertant avec celui qui se faisait appeler Robert. Pourquoi avait-il refusé de livrer son nom de famille ?

Cette nuit était aussi douce qu'une nuit d'été. Ils laissèrent les fenêtres de la voiture ouverte. Le vent venait dans les cheveux, c'était un moment de calme comme ils n'en avaient pas connu depuis longtemps.

Le parking de l'hôtel était éclairé de pâles réverbères.

— Tu ne crains pas que le tueur nous attende, surgissant de nulle part ? s'exclama Alex.

— Tu as ton pistolet ?

— Depuis quelques jours, il se trouve en permanence dans la poche de ma veste, au cas où.

Ils descendirent du véhicule, regardèrent de tous côtés. Ils ne virent personne.

À la réception, Mathis.

Léa était contente de le revoir. Elle imaginait qu'il avait fait une pause dans la journée.

Il était près de minuit. À cette heure-là, beaucoup de clients dormaient.

Elle savait qu'il n'avait pas le droit de parler dans le cadre de son service, elle fit celle qui ne le connaissait pas.

— Bonjour, monsieur, je vous souhaite une bonne soirée.

— Attends, Léa, chuchota-t-il, j'ai quelque chose à te dire : j'ai la preuve formelle que la tuerie s'est nouée dans l'hôtel.

Que voulait-il dire ? Elle s'apprêtait à lui poser des questions quand elle aperçut une serveuse qu'elle n'avait jamais vue.

Mathis se tut, ou plutôt, il changea de conversation.

— Que voulez-vous pour votre petit déjeuner ? demanda-t-il d'une voix neutre.

— Un bon café, comme d'habitude. Avec du pain grillé, du beurre et des confitures.

Alex et Léa montèrent se coucher chacun dans sa chambre.

Qu'avait voulu signifier Mathis ? Elle écrivit sur un papier ce qu'il avait dit pour ne pas oublier.

J'ai la preuve formelle que la tuerie s'est nouée dans l'hôtel.

Pour elle, cette phrase était très énigmatique. Le meurtrier fréquentait-il l'établissement ? Était-ce le jeune homme qui passait des heures au restaurant en payant en espèces ? Avait-il enfin été identifié ? Autant de questions que de non-réponses. Il fallait qu'elle en sache davantage.

Elle voulut redescendre à l'accueil pour crever l'abcès, avant de se raviser. Le hall de l'hôtel n'était pas le meilleur endroit où parler. Trop risqué. Les murs avaient des oreilles, et Mathis pouvait perdre sa place.

Elle lui envoya un texto : *Tu m'en diras plus dès que tu pourras.*

Il répondit sur-le-champ : *Demain je suis en service toute la journée. Le soir dans mon studio ?*

Elle : *Par texto, on peut se parler ?*

Lui : *Trop de choses à te dire. Je dors à l'hôtel dans une petite pièce derrière la réception. Je suis de garde. À demain ? Bonne nuit Léa.*

Elle n'insista pas.

Jeudi 18 avril

Dès le matin, Léa retourna aux Houches, laissant Alex dans sa chambre. Elle ne voulait pas le réveiller. Elle prenait le risque de partir seule, mais ce n'était pas son ami, malgré son arme, qui allait empêcher un tireur de faire feu. Et puis quelque chose lui disait que le tueur ne voulait pas l'assassiner, pour une raison qu'elle subodorait : il voulait juste l'effrayer pour qu'elle cesse son enquête.

Elle frappa à la porte de Myriam. À la suite des révélations de Robert, elle voulait savoir s'il existait un lien entre la BCL et Clotilde Meunier. Dans ce cas, Chapuis et la jeune femme avaient été tués pour la même raison. Resterait à savoir comment le meurtrier savait qu'ils allaient se retrouver sur le parking du Châtelard et, surtout, qui étaient ce meurtrier et ses commanditaires ? Cela faisait beaucoup de questions.

Myriam lui ouvrit la porte, elle était à peine réveillée. Quand elle aperçut Léa, elle lui adressa un large sourire.

— Je ne m'attendais pas à votre visite, mais quel plaisir de vous voir ! Je me lève à peine. Un café ? Je suis en train d'en préparer un.

— Vous êtes bien aimable. Désolée de débarquer à l'improviste, mais c'était plus fort que moi. En ce moment, je ne tiens plus en place. Je veux résoudre cette énigme par n'importe quel moyen.

L'intérieur du chalet était éclairé par un pétillant feu de bois qui sentait bon.

— Je viens de l'allumer, murmura la directrice. Quand l'école est fermée, je vis seule ici, ça me convient, mais j'ai de la visite… Des physiciens, des amis, la famille… Je tiens à les accueillir de manière chaleureuse.

Elles s'assirent dans de grands fauteuils en cuir autour d'une table basse jouxtant la cheminée.

Myriam remplit à ras bord deux tasses avant de reprendre.

— Où en êtes-vous de votre côté ?

— Une piste se précise, je suis venue pour vous en parler.

— Ah, tant mieux, car les enquêteurs ont l'air d'avoir abandonné la partie. On dirait qu'ils le font exprès. Je suis étonnée qu'ils aient si peu prospecté ici. C'est quand même l'endroit où deux des victimes ont séjourné avant d'être assassinées.

Léa fronça les sourcils.

— Comment l'expliquez-vous ?

— Pas d'explication mais je suppose que pour les gendarmes, Clotilde et Félix n'étaient pas la cible du tueur.

— La juge m'a confié qu'elle ne privilégiait pas cette piste.

Myriam versa une larme, qu'elle essuya avec un mouchoir en papier, avant de poursuivre :

— Comme Félix et Clotilde étaient sympathiques ! Et, de plus, de très grands scientifiques. Ils avaient pondu une thèse chacun dans son domaine. Comme ça, on aurait dit un couple de jeunes étudiants un peu folâtres. Quel paradoxe !

Léa alla droit au but.

— Savez-vous si Clotilde connaissait Daniel Chapuis, l'homme assassiné au même moment ?

— Pas la moindre idée.

— Les enquêteurs vous ont-ils posé cette question ?

— Du tout. Apparemment, ils pensent qu'un couple était visé et que l'autre est un « dommage collatéral », une expression que je déteste.

Elle renifla tristement avant de reprendre.

— Je les revois quitter l'école avant leur randonnée. En partant se balader en altitude, j'ai senti qu'ils se débarrassaient d'un fardeau : celui de la peur. Ils se croyaient en sécurité en pleine nature. La suite a montré qu'ils n'étaient protégés nulle part.

— Personnellement, vous croyez que Clotilde était la cible du tueur ?

— C'est l'explication la plus vraisemblable.

— Comment savait-il qu'elle allait arriver sur le parking à cette heure-là ?

Myriam réfléchit quelques secondes avant de répondre.

— Tout est envisageable : quelqu'un les suivait de loin, des renseignements ont été pris auprès du refuge où ils avaient passé la nuit…

Léa avait apporté son petit sac à dos contenant la photo prise au 3842. Elle l'avait imprimée sur une feuille A4. Elle la montra à Myriam, qui s'exclama :

— Clotilde et Félix !

— Vous les reconnaissez formellement ?

— Ben oui, c'est eux, sans doute. Cette photo a été prise où ?

— Au restaurant de l'aiguille du Midi. *A priori*, la veille du meurtre. Les gens en face d'eux, vous savez qui c'est ?

Myriam ouvrit grand les yeux.

— Du tout. Jamais vu. Des amis, j'imagine. Ils ont l'air de bien s'entendre.

— La question que je vous pose est capitale. Vous n'avez pas vu ce couple à l'École de physique des Houches ?

La directrice observa longuement l'image.

— Non, désolée, je ne vois pas qui c'est.

Elle aurait pu les identifier, les médias avaient publié leur photo, mais c'était il y a trois ans. Une éternité.

Léa aurait aimé qu'elle dise : « Oui, ils sont venus ici pendant les sessions auxquelles a participé Félix. Ils ont passé de longues soirées avec le couple Meunier. »

Léa inspira un grand coup avant de lancer :

— Il s'agit des deux personnes assassinées en même temps qu'eux : les Chapuis de Genève.

— Ah bon ? Les enquêteurs prétendent depuis le début que les couples ne se connaissaient pas.

— Apparemment, ils se trompent. Cette photo le prouve, à moins que ce soient quatre sosies.

Léa avala une gorgée de café.

— Clotilde vous a-t-elle parlé de la façon dont ses recherches étaient financées ?

Myriam hocha la tête.

— Je ne sais plus. Sans doute. On a discuté plein de fois.

— Fouillez dans votre mémoire, je vous en supplie.

Myriam ferma les yeux.

— Elle me disait que l'État français ne lui donnait rien car il misait sur des centres de recherche plus prestigieux que sa petite start-up.

— Intéressant !

— Du coup, Galileo s'est tourné vers des fonds privés. Mais l'argent manquait, malgré des résultats spectaculaires.

— L'État a toujours parié sur le vaccin. Mais en attendant de le trouver, il aurait dû financer des traitements curatifs. On lui a beaucoup reproché ce manque. Allons, aidez-moi, essayez de vous souvenir du nom de la banque qui aidait Galileo !

Le front de Myriam se plissa.

— Clotilde ne m'en a pas parlé avec précision. J'ai vaguement le souvenir qu'un établissement bancaire suisse était de la partie. Un et un seul ! Les autres avaient refusé les propositions de partenariat. Elle me l'a dit une fois, alors que nous marchions sur un petit chemin à l'ombre des mélèzes.

Léa sursauta.

— Une banque suisse ? Vraiment ?

— Oui, ça n'a rien d'extraordinaire. Les Suisses sont les champions de la banque. C'est bien connu.

Elle se mit à rire nerveusement, Léa ignorait pourquoi.

— Vous savez, beaucoup de chercheurs français font appel aux Helvètes pour financer leurs projets.

— Vous connaissez le nom de la banque qui aidait le laboratoire de Clotilde ?

— Elle ne me l'a pas dit. Je sais seulement qu'elle se trouvait quai des Bergues, à Genève.

Journal de Léa

Je m'approche de la vérité à grands pas. Du moins, c'est mon sentiment. Tout s'assemble, tout devient cohérent. Clotilde se sentait en danger à cause de ses recherches prometteuses, elle était sur le point de trouver un traitement contre le virus. Une première mondiale. Elle était un génie de la recherche médicale, en avance sur tous les autres scientifiques. Malgré son infinie discrétion, elle provoquait des jalousies et des haines. C'est sûrement pour cette raison qu'elle était absente des réseaux sociaux, tout comme son époux. Pour vivre heureux, vivons cachés !

Quelque temps avant sa mort, on l'a menacée et elle a eu peur. Une peur panique. Sans le dire à personne, elle a suivi Félix à l'École de physique des Houches. Pour souffler. Prendre du recul. Se balader. Elle en a profité pour essayer de rencontrer son banquier, celui qui finançait ses recherches en secret.

Les loups les traquaient sans relâche.

Elle n'a pas été assez prudente, malgré ses précautions. Qui l'a tuée ?

Un collègue jaloux ?

Un laboratoire ennemi ?

Janus ?

Clotilde avait eu le tort d'être plus inspirée que ses confrères. Son laboratoire avait sans doute fauté en évoquant les prodigieuses avancées de ses recherches. Le nom de la jeune fille avait sans doute commencé à fuiter. Tout finissait par se savoir.

Son arrêt de mort était signé.

Certains concurrents n'avaient pas supporté l'avance phénoménale qu'elle avait prise sur eux.

Ce sont les meilleurs qu'on assassine, pas les médiocres.

Elle avait voulu rencontrer Daniel Chapuis dans la montagne sans le dire à personne. Ils avaient déjeuné au sommet de l'aiguille du Midi, ils avaient prévu de passer de nouveau un moment ensemble, mais les balles du tueur les en avaient empêchés.

Mon hypothèse contredit la version officielle : ce n'est pas un couple qui était visé, mais les deux. Une personne dans chaque couple devait mourir, ce qui revient à dire que dans chacun d'eux, il y a eu une victime collatérale : Félix et Anna.

Restent des mystères à éclaircir.

Qui a tiré ? Un tueur à gages ?

Comment cet homme – ou cette femme – a-t-il su qu'ils allaient se retrouver sur le parking du Châtelard ? Une équipe les a-t-elle pistés ? Une officine concurrente a-t-elle mis de gros moyens pour les coincer simultanément en les suivant pendant des jours ? Quelqu'un avait-il entendu la conversation entre Clotilde et Daniel au 3842 révélant qu'ils allaient se revoir le lendemain sur le parking ?

En refermant son journal, Léa se demandait ce qu'elle allait raconter à la juge d'instruction le jour où elle la reverrait. Mais surtout, elle se triturait la cervelle pour savoir où se cachait celui qui l'épiait.

Elle envisageait toutes les hypothèses.

Quelqu'un qu'elle connaissait ?

Elle fit défiler dans sa tête tous les gens à qui elle avait parlé depuis son arrivée ici.

Alex ? *A priori*, Léa ne l'envisageait pas, mais il ne fallait rien écarter. Où était-il le jour du quadruple meurtre ? Elle ne lui avait jamais posé la question.

Robert, le banquier qui avait refusé de dire son vrai nom, avait-il quelque chose à se reprocher ?

Le serveur de La Joyeuse Marmotte ?

Le directeur du magasin de sport ?

Le patron de l'hôtel ?

Mathis ?

Myriam Roy ? Avait-elle attendu que Clotilde quitte les Houches pour se débarrasser d'elle ? Si elle l'avait assassinée lors de son séjour à l'école, elle aurait été *de facto* soupçonnée. Mais si elle avait trempé dans le coup, pourquoi se serait-elle confiée à Léa ?

Le plus probable était que la journaliste ne connaissait ni celui qui l'espionnait, ni le tueur.

Une question revenait sans cesse dans son cerveau enfiévré : y avait-il une taupe au sein de l'institution judiciaire ou parmi les gendarmes ? Un enquêteur brouillait-il les pistes ? Mais qui ?

Dans l'après-midi, les forces de l'ordre vinrent la chercher de manière inopinée. Ils la prièrent de les suivre jusqu'au palais de justice, où la juge voulait s'entretenir de nouveau avec elle. Léa ignorait pour quelle raison.

Elle avait décidé d'évoquer sans trop de détails les éléments de son enquête.

Elle ne prévint pas Alex de son départ pour Annecy.

La juge l'accueillit aimablement, elle lui proposa même un verre d'eau.

— Quoi de neuf depuis la dernière fois, chère témoin assistée ?

Léa ne savait pas s'il y avait un sous-entendu ironique à la question. Pourquoi « chère » ? Voulait-elle l'amadouer ?

— Eh bien, de mon côté, les choses se précisent, lui répondit la journaliste.

— Je vous écoute.

— Derrière ce quadruple meurtre, on devine une lutte impitoyable entre des laboratoires pharmaceutiques.

La juge se leva, le visage dubitatif.

— Un complot, c'est ça ?

— Je n'ai pas utilisé ce terme.

— Quelle est votre théorie ?

— Clotilde Meunier travaillait dans une start-up qui était sur le point de…

La juge lui coupa la parole.

— Mais vous radotez, madame ! Nous avons déjà abordé le sujet. Le Big Pharma a encore frappé, c'est ça ? Vous croyez que les groupes pharmaceutiques s'amusent à engager des tueurs pour se débarrasser de leurs concurrents ? C'est de la science-fiction ! Je vous l'ai dit à deux reprises : cette porte a été refermée.

Léa était étonnée par le ton péremptoire.

— Il ne faut mettre de côté aucune hypothèse, dit-elle, d'autant que ça fait trois ans que vous faites du sur-place.

L'attaque était frontale.

— Je vous rappelle que nous avons envisagé cette piste de manière très sérieuse, il se trouve que c'est une impasse. Je ne fais que me répéter : comment le meurtrier aurait-il su que Clotilde Meunier arrivait sur le parking ? Elle lui a téléphoné pour le prévenir ? Ça ne tient pas la route. Et puis, en toute franchise, je ne pense pas qu'un laboratoire userait de telles méthodes. La concurrence commerciale n'a rien à voir avec le crime organisé. Nous ne sommes pas à Palerme !

La juge changea ensuite de sujet :

— Je vous ai fait venir pour évoquer la seule explication que nous retenons à ce jour. Nous excluons d'ailleurs que vous soyez impliquée, si cela peut vous rassurer. Je vais lever votre contrôle judiciaire. Dans la mesure où vous semblez menacée, souhaitez-vous une protection policière ?

— Merci, mais ce ne sera pas la peine… Je vous écoute.

— Nous privilégions la piste d'un tueur fou. D'un *serial killer* qui tue au hasard de ses rencontres. Vous avez entendu parler de Roberto Succo ?

Oui, bien sûr, elle en avait entendu parler. Quelques années auparavant, un jeune Italien au visage d'ange avait tué sans raison des gens ordinaires qu'il ne connaissait pas, sauf les deux premières victimes : ses propres parents. La plupart des meurtres avaient eu lieu dans les Alpes, justement.

— Quel rapport avec les crimes de Chamonix ?

— Un cinglé tire sur des individus croisés de manière fortuite. Les victimes ont la malchance de se retrouver là, c'est tout. Il n'existe aucun mobile. Des meurtres pour rien.

— En tout cas, ce n'est pas Roberto Succo, il s'est suicidé.

— Certes, mais celui que nous recherchons possède le même profil.

— Comment en êtes-vous arrivée à cette conclusion ?

— Ce n'est pas sorti dans les médias, mais l'assassin vient de récidiver.

— Ah bon ? Comment ça ?

— Un randonneur a été criblé de balles.

— Oh non, ce n'est pas possible ! Quelle horreur !

Un tueur en série hantait-il le massif du Mont-Blanc ?

Si c'était le cas, les scénarios que Léa avait échafaudés s'écroulaient comme un château de cartes.

La juge effectua quelques pas.

— Ça va sortir demain dans les journaux. Je vous en réserve la primeur.

— Vous êtes trop aimable.

— Un randonneur a été assassiné près des Contamines-Montjoie, à quelques kilomètres de Chamonix. Les mêmes balles qu'au Châtelard. *A priori*, le même type d'arme que celle que nous avons récupérée après le meurtre de Barbara. La victime, un randonneur expérimenté, descendait de sa voiture pour aller marcher. Quand les gendarmes sont arrivés, sa tête pissait le sang.

Léa était surprise par le vocabulaire de la juge d'instruction.

— C'était qui ?

— Peu importe le nom, mais il semble, selon les premières investigations, qu'il ne connaissait ni les Chapuis ni les Meunier… Un tueur erre dans la région, un clone de Roberto Succo. Depuis quelques années, des gens disparaissent, en Haute-Savoie. On est en train de rouvrir des dossiers en utilisant de nouveaux logiciels. Si ça se trouve, on va finir par retrouver d'autres cadavres.

— Pourquoi suis-je moi-même menacée si un tueur tue au hasard ?

— Tout simplement parce que vous avez un parcours qui l'effraie. Il craint d'être démasqué, c'est normal. Il veut que vous décampiez, pour continuer à agir comme bon lui semble. C'est un loup solitaire, vous empiétez sur son territoire. Il sait où vous séjournez, vous l'avez annoncé dans la presse.

— Et pourquoi ne me tue-t-il pas? Au moins l'affaire serait réglée.

La juge soupira.

— Ah ça, je n'en sais rien! Il faudrait lui poser la question. Vous avez un avis?

— Pas vraiment. Soit c'est quelqu'un que je connais et qui m'aime bien, soit il n'a pas trouvé l'occasion pour le faire en toute discrétion. Lors du meurtre de Barbara, s'il n'avait pas laissé échapper son arme, j'aurais peut-être été moi aussi criblée de balles. Mais en général, les tueurs en série sont des opportunistes, voyez-vous. Quand ils sortent de leur tanière, ils ne savent pas forcément qu'ils vont passer à l'acte. Ça dépend des rencontres, des moments, des désirs. Le hasard, quoi! Ils aperçoivent quelqu'un, ils ont une pulsion, et ils tuent. Sauf exception, ce n'est pas programmé. Or, pour Barbara, cela semblait programmé. Il a voulu se débarrasser d'un témoin capital. Pas si fou que ça, le tueur fou!

La juge faisait mine de ne pas avoir entendu.

— Nous cherchons à définir le profil de cet assassin. Vous êtes la seule survivante à l'avoir aperçu.

Léa ne put s'empêcher de hausser les épaules.

— Je vous l'ai décrit la dernière fois. Je n'ai rien d'autre à ajouter. Il portait un casque intégral avec une visière et un blouson noir, je n'ai pas vu un centimètre de son visage.

— À quoi ressemblait sa voix?

— Il n'a pas dit un mot.

— Taille?

— Dans la panique, je n'ai pas fait attention.

La juge semblait déçue.

— Fouillez dans votre mémoire, s'il vous plaît.

— Oh, vous savez, j'étais dans un état de sidération indescriptible. Vous imaginez bien! Je discute avec une femme qui se fait descendre devant moi. J'ai vécu un traumatisme. Je n'ai pas vu la réalité de manière objective.

— Certes, mais après ce type d'événement, les souvenirs peuvent remonter à la surface plus tard. C'est pour cette raison que je vous ai fait venir…

Léa ferma les yeux un instant. Elle se remémora ces instants tragiques : Barbara parlant avec elle, et tout à coup, son corps s'écroule… Le tueur apparaît… Il se prend les pieds dans la végétation… Il trébuche…

Ces secondes de cauchemar défileront dans sa tête pour toujours.

La voix de la juge la fit sursauter.

— Quelque chose ne va pas ?

— Mais non, tout baigne. Je revis un souvenir d'une violence inouïe mais tout va très bien. Le meurtrier sait que j'habite au Chardon bleu mais tout va très bien !

La juge semblait vexée.

— Je ne vous ai pas forcée à rester à Chamonix. La Haute-Savoie, c'est grand. Vous n'avez pas changé d'adresse. Je ne vous cache pas que ce choix nous intrigue.

La réponse de Léa fut cinglante :

— Vous devriez savoir qu'en s'éloignant d'une scène de crime on s'éloigne de la vérité. Je ne suis pas une fonctionnaire enfermée dans son bureau. Mon métier consiste à percer des mystères que personne n'a réussi à élucider. Vous voyez ce que je veux dire ?

La juge Viallard devinait que Léa doutait de ses méthodes d'investigation, elle fit semblant de ne pas comprendre.

De retour à Chamonix, en début de soirée, Léa débarqua dans le studio de Mathis sans prévenir. De toute façon, il l'attendait, sa venue n'était pas une surprise.

Il portait un débardeur et un pantalon de jogging. Ça lui donnait un look plus branché que celui de réceptionniste. Sur son débardeur était imprimé en rouge vif : *Liberty forever.*

Il avait un visage triste, très différent de celui que Léa connaissait.

— Que t'arrive-t-il ? demanda-t-elle d'une voix douce.

Il semblait hésiter.

Après un temps très long :

— Ces meurtres… Ce tueur qui rôde dans le coin… Ça devient insupportable… Que font les flics ?

— Leur boulot, ils tâtonnent.

Elle ne comprenait pas pourquoi il se retrouvait dans cet état de manière si soudaine.

— Il s'est passé quelque chose ? ajouta-t-elle.

— Oui.

— Quoi ?

— On m'a adressé des menaces.

Léa sursauta.

— Ah bon ? Toi aussi ? Sous quelle forme ?

Il tendit une enveloppe.

— Regarde. Quelqu'un a mis ça dans ma boîte aux lettres. C'est la deuxième fois que je reçois ce genre de chose.

Léa aperçut une feuille A4 pliée en quatre. Dessus, quelques mots.

Reste à l'écart.
Sinon, pan !

Rien d'autre.
Un obus de guerre.
Mathis pleurait à moitié.
— Ça veut tout dire : le prochain sur la liste, c'est moi !
Elle lui prit tendrement la main.
— Pas forcément. Dans ma carrière de journaliste d'investigation, j'ai reçu des dizaines de mises en garde. Quand le type veut vraiment te tuer, il ne prévient pas. Là, il veut t'intimider, et ça marche !
Mathis la regarda de ses beaux yeux noirs.
— Je suis un sportif. Un être pur. Idéaliste. Je me retrouve dans une histoire qui me dépasse. Après la tuerie du Châtelard, j'ai cru qu'on allait trouver le meurtrier rapidement, et rien ! Je pensais que les enquêteurs travailleraient de manière efficace, mais ils sont figés. Et depuis que tu es arrivée, le cauchemar qu'on croyait oublié se rappelle à nous.
Elle n'appréciait guère cette attaque à peine voilée.
— Tu me reproches quelque chose ?
— Rassure-toi ! Absolument rien ! C'est juste un constat. Depuis trois ans, cet énorme abcès hante la mémoire de la vallée : quatre personnes ont été assassinées de manière mystérieuse. Les gens ont essayé de tourner la page mais le passé revient. On a tous compris que le tueur était « sur zone », comme on dit dans le jargon militaire…
Pour ne pas l'affoler davantage, Léa ne voulut pas lui parler du crime des Contamines.
Les médias allaient sortir l'info de manière imminente.
Mathis la prit dans ses bras. Léa sentait qu'il avait besoin d'affection. Elle lui caressa les cheveux avec tendresse :
— Comment expliques-tu ces meurtres ? Tu as une idée ?
Elle se souvenait des paroles qu'il avait chuchotées l'avant-veille à la réception : *J'ai la preuve formelle que la tuerie s'est nouée dans l'hôtel.*

— Depuis trois ans, toutes sortes de rumeurs ont circulé, je te l'ai dit. Pour moi, ce ne sont pas des crimes gratuits. Il existe un mobile, j'en suis persuadé. Et ce mobile, certains le connaissent.

— Qu'est-ce qui te fait dire ça ?

— Quand je parle du sujet autour de moi, je sens que certains en savent plus qu'ils ne le disent. Mais ils préfèrent se taire car ils sont terrorisés par le directeur.

— Ah bon ? Des exemples ?

— Oh, je ne suis sûr de rien. C'est une intuition personnelle. Je pense que le tueur connaît très bien l'endroit où je travaille. La preuve, il me menace !

Elle recula d'un pas.

— C'est très flou.

— Eh bien, pour être franc, je suis stupéfait par l'attitude de Bruno Lopez. Il nous répète sans cesse qu'il ne faut pas parler de ces crimes sous peine de licenciement.

Léa se fit l'avocate du diable.

— Il ne veut pas que ça porte atteinte à la réputation de l'hôtel, il me l'a dit lui-même. Deux de ses clients ont été assassinés. Pas terrible, en matière de communication.

Mathis respira un grand coup.

— Je l'observe depuis longtemps. Il sait des choses. Il les cache. Il n'en parle à personne, pas même aux gendarmes.

— C'est lui le meurtrier ?

— Il prétend avoir un alibi.

— Complice ?

Mathis hocha la tête.

— Rien d'impossible. Par ailleurs, sans certitude, je pense qu'il devine que nous sommes en contact, toi et moi.

Il serra de nouveau Léa dans ses bras, avant d'ajouter :

— Et puis, je viens de découvrir une chose que j'avais vaguement devinée… Je te l'ai suggérée hier quand tu es passée devant la réception, je n'ai pas pu m'empêcher de me taire.

Il semblait hésiter.

— Je t'écoute.

— Dans l'ordinateur de l'hôtel, nous conservons les coordonnées de tous ceux qui ont passé au moins une nuit chez nous, sauf ceux qui refusent de les fournir et qui payent en espèces, mais ils sont rarissimes. En revanche, nous ne recensons pas les clients du restaurant qui ne louent pas de chambre, ce serait trop compliqué à gérer. Par curiosité, je viens de regarder les noms de ceux qui ont séjourné la semaine précédant le quadruple meurtre. Les gens sont classés par date d'arrivée. Les listings sont très complets. Les adresses postales et les téléphones sont renseignés.

— Rien de surprenant.

— Écoute la suite, ma chère Léa! La semaine précédant la tuerie est vierge de tout nom, comme si personne n'était venu. Dans celle d'avant, il existe une liste détaillée, mais pas un seul client n'est mentionné au cours des sept jours suivants. Ce n'est pas dû à un bug informatique, sinon tout le listing aurait été effacé. Il s'agit d'un acte volontaire.

— Tu ne le savais pas?

— Je n'avais jamais regardé.

— Conclusion?

— Pas de conclusion à ce stade, mais celui qui a effacé cette liste a quelque chose à cacher.

— Tu veux dire que ce listing mettait sur la piste du crime?

— Absolument. J'en suis certain. La vérité sur cette affaire se trouve au Chardon bleu.

— Quand nous avons marché ensemble sur l'alpage au-dessus du parking, tu m'as dit que cette vérité était simple mais que personne ne la voyait. Quelle est-elle?

Il se tut quelques secondes, il regarda droit devant lui avant de dire:

— Patiente encore un peu, et tu sauras tout.

Journal de Léa

Je m'égare dans les entrelacs de ce mystère mortifère. Il ressemble à un glacier couturé de séracs et de crevasses que j'explore une à une. Au moment où je crois approcher de l'épilogue, quelqu'un me fait descendre dans une autre crevasse, j'avance dans le noir, mes certitudes s'effondrent.

Je suis déconcertée par les nouvelles révélations de Mathis. Elles ne contredisent pas les annonces de la juge d'instruction, mais je doute qu'un supposé *serial killer* local ait séjourné dans l'établissement de M. Lopez, même si rien ne doit jamais être exclu, y compris l'invraisemblable.

Le fait que des noms aient disparu d'un fichier conforte la thèse que le tueur était un client de passage, et non un autochtone.

Comment la base de données a-t-elle pu être tronquée ? Je m'interroge. Le tueur a-t-il un complice dans l'hôtel ? Un hacker a-t-il attaqué à distance le système informatique ?

Je trouve l'attitude de Mathis déconcertante, il prétend savoir des choses qu'il ne veut pas me dire. Pour quelle raison ?

Par ailleurs, j'ai l'impression que le tueur – peut-être doublé d'un complice – m'espionne à certains moments ; à d'autres il est absent. Il a brûlé ma voiture, il m'a suivie chez Barbara qu'il a assassinée devant mes yeux, il m'a suivie à Annecy où il a déposé un journal dans mon véhicule de location, etc. Mais la plupart du temps, il me fiche une paix royale. Je n'ai rien remarqué d'anormal aux Houches. À mon avis, il est salarié dans le coin, il ne peut pas me suivre pendant ses heures de service.

Vendredi 19 avril

L'après-midi, après avoir fait la grasse matinée, Léa frappa à la porte du bureau de Bruno Lopez. Elle devinait qu'il serait mécontent qu'on le dérange, mais tant pis.

Pas de réponse.

Elle tourna la poignée, persuadée que la porte était verrouillée, mais il n'en était rien.

Le directeur était assis derrière sa table, face à un ordinateur qu'il ne quitta pas des yeux.

— Qui vous a permis d'entrer ? s'écria-t-il d'un ton désagréable sans même relever la tête. Si je ne vous ai pas répondu, c'est qu'il faut prendre rendez-vous avant de me voir. Je suis surbooké ! Que voulez-vous ?

Elle imaginait qu'il débitait la même rengaine à chaque fois que quelqu'un pénétrait chez lui à l'improviste.

— Ah, désolée ! murmura-t-elle d'une voix douce. C'est une urgence !

Il daigna regarder devant lui, enfin.

— C'est vous ? s'exclama-t-il d'une voix éberluée. J'espère que vous n'allez pas me parler de la tuerie du Châtelard car je vous ai déjà tout dit. Si vous n'étiez pas cliente, je serais…

Il se pencha en avant, les mains sur la table, les poings serrés.

— J'avance dans mon enquête ! s'écria-t-elle.

— Tant mieux, répondit-il d'un ton laconique. Vous avez retrouvé le meurtrier ?

Elle ignorait si le ton était moqueur.

— Je me bats pour qu'il soit appréhendé.

— Navré, je ne peux rien faire pour vous.

— Mais si, au contraire ! Une foule de questions me sont venues à l'esprit depuis l'autre jour.

— Je n'ai pas de révélations croustillantes dans ma hotte. Je ne suis pas le Père Noël de Chamonix. Merci madame. J'ai du travail. Je vous souhaite une excellente journée.

Elle ne se laissa pas démonter.

— Il paraît que le meurtrier a séjourné à l'hôtel.

L'homme se leva, le visage blême.

— Comment osez-vous proférer des insanités pareilles ? Vous allez écrire ça dans votre livre ?

Léa le sentait très nerveux.

— Je suis comme tout le monde, continua-t-il, j'aurais préféré que cette affaire n'arrive jamais. Une fois que ces meurtres abominables ont eu lieu, je pensais que les gendarmes allaient coffrer le criminel en deux jours. Et rien ! Ensuite il y a eu cet épouvantable confinement. Une année enchantée ! Depuis, les rumeurs tournent dans la vallée comme des nuages gonflés d'orage.

Elle avait l'impression qu'il ne se souciait que de son compte en banque.

— Calmez-vous, voyons ! Si je suis là, c'est pour tenter de mettre fin à ce cauchemar.

Il se rassit.

— Le cauchemar a déjà eu lieu. On ne peut pas revenir en arrière. Le mal est fait.

Il poussa un long soupir.

Léa le regarda droit dans les yeux.

— Je vous serais très reconnaissante de me révéler qui a séjourné à l'hôtel au moment du massacre.

Il était visiblement en colère.

— Ah ça, je ne vous le dirai pas. Secret professionnel. Vous pensez que le gérant d'un établissement aussi prestigieux va fournir la liste des gens qui viennent s'y reposer ?

Mais vous vous trompez lourdement ! Je peux simplement vous dire que Daniel et Anna Chapuis ont habité ici avant de se faire tuer, ce que vous savez. Je m'en serais bien passé ! Des journalistes ont révélé le nom de l'établissement où ils ont vécu leurs dernières heures, j'ai poursuivi en justice certains médias.

Décidément, il ne s'intéresse qu'à sa réputation, se dit la journaliste.

Elle bluffa.

— J'ai rencontré quelqu'un qui m'a dit…

Elle ne voulait pas parler de Mathis.

— … qu'il soupçonnait un client d'être le meurtrier.

— Comment le sait-il ? C'est un employé qui a balancé ça ?

Elle avait le sentiment d'avoir commis une gaffe. S'il apprenait que Mathis avait parlé, il le virerait sur-le-champ, ce qui serait un désastre pour le jeune homme et l'avancée des investigations.

— Pas du tout, rétorqua Léa d'une voix assurée, c'est un commerçant de Chamonix qui veut rester anonyme. Vous avez entendu parler de cette rumeur ?

— Jamais ! Je ne vois pas de quel client vous parlez. Des milliers de touristes viennent ici chaque année, ils apprécient la magie du Chardon bleu.

Il cherche à noyer le poisson.

Elle ne se démonta pas.

— Les listings, vous les gardez combien de temps ?

La question était un piège.

— Un an. Cela étant, on les efface comme la loi nous y oblige.

Elle savait qu'il mentait. Pourquoi mentait-il ? Elle ne se laissa pas embobiner.

— C'est faux ! Les hôteliers les conservent au moins dix ans.

— Chacun fait ce qu'il veut, chère madame.

Elle changea de sujet.

— La saison est bonne ?

— On a frôlé le désastre, mais les choses commencent à s'améliorer. Pendant des mois, les gens ont mis de l'argent de côté et, depuis la fin de l'épidémie, ils dépensent. Exactement comme après une guerre. La vie prend sa revanche sur la mort.

Sur ce point, elle était en accord avec lui. L'économie avait rebondi après que le virus eut cessé de tuer. Les consommateurs dépensaient de manière compulsive.

Elle se hasarda.

— Pensez-vous que ces meurtres s'expliquent par la pandémie ?

— Pour moi, sûrement pas !

Léa était une acharnée.

— Quel est votre point de vue ?

— Je vous ai dit de me lâcher avec cette affaire. J'en ai marre…

Elle ne renonçait jamais.

— Je vous supplie de me suggérer une piste, et après je vous laisserai tranquille.

— Mais nous en avons déjà parlé, voyons ! À l'évidence, il existait un gros problème au sein du couple Chapuis. Anna était une femme belle et séduisante, mais ça se passait très mal avec son mari. Ils n'arrêtaient pas de s'engueuler.

— Comment expliquer le crime ?

— Écoutez, je vais compléter ce que je vous ai suggéré la dernière fois : M. Chapuis aurait menacé de divorcer. Il n'en pouvait plus. Sa femme le trompait au cours d'un séjour qui aurait dû être paradisiaque, vu l'hôtel où ils séjournaient.

Il ne ratait pas une occasion de glorifier son établissement.

— Le tragique dénouement est facile à comprendre, poursuivit-il. M. Chapuis était un riche banquier d'affaires, son épouse un mannequin aux revenus aléatoires. Il a dû faire du chantage. Elle a compris qu'il fallait qu'elle rompe avec l'amant dont je vous ai parlé l'autre jour, celui qui fréquentait le restaurant, d'autant que le couple devait regagner Genève le lendemain. La nuit précédant le crime, elle a dû annoncer au jeune homme que leur liaison était terminée. L'amoureux n'a pas supporté cette rupture. Quand les Chapuis sont partis se promener main dans la main, il les a tués dans un accès de désespoir. Voilà. Vous êtes sûrement au courant de cette hypothèse, non ?

Léa savait que c'était la version qu'il débitait à ses employés.

— Pour quelle raison l'autre couple a-t-il été abattu ?

— Mais réfléchissez, voyons ! Parce qu'il aurait pu témoigner contre le tueur, c'est tout. Anna a peut-être hurlé le nom de son amant en comprenant ce qui était en train d'arriver.

— Vous avez la preuve concrète de ce que vous avancez ?

— Deux indices de taille me confortent dans cette hypothèse. *Primo* : le jeune homme a toujours payé en espèces, comme s'il avait voulu dès le début qu'on ne connaisse pas son identité. *Secundo* : après le meurtre, on ne l'a plus jamais revu à l'hôtel. Ce dernier indice est accablant. Il me semble vous l'avoir déjà dit ou je me trompe ?

— Même si je n'avais commis aucun crime, j'aurais agi de la même façon.

— C'est-à-dire ?

— Deux clients de l'hôtel que je fréquente sont criblés de balles : je n'aurais pas forcément envie de rester sur place.

— Voyez-vous, la plupart des gens ont poursuivi leur séjour comme si de rien n'était, jusqu'à la fermeture complète.

— Ce jeune homme ne dormait pas ici, il venait juste déjeuner, dîner, boire un verre, c'est vous qui me l'avez dit. Il était libre de ne pas revenir sans avoir à demander le moindre remboursement.

Le directeur était un roc inébranlable. Il accusait explicitement l'inconnu du restaurant. Cherchait-il à égarer la journaliste sur des sables mouvants ou détenait-il des informations fiables permettant de conforter cette thèse ?

— Vous n'envisagez pas la possibilité qu'un tueur fou soit l'auteur des crimes ? demanda-t-elle.

— Mais ce jeune homme est un tueur fou ! On ne massacre pas quatre personnes à cause d'un chagrin d'amour.

— Je parle d'un tueur qui ne connaîtrait aucune des victimes… Un désaxé qui tire au hasard sur des passants.

— Je reste dubitatif.

— Vous avez appris ce qui s'était passé aux Contamines ?

— J'ai vu ça sur Internet tout à l'heure, mais à mon avis, les deux affaires ne sont pas liées. Il s'est écoulé trois ans depuis la tuerie du Châtelard. Je vous rappelle qu'il y a près de mille homicides volontaires chaque année en France.

Elle ne lui parla pas du meurtre de Barbara, à quoi bon ? Il aurait son explication. Il déroulerait sa vérité, celle qui l'arrangeait. Elle avait le sentiment qu'il cherchait à la convaincre d'une hypothèse qui ne reposait sur rien de concret. Dans ce rôle-là, il excellait.

— Je vous entends, dit-elle, mais comment expliquez-vous que la liste des clients présents la semaine avant la tuerie ait été effacée de votre base de données ?

Le visage du directeur changea d'expression.

— Je ne comprends rien à ce que vous me dites. Qui vous a affirmé ça ?

À l'évidence, Léa avait tapé dans le mille.

Elle savait mentir.

— Un inspecteur.

— Vous travaillez avec les gendarmes, maintenant ?

— Je m'informe. Normal, pour une journaliste, non ? Il m'a dit qu'il existait un blanc d'une semaine dans votre listing.

— Je n'en savais rien moi-même.

— Vous voulez vérifier devant moi ?

— Si notre logiciel a connu un bug informatique, je n'ai rien à vous communiquer à ce sujet.

Réponse pathétique, pensa-t-elle, *mais que pouvait-il dire d'autre ?*

Il regarda sa montre avant de reprendre :

— Je vous ai consacré plus de temps que prévu. J'ai un travail urgent à finir. Désolé, chère madame, mais l'entretien est terminé.

Elle voulait qu'il en dise davantage.

— Alors, ce listing ?

— L'entretien est terminé, répéta-t-il d'une voix furieuse. Vous voulez que j'appelle quelqu'un pour vous raccompagner à votre chambre ? L'hôtel est vaste, on se perd facilement.

Elle avait compris qu'il ne dirait rien d'autre.

Journal de Léa

Les nuages ont envahi la vallée depuis une heure. Le paysage est triste. Il doit neiger là-haut, sur les cimes noyées. Il neige en toutes saisons, à plus de trois mille mètres. Vues de l'espace, les Alpes sont une balafre blanche au cœur de l'Europe. J'écris ces lignes pour essayer de me détendre. Je suis passionnée de géographie. J'irai bientôt faire une randonnée si le temps le permet.

Que fait Alex ? Je le vois de moins en moins, alors que nous habitons le même hôtel. Il mène sa vie, c'est comme ça que nous en avons décidé avant de venir, il est présent quand j'ai besoin de lui, sinon il occupe son temps comme il l'entend. Je l'appellerai tout à l'heure, je lui proposerai de dîner avec moi.

Je reviens à mon enquête. Je suis persuadée que Lopez essaie de m'égarer. Il a raconté la même histoire à Mathis, qui me l'a répétée, et sans doute à tous ses employés. Il en a parlé aux enquêteurs qui, à l'évidence, considèrent que cette piste n'est pas sérieuse ; la juge ne l'a même pas évoquée. C'est un conte à dormir debout. En résumé : une femme mariée couche avec un jeune homme, puis elle ne veut plus coucher avec lui, ce dernier tue quatre personnes de manière impulsive. S'était-il procuré un pistolet, qu'il gardait avec lui, pour le cas où Anna le laisserait tomber ? Difficile à croire, même si certains faits divers échappent à toute rationalité.

M. Lopez a inventé cette histoire car il a quelque chose à dissimuler, ça semble une évidence. Mais quoi ? Concernant les meurtres eux-mêmes, le directeur aurait un alibi. Est-il le comparse du tueur ? L'a-t-il informé d'un certain nombre de choses ? Si oui, l'a-t-il fait de manière volontaire ou involontaire ? A-t-il peur d'être accusé de complicité ?

Plusieurs scénarios tournoient dans ma tête. Ils sont à la fois tous plausibles et tous improbables. Aucun d'entre eux n'explique la totalité de cette affaire tentaculaire.

Pourquoi M. Lopez campe-t-il sur ses positions avec un tel acharnement ? À la suite du meurtre des Contamines, la juge explore la piste d'un tueur en série. Pourquoi le jeune amant délaissé par Anna serait-il revenu dans la région pour assassiner des inconnus des années plus tard ?

La vérité est partout. Nulle part. Je la frôle sans le savoir, sûrement, mais elle m'échappe, elle glisse entre mes doigts comme l'eau bouillonnante d'un torrent.

Léa envoya un texto à Alex pour lui proposer de la rejoindre au restaurant. La nuit approchait, calme et tranquille. Avant de s'asseoir à une table éclairée par des bougies, elle aperçut Bruno Lopez qui la regardait de manière sinistre. Puis, à la surprise de la journaliste, il s'approcha d'elle en souriant.

— Vous allez bien ? dit-il, comme s'il ne l'avait pas vue depuis des lustres.

Elle répondit de manière courtoise, la meilleure façon de l'amadouer.

— Le mieux du monde. J'ai hâte de découvrir certaines spécialités gastronomiques auxquelles je n'ai pas eu le temps de goûter.

— Je vous conseille la truite sauvage au fromage de Beaufort. Elle a été pêchée aujourd'hui. Par ailleurs, je vous offre l'apéritif maison, la roussette de Savoie à la crème de myrtille.

Elle se laissa tenter.

— J'attends mon ami Alexandre, je pense qu'il sera heureux de savourer lui aussi cet apéritif.

Il arriva quelques instants plus tard et Lopez s'éclipsa.

— Qu'as-tu fait aujourd'hui ? demanda-t-elle.

— J'ai gravi une partie de la montagne de la Côte, sans aller jusqu'à la Jonction. Trop loin. Trop enneigée. J'ai réalisé de magnifiques prises de vue. Je suis rentré assez tôt. J'ai fait une sieste.

Ils commandèrent des truites.

— Au fait, ajouta-t-il, j'ai agrandi sur mon écran le cliché pris au 3842.

— Conclusion ?

— Pas de conclusion définitive, mais je me suis métamorphosé en homme de la police scientifique pendant une heure. J'ai joué au jeu de la reconnaissance faciale.

— Et ça donne quoi ?

— En cherchant sur Internet, j'ai retrouvé plusieurs photos des quatre victimes.

Elle attendait la suite avec impatience.

— Une chose est certaine : il s'agit bien d'Anna et de Daniel Chapuis face à Félix et Clotilde Meunier.

— Cela confirme le fait que ces deux couples se connaissaient ?

— Ce n'est pas ce que j'ai dit. J'affirme simplement que les visages correspondent bien à ceux des victimes.

— C'est quand même extraordinaire qu'ils se soient retrouvés au sommet de l'aiguille du Midi ! Tu es capable de dire quand a été pris le cliché ? Sur le fichier, il y a une date, mais j'imagine qu'il est facile de trafiquer ce genre d'information.

— Je n'ai pas encore vérifié ce point. Pour le déterminer, ainsi que l'heure exacte, il faudrait que j'analyse les ombres, mais aussi la couleur du ciel. Comparer avec la météo du jour où la photo est censée avoir été prise.

— Tu fais un travail de pro.

— La juge d'instruction est au courant de l'existence de cette pièce à conviction ?

— Je ne sais pas. De mon côté, je n'ai rien dit.

Dans la mesure où d'autres clients se trouvaient à proximité, elle parlait à voix basse. Lopez avait disparu de la salle à manger.

— Marie-Odile Viallard est sur la piste d'un tueur en série, poursuivit Léa, ça l'obsède. C'est du moins ce qu'elle m'a dit. Ce scénario est privilégié par les enquêteurs, mais ces derniers peuvent se tromper. À la suite d'enquêtes bâclées, combien d'innocents ont été condamnés aux assises, avant qu'on s'aperçoive qu'ils n'avaient rien fait ! Si j'avais le temps, je pourrais te faire une liste.

— Pour toi, il ne s'agit pas d'un tueur en série ?

— Cette piste me laisse perplexe. Trop d'éléments me font penser que ces meurtres ne sont pas le fruit du hasard, nous en avons déjà parlé.

— Tu ne penses pas que la juge, agacée par ton enquête parallèle, te raconte des balivernes ?

Léa haussa les épaules.

— Figure-toi que je l'ai envisagé ! Si ça se trouve, elle est sur le point de percer le mystère et elle craint que je la double ! Ce serait humiliant pour l'institution judiciaire qu'une journaliste indépendante fasse mieux qu'une grosse machine dotée de moyens considérables.

— Elle aurait pu te mettre en examen pour le meurtre de Barbara.

— Elle sait très bien que ce n'est pas moi. Sur ce point précis, nous sommes d'accord.

Elle se fendit d'un rire nerveux, irrépressible, déclenché par une tension extrême.

Elle n'arrivait plus à manger.

La truite sauvage au fromage de Beaufort était pourtant exquise.

Lundi 22 avril

Aux premières heures du jour, Léa reçut un mystérieux texto de Mathis.

Rejoins-moi à 10 heures au terminus du chemin de fer du Montenvers. Si pas possible, on trouvera un autre créneau.

Ce petit train pittoresque part de Chamonix et rejoint la mer de Glace après un parcours d'un dénivelé de mille mètres : un des hauts lieux du tourisme alpin. À l'arrivée, outre un ancien refuge transformé en hôtel, on y découvre un immense panorama.

Léa se demandait pourquoi Mathis lui donnait rendez-vous dans un endroit aussi fréquenté. Allait-il l'entraîner sur un chemin pour échapper à la foule ? Qu'allait-il lui annoncer ?

Par précaution, elle enfila des chaussures de randonnée et glissa une polaire dans un sac à dos. En montagne, les températures pouvaient chuter très vite, même si la météo annonçait une journée ensoleillée, la plus chaude depuis le début du printemps.

Elle était ravie de prendre le train rouge à crémaillère qu'elle avait découvert enfant, quand ses parents l'avaient emmenée en excursion à la mer de Glace lors de vacances à Cordon, village situé à une trentaine de kilomètres. Ce train de carte postale, qui ne dépasse pas les vingt kilomètres-heure, grimpe dans les alpages et les forêts en contrebas des aiguilles de Chamonix. Il passe sur des petits ponts, deux viaducs, traverse des tunnels et plusieurs passages à niveau pour randonneurs.

Ce jour-là, il était à moitié plein.

Elle se disait que, tant qu'il y avait du monde, elle ne risquait pas grand-chose.

À l'arrivée, elle aperçut Mathis, dans sa tenue d'alpiniste. Il avait enfilé de très grosses chaussures et tenait des bâtons. Sur son sac à dos étaient accrochés des crampons et un piolet. Elle en déduisit qu'il avait l'intention de marcher en haute montagne.

Un sentiment naissant existait entre les deux êtres, Léa ne savait où cela mènerait.

Ils s'étreignirent l'un l'autre, comme un frère et une sœur.

Mathis emmena la jeune femme sur la terrasse qui dominait la vallée. Elle fut surprise par le nouveau visage du plus grand glacier de France : ce n'était plus une mer de Glace, mais une mer de cailloux. Les immenses séracs qui l'avaient émerveillée quand elle était enfant n'existaient plus.

C'était triste à mourir, même si les montagnes – aiguille Verte, Drus, Grandes Jorasses – restaient sublimes.

Mathis et Léa se tenaient l'un à côté de l'autre, presque la main dans la main, à l'écart des touristes.

— Tu as des confidences à me faire ? demanda-t-elle d'une voix douce. J'imagine que tu ne m'as pas invitée à monter ici pour me commenter la carte du restaurant.

Elle essayait de garder son sens de l'humour, ce qui n'était pas facile en pareille circonstance.

— J'ai lu ce qui s'était passé aux Contamines, chuchota Mathis. Ce crime est horrible. J'ai vu que les enquêteurs l'attribuaient au tueur du Châtelard. Même type d'arme, mêmes balles.

— Tu privilégies comme eux la piste du tueur en série ? Un type fou qui, de temps en temps, s'amuse à faire un carton sur de pauvres gens qu'il ne connaît pas, tout en séjournant parfois au Chardon bleu ?

— Non, pas du tout.

— Éclaire-moi, Mathis, s'il te plaît.

— Ce nouveau crime est un leurre. Horrible à dire, mais c'est la vérité. Quelqu'un de très puissant tire les ficelles. En organisant le meurtre des Contamines, il cherche à lancer les enquêteurs sur une fausse piste : celle du tueur fou.

— Comment le sais-tu ?

— Parce que je le sais.

Il était très mystérieux. À l'évidence, il détenait des éléments de preuve qu'il ne voulait pas révéler.

— Je suis perdue, s'exclama Léa d'une voix dépitée.

— Sache que le meurtre du Châtelard a été organisé, même si rien ne s'est passé comme les commanditaires l'espéraient.

Elle se redressa, intriguée.

— Que veux-tu dire ?

— Quand je reviendrai, je te dirai tout.

Elle le trouvait très elliptique. C'était la troisième fois qu'il la faisait lanterner. Jusqu'à quand ?

— La piste de l'amoureux abandonné par Anna, tu as fait une croix définitive dessus ?

— Je radote : Lopez nous a bourré le crâne avec cette rengaine depuis le début, ce qui est étrange. Moi, d'abord, j'ai cru à ce scénario. Mais premièrement, rien ne prouve qu'Anna a eu un amant à l'hôtel, et deuxièmement, rien ne prouve que cet amant a commis le carnage.

Elle le taquina.

— Tu devrais écrire des thrillers, toi !

Il n'avait pas l'air d'avoir entendu.

— J'ai maintenant la certitude absolue que Lopez a effacé lui-même le listing dont je t'ai parlé. Un acte délibéré de sa part.

— Comment le sais-tu ?

— Un employé – je ne dirai pas son nom – me l'a confirmé. Lopez lui aurait fait comprendre qu'il ne voulait pas que les enquêteurs interrogent les clients ayant séjourné cette semaine-là.

— À la limite, ça peut se comprendre.

— Mais il a commis une gaffe, je ne sais même pas s'il s'en est aperçu. Au lieu de dire les « clients », il a dit les « suspects ». Les suspects de quoi ? Pas les Chapuis, ils ont été tués. Pas besoin d'effacer leur nom, et pour cause, les gendarmes ont su très vite qu'ils avaient séjourné à l'hôtel.

— Qu'en déduis-tu ?

— Une ou plusieurs personnes logeant au Chardon bleu au moment des meurtres sont concernées par cette affaire.

— Concernées ? L'une d'entre elles aurait commis le massacre, c'est ça ?

— Cette histoire est une machination ! Pourquoi Lopez aurait-il effacé des noms ? Pour cacher quoi ?

Il parlait en roue libre.

— Ce crime a eu lieu quelques jours avant le confinement, enchaîna-t-il, ne l'oublie pas. Les commanditaires voulaient taper vite et fort ! Une fois enfermés chez eux, ils avaient peu de chances d'arriver à leurs fins.

Elle ne savait pas s'il délirait ou si sa thèse reposait sur des preuves concrètes.

— En quoi tes intuitions vont-elles nous permettre de découvrir les auteurs de cette tuerie ?

— Ouvre les yeux, Léa, essaie de comprendre. Nous étions en pleine pandémie. Le virus faisait des ravages. Les laboratoires pharmaceutiques se livraient à une guerre sans merci pour trouver un traitement.

Sur ce point, ils étaient sur la même longueur d'onde, elle avait elle-même évoqué cette piste avec lui.

— Tu es complotiste ? dit-elle en riant.

— Du tout ! Je suis réaliste. Personne n'arrivait à trouver de remède, jusqu'à la découverte du vaccin par le professeur Mueller. Un seul vaccin a montré son efficacité, comme celui contre la rage découvert par Pasteur.

Il était intarissable.

— Tu m'as dit que Clotilde Meunier était sur le point de trouver un traitement qui, après la tuerie, est tombé dans les oubliettes de l'histoire. Certains laboratoires concurrents ont dû sabler le champagne en apprenant sa mort !

— Si j'ai bien compris, un client de l'hôtel l'a tuée, c'est ça, Mathis ?

— Une hypothèse crédible ! Il séjournait au Chardon bleu depuis plusieurs jours en attendant une fenêtre pour passer à l'action. À mon avis, il n'était pas seul. Des complices habitaient l'hôtel en même temps que lui. Ils communiquaient entre eux de manière secrète. L'hôtel était le QG de l'attentat contre la jeune chercheuse.

— Par qui ont-ils été informés de son arrivée sur le parking ?

— Je ne sais pas. Elle a peut-être été prise en filature. À moins qu'elle n'ait été géolocalisée grâce à son téléphone. Quand on a de gros moyens, on peut tout savoir. Ou alors un drone a été utilisé, comme je l'ai suggéré lors de notre balade…

— Je croyais que tu plaisantais…

— Pas du tout ! Mais en suivant ce chemin, nous n'avons rien appris. C'est pour ça que je t'ai taquinée.

Léa se garda de lui révéler que Clotilde Meunier connaissait peut-être Daniel Chapuis et que la rencontre au parking n'était sans doute pas fortuite.

— Tu es un sacré enquêteur, ajouta-t-elle. Nous allons finir par écrire le livre à quatre mains. Qu'est-ce qui te permet d'être aussi affirmatif ?

— Depuis trois ans, Lopez est mal à l'aise avec cette histoire. Il invente l'affaire de l'amant éconduit, avant que je découvre qu'il a lui-même effacé des noms de clients.

— S'il connaît celui du tueur et de ses complices, il aurait pu se contenter d'effacer une ou deux lignes.

— Léa, tu n'as pas compris ! Il n'est pas directement impliqué dans le meurtre, mais il a été menacé, j'en suis maintenant certain. On lui a demandé, sous peine de mort, de supprimer la liste de ceux qui étaient venus à l'hôtel cette semaine-là, sans citer personne. En effaçant un ou deux noms, Lopez aurait deviné qui était dans le coup. Il a eu peur, il a obtempéré, avant de ressasser cette affaire d'amant qu'on lui a suggéré de raconter pour brouiller les pistes.

Dubitative, Léa observa la triste mer de Glace couverte de pierres.

Elle réfléchissait.

À supposer que la version de Mathis soit la bonne, pourquoi les clients mystères se seraient-ils inscrits sous leur propre identité ? S'il s'agissait d'un complot ourdi par un laboratoire tout-puissant, il aurait été plus malin de fournir de fausses identités afin d'empêcher d'être démasqué.

Il faisait frais. Mathis proposa à la jeune femme de boire une collation à l'intérieur du refuge. Ils commandèrent des chocolats chauds qu'ils burent à petites gorgées.

Elle changea de conversation.

— J'observe ton équipement. Tu montes en altitude ?

— Je vais marcher dans la vallée Blanche et, ce soir, je dors dans un refuge, avant de revenir demain en fin de journée. J'ai pris deux jours de congé.

— Quel refuge ?

— Je ne sais pas. Peut-être le Requin. À moins que je pousse jusqu'en Italie dès ce soir, avant de rentrer en car ou par le téléphérique.

Léa aurait voulu randonner elle aussi, mais il avait sûrement envie d'être seul, et surtout, il avait un niveau physique bien supérieur au sien.

— Et toi, que vas-tu faire ? demanda-t-il en la regardant droit dans les yeux.

Ses pupilles scintillaient, il avait un visage doux et tranquille.

— Je vais regagner l'hôtel. Tout simplement.

Elle n'avait pas l'intention de marcher, par peur d'être la cible d'un tueur qui l'avait peut-être suivie.

— Ne parle surtout pas de moi à mon patron, je risquerais de perdre mon job ! Même si, à mon avis, il devine que nous collaborons autour de cette affaire.

— Mathis, tu me l'as dit cent fois. Fais-moi confiance. Je viens de discuter avec lui, je ne lui ai pas parlé de son meilleur réceptionniste. Il m'a ressorti l'histoire de l'amant abandonné, je l'ai senti mal à l'aise.

— Mal à l'aise, en quel sens ?

— Il était très nerveux. J'ai supposé qu'il ne disait pas tout.

— Tu vois ! Mon intuition est la bonne. La solution de l'énigme se trouve dans l'hôtel. Le meurtrier et ses complices y séjournaient avant la tuerie.

Mathis semblait sûr de lui.

Léa repensa à la piste qu'ils privilégiaient tous les deux : Clotilde Meunier aurait été assassinée à cause de ses recherches.

— Finalement, soupira-t-elle, aucun traitement n'a jamais soigné le virus. Les autres groupes pharmaceutiques ont perdu cette course, sauf Janus et son vaccin. Mueller est devenu célèbre du jour au lendemain. Auparavant, en dehors de ses collaborateurs, personne n'avait entendu parler de lui.

— Je sais.

— Peu de gens savent à quoi il ressemble. Il refuse d'être pris en photo. C'est le plus célèbre inconnu de la planète.

Léa avait tenté de l'interviewer, elle avait envoyé une lettre au laboratoire, qui n'avait jamais donné suite. Une rumeur persistante disait qu'il habitait dans les environs de Montreux, au-dessus du Léman, mais personne ne connaissait son adresse.

— En tout cas, soupira la journaliste, Clotilde Meunier n'est jamais entrée dans l'histoire.

— La pauvre ! Je la plains de tout mon cœur. D'autant que le meurtrier court toujours…

Journal de Léa

Je tente de rassembler les morceaux du puzzle géant. Ces morceaux sont éparpillés tels des milliers de flocons après une tempête. Certains faits sont avérés, d'autres discutables. Reste à faire une synthèse.

Je repense à Mathis. Ses révélations rejoignent une partie de mes conclusions, mais je me demande pourquoi il m'a fait de telles confidences. Qu'a-t-il à gagner ? En jetant l'opprobre sur son employeur, il court un danger : perdre son travail si ses révélations fuitent. Pourquoi prend-il un tel risque alors qu'il pourrait se taire ? Pourquoi se confie-t-il à moi ? Par amitié ? Je ne crois pas à l'amitié en pareille circonstance, d'autant qu'on se connaît à peine. Pour m'égarer ? Si c'est le cas, dans quel but ?

Au Montenvers, sur son visage, dans sa voix, dans son attitude, je n'ai pas découvert d'indices me permettant de penser qu'il ait participé aux crimes ou qu'il les ait couverts. Il semblait d'une totale franchise.

Je me souviens d'un sordide fait divers qui avait eu lieu en Provence. Deux randonneurs avaient été criblés de balles de chasse à proximité d'un mas, ces grandes fermes du Sud. Comme au Châtelard, on ne leur avait rien volé. Ils gisaient sur un chemin caillouteux, au milieu d'une mare de sang. Au début, personne n'avait compris pourquoi on les avait tués. C'étaient des gens sans histoire, sans ennemis. L'enquête s'était orientée vers le vieux propriétaire du mas, un homme violent et alcoolique, détenteur d'un fusil de chasse et qui ne supportait pas les marcheurs traversant ses terres. J'avais rencontré un garçon de ferme, sympathique et jovial, vingt ans à peine, qui connaissait tous les secrets du pays. Intuitivement, je doutais de la culpabilité du vieux, et le garçon m'avait ouvert des pistes, jusqu'au jour où j'ai compris que ce dernier était le véritable meurtrier : en chassant le lièvre, il avait blessé accidentellement l'un des randonneurs. Au lieu d'appeler les secours, dans un accès de peur et de folie, il les avait achevés l'un et l'autre pour éviter d'être inquiété. Les morts ne parlent pas.

Les crimes se résument parfois à peu de choses. Un malentendu. Une maladresse. Une erreur. Une dispute. Une première balle part par accident puis c'est le carnage.

Depuis l'affaire du Châtelard, je me méfie des gens trop polis et trop serviables, surtout quand leur attitude, leur physique, leur dévouement ne laissent rien présager de mauvais.

Sur le fond, je suis assez d'accord avec l'analyse de Mathis : Clotilde Meunier était la cible du tueur. Mais je crois que Daniel Chapuis, en tant que partenaire financier des travaux de Galileo, était lui aussi dans le collimateur. Pourquoi avoir attendu si longtemps avant de tuer la jeune chercheuse ? Aux Houches, à partir du moment où elle était géolocalisable, comme le supposait Mathis, il était plus facile de l'assassiner en évitant de massacrer trois autres personnes.

À mon avis, le réceptionniste ignore l'existence de la fameuse photo prise au sommet de l'aiguille du Midi. Je n'ai pas l'intention de lui en parler.

Si un puissant consortium pharmaceutique est à l'œuvre, il est probable qu'il cherche à embrouiller les enquêteurs. En lançant de fausses pistes, par exemple. En les influençant de manière habile, sans se faire remarquer. Ce que j'écris est pure spéculation, pur fantasme issu de ma méfiance maladive.

J'ai flâné la fin de l'après-midi dans les rues de Chamonix pour essayer de me changer les idées. J'ai dîné seule dans une auberge, en ressassant toutes les hypothèses. Je suis étonnée qu'Alex n'ait répondu à aucun de mes appels depuis ce matin. Il ne m'a pas recontactée. A-t-il passé la journée avec la jeune fille dont il m'a parlé ? Est-il parti lui aussi dans la montagne ? A-t-il envie de rentrer à Paris ? Est-il lassé par cette histoire ?

Je vais passer le voir dans sa chambre avant de me coucher, en espérant qu'il sera là.

Alex était allongé sur le lit, devant son ordinateur.

Elle avait la flemme de lui raconter sa journée. Elle proposa de prendre le petit déjeuner avec lui le lendemain.

— Qu'as-tu fait aujourd'hui ? demanda-t-il.

— Je te le dirai une autre fois.

— Tu es fatiguée à ce point ?

— Crevée ! Vidée !

Il aimait la taquiner.

— Ma pauvre ! Tu es allée chasser le bouquetin ? Moi, j'ai fait de nouveaux clichés. Quelle splendeur cette vallée ! Je ne m'en lasse pas.

— Au moins, tu n'es pas venu pour rien.

— J'envisage de faire une expo à la suite de ce voyage, dans une galerie que j'affectionne. À condition, bien sûr, que l'énigme soit résolue. Je ne vais pas marcher sur tes plates-bandes.

— Mais ne te gêne pas, ton travail et le mien n'ont aucun rapport. Pourquoi te priver ?

— Pas envie de te peiner, si jamais tu échoues…

— Mais voyons, je ne vais pas échouer. Je garde le moral, même si cette affaire me semble insoluble.

— Insoluble ?

— Au moment où j'ai l'impression d'approcher du but, tout me file entre les doigts.

— Chère Léa, j'en déduis que tu n'as rien trouvé de décisif.

— Je privilégie une hypothèse, sans savoir si c'est la bonne. Une enquête se résout grâce à des éléments concrets, et non des fantasmes. Je suis attachée au modèle anglais.

— C'est-à-dire ?

— Alex, tu ne connais pas la différence entre les enquêtes policières françaises et britanniques ?

— Du tout !

— En France, un suspect doit prouver son innocence. Au Royaume-Uni, la police doit démontrer sa culpabilité.

— Ah, je l'ignorais. Conséquences ?

— Dans notre beau pays, on envoie des gens en cour d'assises, où des jurés non professionnels décident du sort des prévenus, en fonction de leur *intime conviction*, comme on dit. Les verdicts sont dictés par la subjectivité. Tu connais l'affaire du pont de Neuilly ?

— Redis-moi.

— Je te résume en quelques mots : une femme a été massacrée sous une arche. Sans la moindre preuve, un passant a été jeté en prison puis condamné à une lourde peine. Quelque temps plus tard, une autre femme a été tuée au même endroit de la même manière. Le premier suspect n'était pas l'assassin, et pour cause, il était incarcéré. Le coupable a finalement été arrêté, il a reconnu être le tueur de la seconde femme et il a été soupçonné d'être l'auteur du premier meurtre, mais l'autre individu est resté en prison puisqu'il avait été condamné. Kafkaïen ! Il a fallu qu'un prestigieux magistrat reprenne l'affaire en main pour que le passant incriminé à tort soit libéré.

— J'essaie de deviner tes sous-entendus. Dans la tuerie du Châtelard, les enquêteurs courent après un innocent ?

— En quelque sorte. Ils se trompent de piste. Ils agissent de manière technocratique, en comparant ce massacre à des affaires antérieures, comme les crimes de Roberto Succo. Ils sont en retard d'une guerre. Moi, je pars du principe qu'aucun fait divers ne ressemble à un autre. Il n'existe pas de grilles de lecture. Il faut tout recommencer à zéro à chaque fois.

— Tu as l'air bien remontée contre la procédure en cours.

— Tu as tout compris.

Elle ne voulait pas continuer la conversation, elle était épuisée.

— Au fait, poursuivit Alex, je viens de télécharger un logiciel permettant d'analyser n'importe quel cliché en profondeur. Je ne l'avais jamais utilisé jusque-là. Je vais passer la prise de vue du 3842 dans la moulinette de ce scanner d'un genre particulier. Il paraît qu'il est capable de déterminer le jour, l'heure et même le lieu où a été prise une photo n'importe où dans le monde.

— Sur le lieu, nous n'avons guère de doute.

— Eh bien, détrompe-toi. Qu'est-ce qui prouve que la fameuse photo a bien été prise au sommet de l'aiguille du Midi ?

Mardi 23 avril

Le sommeil de Léa fut entrecoupé de réveils douloureux. À plusieurs reprises, elle eut l'impression que quelqu'un entrait dans sa chambre, alors qu'elle prenait soin de verrouiller la porte en laissant la clé dans la serrure.

Elle ne voulait pas faire la une des médias les prochains jours : *Une journaliste parisienne massacrée à l'hôtel du Chardon bleu !* Dans sa peur, elle se disait, pour s'amuser, que ça ne ferait pas de publicité à l'établissement si bien tenu de M. Lopez. Même dans l'adversité, il fallait garder un peu d'humour.

Quand on dort mal, on se réveille tard. Un classique.

Il était plus de 10 heures quand le bip de son portable l'extirpa de son sommeil. Son cœur battit à tout rompre. Elle espérait qu'Ugo la recontactait pour lui dire qu'il avait quitté sa nouvelle compagne et qu'il revenait vers elle. Elle regarda son écran, les yeux brouillés. Ce n'était pas Ugo, mais Alex. Il venait de lui envoyer un texto : *Jette un œil sur l'actualité. Coup de théâtre ! On en discute au petit déjeuner.*

Fébrile, elle alluma son ordinateur. Le meurtre des Contamines était évoqué partout, les mêmes informations étaient copiées-collées sur plusieurs sites d'information :

… Un suspect vient d'être arrêté et placé en garde à vue. Il aurait été formellement reconnu par un témoin. C'est un

ancien militaire collectionneur d'armes à feu. Le procureur de la République de Haute-Savoie tiendra une conférence de presse aujourd'hui à midi, à Annecy…

Léa avala dans la précipitation son petit déjeuner. Elle avait une boule dans la gorge, elle avait du mal à manger, à parler.

— Tu dois être contente, s'écria Alex. Si ça se trouve, le mystère va être résolu aujourd'hui.

— J'attends de voir. L'arrestation d'un suspect n'a jamais mis fin à une affaire. Dupont de Ligonnès, ça te parle ?

— Qui ne connaît pas ?

— À Glasgow, on l'avait soi-disant arrêté au sortir de l'aéroport. L'information a tourné en boucle pendant des heures sur les chaînes d'infos, avant qu'on apprenne que c'était une méprise. Je pourrais te citer des dizaines de cas comme ça. Les médias s'emballent trop vite…

— Là, c'est quand même le procureur de la République de Haute-Savoie qui va parler…

— La justice se sent humiliée car elle n'avance pas depuis trois ans. Elle essaie de prouver qu'elle travaille.

— Comme tu es médisante !

— Je connais la chanson par cœur. Dans certaines affaires, les internautes accusent les enquêteurs d'être incompétents. Aussi, au moindre rebondissement, à la moindre pichenette, on communique à tout-va en faisant des conférences de presse, et c'est la même chose en politique. L'arrestation supposée de Dupont de Ligonnès avait quand même été annoncée par les autorités françaises…

— Les Écossais les ont induits en erreur…

— C'est toujours la faute des autres ! s'écria-t-elle d'une voix agacée.

— Tu reproches aux enquêteurs de t'avoir grillé la politesse, c'est ça ? Ils t'ont devancée ? Ta spécialité est quand même de résoudre les énigmes par toi-même, non ?

— S'il te plaît, Alex, arrête de dire des bêtises…

Léa avait du mal à cacher son anxiété, son impatience.

Un écran de télé trônait dans le bar, mais elle préféra remonter dans sa chambre avec son ami juste avant midi pour regarder sur son ordinateur la fameuse conférence de presse.

Le procureur de Haute-Savoie, l'air grave, était debout derrière un pupitre. On entendait le crépitement d'appareils photo.

— Mesdames et messieurs, je vous remercie d'être venus si nombreux et si rapidement. J'ai une annonce importante à vous faire concernant le meurtre récent d'un randonneur aux Contamines-Montjoie. Hier, en fin d'après-midi, un suspect en lien avec cette affaire a été arrêté à son domicile de Sallanches par le GIGN, le Groupe d'intervention de la gendarmerie nationale. De gros moyens ont été déployés et l'individu n'a opposé aucune résistance. Âgé de quarante-trois ans, ce célibataire est un ancien militaire, tireur d'élite devenu maître-chien. Il collectionne les armes, le GIGN a retrouvé un arsenal chez lui : fusils de tout calibre dotés de munitions, et plusieurs pistolets, dont l'un serait similaire à celui du meurtre. L'homme a été formellement identifié par un témoin qui se trouvait aux Contamines. À Sallanches, les voisins de l'individu ont confirmé que, depuis plusieurs jours, il avait une attitude déconcertante, je ne vous en dirai pas plus. Il est établi que le suspect n'a pas le moindre alibi et que le bornage de son téléphone prouve qu'il était bien à proximité de la scène de crime au moment où celui-ci s'est produit. De son côté, il nie toute implication. Nous sommes en train de procéder à de plus amples analyses techniques et scientifiques…

Il se tut un instant, avant de lire un autre papier.

— J'ai une autre information à vous communiquer. Au-delà de la frontière italienne, dans le val Ferret, le corps sans vie d'un jeune randonneur a été retrouvé ce matin sur un chemin. Il était équipé de crampons et d'un piolet, mais nous ignorons son identité. La mort serait très récente. Tué lui aussi par une arme à feu. Le même scénario, exactement le même. La police italienne viendra interroger l'individu appréhendé à Sallanches dans les heures prochaines. Voilà ce que j'avais à vous dire, je suis prêt à répondre à vos éventuelles questions.

La déclaration était d'une brièveté peu commune.

La voix d'une journaliste fusa.

— Julie Cordier, correspondante du *Figaro*. Nous constatons qu'il existe de nombreuses similitudes entre ces crimes et la tuerie du Châtelard il y a trois ans. Même zone, même mode opératoire. Avez-vous questionné le suspect sur cette autre affaire ?

Léa avait l'impression que le procureur avait préparé sa réponse.

— Les enquêteurs sont en train de l'interroger. Si nous n'avons pas la preuve de son implication dans ce premier massacre, il nous semble évident, grâce à un faisceau d'indices graves et concordants, que les deux affaires sont liées. Les cinq personnes – quatre au Châtelard, une aux Contamines – auraient été tuées de la même façon, avec la même arme. Il faut ajouter à cette liste Mme Barbara Dubois, assassinée récemment sur la première scène de crime. Je ne vais pas entrer dans des détails anatomiques qui ne regardent pas le public, mais les balles ont été tirées à bout portant avec un grand professionnalisme, pardonnez-moi cette expression. L'assassin était aguerri, ce qui correspond au profil du suspect : un ancien tireur d'élite de l'armée.

Nouvelle question :

— Martine Bond, de *Paris Match*. Si l'individu est impliqué dans les différentes affaires, quel serait le mobile des meurtres ?

Le procureur toussa avant de répondre :

— Nous n'en savons rien, mais nous pouvons classer les victimes en cinq groupes : le couple Chapuis, le couple Meunier, Barbara Dubois, le randonneur des Contamines, l'alpiniste du val Ferret. Il est probable que les deux dernières victimes ne connaissaient ni les Chapuis, ni les Meunier, et que les deux couples ne se connaissaient pas entre eux, ce qui accrédite l'idée qu'il n'existe aucun mobile commun à tous ces meurtres, sinon la cruauté et le sadisme.

Dernière question :

— Philippe Cardo, du *Parisien*. Pour vous, si j'en crois vos propos, nous aurions affaire à un tueur en série ?

Le procureur répondit en regardant la salle droit dans les yeux.

— Je n'osais pas utiliser ce mot de manière précipitée, mais vous m'avez devancé. C'est effectivement l'hypothèse la plus sérieuse. Un tueur en série est derrière tout ça. Un tueur fou. Reste à savoir s'il s'agit bien de l'individu que nous venons d'appréhender.

Léa était ébranlée par ce qu'elle venait d'entendre. Si le tueur était arrêté, c'était une excellente chose, mais toutes ses hypothèses s'écroulaient d'un coup. Elle avait cru à un complot, les propos entendus lui donnaient le sentiment qu'elle s'était trompée. Furieuse après elle-même, elle n'arrivait pas à comprendre pourquoi elle avait perdu tant de jours à explorer des pistes illusoires.

Mathis avait-il extrapolé à partir de suppositions invérifiables ? Il fallait qu'elle lui pose la question quand il rentrerait. Et pourquoi le directeur de l'hôtel donnait-il une version des faits qui, *a priori*, n'avait rien à voir avec le discours précis et circonstancié du procureur ? Barbara avait-elle été tuée par le suspect de Sallanches ?

Le cerveau de Léa était en effervescence. Elle voyait trouble.

— Tu es toute pâlotte, s'écria Alex. J'ai l'impression que tu vas tomber dans les pommes.

— Mais non, je vais bien !

— Bon, tu dois être contente. Le criminel est sous les verrous. Tu vas pouvoir rentrer à Paris et écrire ton livre. Tu me payes l'hôtel, c'est sympa, mais ça va finir par te coûter une fortune.

— L'argent n'est pas un problème. Mes livres se vendent très bien et je profite de l'héritage de mes parents tués dans un accident de la route, tu es au courant. Mais toi, tu veux peut-être rentrer ?

— Ben oui, puisque l'affaire se termine.

Elle réfléchissait tout haut.

— Attendons quelques jours, veux-tu ? Même si le procureur semble sûr de lui, ça ne veut pas dire qu'il a raison. Nous ne savons pas grand-chose sur l'homme appréhendé. Pourquoi pas un tueur à gages payé pour assassiner différentes personnes ?

— Pour toi, ce n'est pas un *serial killer* ?

— Tueur à gages et *serial killer*, ce n'est pas la même chose. Le premier tue pour gagner de l'argent, le second parce qu'il est fou. Pourquoi pas un tueur à gages en série ? Un ancien tireur d'élite de l'armée qui vend ses services pour assassiner des gens qui ne se connaissent pas, à la façon des tueurs de la mafia. Ça doit être un job lucratif !

Alex explosa de rire.

— Tu viens d'inventer ce concept ?

— Arrête de te moquer, je t'en supplie, ce n'est pas drôle. Il faut tout envisager, même l'inconcevable.

— Certes, mais j'imagine que le procureur a des preuves tangibles pour qualifier ce type de « tueur fou », sinon il ne s'amuserait pas à organiser une conférence de presse que les chaînes d'infos vont reprendre en boucle. L'affaire semble pliée, non ?

— Possible…

Elle avait la bouche sèche.

Elle remplit un grand verre d'eau qu'elle avala d'une traite. Puis elle s'affala dans un fauteuil.

— Que vas-tu faire aujourd'hui ? demanda le photographe.

— Pas grand-chose. Regarder comment l'affaire évolue sur les chaînes d'infos…

— C'est tout ?

— Je vais demander à Mathis ce qu'il pense de tout ça.

— Il se trouve à l'hôtel ?

— On a discuté hier au refuge du Montenvers. Il a pris deux jours de congé pour s'aérer. Il est parti faire de la montagne. Il a emporté avec lui crampons et piolet. *A priori*, il revient ce soir.

— Crampons et piolet ?

Elle secoua la tête.

— Pourquoi cette question ?

— Je ne veux pas t'affoler, mais le procureur a parlé d'un jeune randonneur dont le corps avait été retrouvé en Italie. Il possédait un piolet et des crampons…

Elle n'avait pas relevé ce détail.

— Et alors ? Il existe des milliers de randonneurs dans le massif équipés de cette manière… Ça n'a rien de très original. L'alpiniste assassiné devait aussi porter des chaussures de montagne, non ? De toute façon, Mathis m'a parlé du refuge du Requin. Je doute qu'il ait eu le temps de pousser jusqu'en Italie.

— Oh, tu sais, je ne veux pas te faire peur, mais c'est tout près.

Elle fouilla dans sa mémoire. Mathis lui avait effectivement annoncé qu'il irait peut-être jusque dans le val Ferret. Il avait la possibilité de revenir en car par le tunnel du Mont-Blanc jusqu'à Chamonix avant ce soir, à moins qu'il prenne le téléphérique de la vallée Blanche qui relie les deux régions transfrontalières.

Elle se mit à trembler.

Et si effectivement le jeune homme assassiné côté italien était Mathis ?

Elle se jeta sur son téléphone et composa son numéro : elle tomba directement sur le répondeur. Elle appela une deuxième fois, une troisième.

Répondeur, répondeur.

Elle envoya un texto : *Mon cher Mathis, tout se passe bien ? Appelle-moi quand tu peux.*

Elle ne voulait pas lui faire peur, parler du meurtre côté italien. Soit il était mort, soit il était vivant.

Elle attendit une bonne vingtaine de minutes, les yeux rivés sur son écran.

Aucune réponse.

Voyant qu'il avait affolé son amie, Alex essaya de se rattraper.

— Oh, tu sais, couper son téléphone quand on fait de la randonnée, ça n'a rien d'extraordinaire. Tu le fais toi-même.

— Certes.

— Et puis, il traverse peut-être une zone dépourvue de réseau. Un classique, en montagne.

— Oui, mais j'aimerais lui parler. Je suis inquiète. Tu n'imagines pas.

— Tu es amoureuse de lui ou quoi ?

— Tais-toi !

Elle repensa au jeune réceptionniste. Il était plein d'entrain quand elle l'avait quitté. Elle ne supportait pas l'idée qu'il ait pu être tué à son tour. Pourquoi l'aurait-il été ?

Si c'était le cas, cela accréditerait la thèse d'un complot : parce qu'il s'approchait de trop près de la vérité, on se serait débarrassé de lui.

Elle ne savait que penser.

Tant d'hypothèses contradictoires s'entrechoquaient.

Elle n'avait pas le moral.

Le jeune homme retrouvé mort côté italien était-il la victime du tueur de Sallanches ? Le procureur de la République n'avait pas d'informations à ce sujet, mais le mode opératoire était identique à celui des autres crimes, ceux du Châtelard et des Contamines, ce qui accréditait l'idée que le meurtrier était le même.

Elle appela de nouveau Mathis. Plusieurs fois. De manière compulsive.

Toujours le répondeur. Le même message désespérant.

Salut, ici Mathis. Après le bip, c'est à vous.

S'il était vivant, il allait penser qu'elle le harcelait.

Elle gagna la réception. Un jeune homme était assis derrière le comptoir, le fameux Hassan, qu'elle avait souvent croisé mais avec qui elle n'avait jamais échangé.

— Vous allez bien ? M. Lefrançois doit…

Elle ne savait que dire. Elle ne voulait pas avouer sa proximité avec le jeune homme.

— … me donner un renseignement sur une randonnée. Il m'a parlé de sa passion pour la montagne.

Hassan consulta le planning sur son ordinateur.

— Il est en pause jusqu'à ce soir, mais je peux vous aider. Je marche régulièrement, moi aussi.

Elle sortit ce qui lui passait par la tête.

— Vous savez combien de temps dure la balade pour monter au Brévent ?

— Non, mais j'imagine qu'il suffit de regarder sur Internet. Vous voulez que je me renseigne ?

— Je préfère demander à M. Lefrançois, il m'a dit qu'il y était monté plusieurs fois.

— Il reprend son service à 22 heures. Si vous avez la patience d'attendre, vous le verrez. De toute façon, si vous ne voulez pas marcher, il existe un téléphérique jusqu'au sommet.

— Justement, je veux marcher ! Les téléphériques sont destinés aux paresseux.

Il fallait qu'elle attende plusieurs heures pour revoir Mathis.

De retour dans sa chambre qu'Alex n'avait pas quittée, elle resta scotchée sur une chaîne d'infos une partie de la journée. Les mêmes informations tournaient en boucle, elle n'apprit rien de nouveau. L'homme appréhendé niait les faits, on n'en savait pas plus sur l'enquête proprement dite. Qui était le jeune homme retrouvé mort en Italie ?

Pour Léa, qui connaissait bien les dessous des investigations policières, le fait que l'homme de Sallanches possède un stock d'armes ne constituait en rien une preuve de sa culpabilité, pas plus que sa présence aux Contamines au moment du meurtre. Être sur le lieu d'un crime à l'heure où il se produit ne signifie pas qu'on l'a commis, elle en savait quelque chose.

Ce qui avait intrigué le plus la journaliste, c'était le ton péremptoire du procureur. Il semblait être en possession d'indices qu'il ne voulait pas révéler.

Le soir, Léa descendit au bar. Elle avait tenté plusieurs fois de joindre Mathis. Plus les heures passaient, plus son inquiétude grandissait. Avait-il eu un problème de portable ?

En général, quand il reprenait son service, il arrivait un peu en avance, histoire de se changer. C'était l'occasion de lui glisser quelques mots. Ensuite, il se retrouvait coincé derrière la réception, dans une situation délicate pour parler.

À 22 heures, il n'était toujours pas là.

La journaliste retourna à la réception, où officiait une jeune fille prénommée Agathe. Elle ne voulait pas montrer son inquiétude.

— Vous avez des nouvelles de M. Lefrançois ? demanda-t-elle d'une voix neutre.

— Aucune. Je lui ai laissé un message. Pas de réponse. J'imagine qu'il ne va pas tarder. En général, il est ponctuel.

Une heure plus tard, Léa l'appela de nouveau. Répondeur. Forcément, il lui était arrivé quelque chose, mais quoi ? L'attente était insupportable.

Mercredi 24 avril

En se réveillant, Léa regarda son écran de téléphone.

Aucun appel de Mathis. Aucun texto.

Elle traîna dans son lit jusqu'à 11 heures. Elle n'avait plus de forces.

La matinée était grise, triste. Des nuages de pluie et de neige peuplaient le ciel. Le sol était mouillé par une bruine interminable.

Le téléphone sonna dans sa chambre. Elle décrocha. Voix d'Agathe. Elle en déduisit que Mathis n'était pas rentré.

— Madame Grange, la gendarmerie souhaiterait vous poser quelques questions. Pourriez-vous descendre ?

Elle était surprise, effrayée, anéantie qu'on veuille l'interroger. À quel propos ? Elle n'avait rien fait de mal.

Elle imaginait que cette visite était liée à la disparition de Mathis.

Elle s'habilla en vitesse et gagna le hall où l'attendaient deux hommes en uniforme.

— Veuillez nous suivre, lui dit l'un d'eux.

On la fit monter dans un véhicule bleu marine sans un mot d'explication.

— Nous allons où ? demanda-t-elle d'une voix enrouée par l'émotion.

La réponse ne l'étonna guère.

— M. Joulain souhaite vous parler.

Elle fit mine d'être surprise.

— Ah bon ? Pour quelle raison ?

Comme seule réponse, le bruit des essuie-glaces.

Elle entra dans la gendarmerie, le major l'attendait dans son bureau, debout, l'air grave.

Sa voix était ferme, sans être désagréable.

— Asseyez-vous, je vous en prie.

— Que se passe-t-il ?

— M. Mathis Lefrançois a disparu. Le directeur du Chardon bleu nous a appelés à minuit. Le jeune homme devait reprendre son service à 22 heures. Cette absence ne lui ressemble pas, d'autant qu'il est injoignable. Nous sommes passés chez lui : personne. Nous avons essayé de le géolocaliser. Son téléphone a borné pour la dernière fois au refuge du Montenvers, où vous vous trouviez au même moment.

— Comment le savez-vous ?

— Vu le contexte, nous avons demandé aux opérateurs téléphoniques de nous indiquer la position de plusieurs personnes susceptibles de l'avoir vu en dehors de l'établissement. Vous en faites partie.

— Le contexte ?

— Un crime vient d'avoir lieu aux Contamines. Un autre dans le val Ferret. Sans parler des précédents…

Elle était stupéfaite par la réactivité des gendarmes. *Pour une fois, ils se bougent*, se dit-elle.

— Qu'en déduisez-vous ?

— Nous aimerions savoir ce qui s'est passé entre vous.

Elle était interloquée.

— En quel sens ?

— C'est à vous de nous le dire.

— Eh bien, je suis allée en train au Montenvers et je l'ai croisé là-haut. Il partait en haute montagne, il me l'a dit, mais je l'avais deviné en voyant son équipement : piolet et crampons.

— Vous vous êtes rencontrés par hasard ?

— Oui.

Elle n'aimait pas mentir, mais elle ne voulait pas que Mathis ait des ennuis avec son patron.

— Il vous a dit où il allait ?

— Il m'a parlé du refuge du Requin…

— Nous avons téléphoné à tous les refuges du massif. Personne ne l'a vu nulle part.

— Qu'en déduisez-vous ?

— Pour l'instant, rien. L'hypothèse la plus probable, en altitude, c'est l'accident.

Elle se jeta à l'eau, elle n'avait rien à perdre. Son cœur battait très fort.

— Hier, le procureur de la République de Haute-Savoie a parlé du corps d'un jeune alpiniste criblé de balles en Italie…

— J'allais évoquer le sujet. Mais l'alpiniste en question n'avait aucun papier sur lui et son visage est méconnaissable. Tête criblée de balles. Une analyse ADN est en cours. Quand vous avez vu M. Lefrançois au Montenvers, il était habillé comment ?

— Anorak rouge et pantalon bleu.

— Je note.

Il se tut un instant avant de reprendre :

— Pardonnez-nous, mais nous nous demandons si vous savez pourquoi il s'est évaporé de manière si soudaine.

Le sous-entendu était clair : êtes-vous responsable de sa disparition ?

Elle répondit sans se démonter.

— Je l'ignore. J'ai essayé de l'appeler plusieurs fois. Je lui ai laissé des messages…

— Nous savons. Cela ne prouve rien. Vous connaissez l'affaire Daval ?

— Qui ne la connaît pas ?

— Un homme a tué sa femme, avant de lui envoyer des dizaines de textos pour lui demander où elle se trouvait. Or, il savait ce qu'elle était devenue. Il avait lui-même déposé son cadavre dans un bois.

— Vous m'accusez de quelque chose ? demanda-t-elle d'une voix outrée.

— Nullement. Mais à la gendarmerie nationale, nous nous inspirons d'un principe : le dernier qui a vu la victime est le premier suspect. Vous voyez ce que je veux dire ?

— Je ne vois que trop, mais c'est ignoble. Je croise un jeune homme que je connais dans un endroit très touristique, et vous m'accusez de l'avoir…

Bouleversée, elle n'arrivait plus à parler.

— Terminez votre phrase, lui intima le major. Je vous en prie.

Elle éclata en sanglots : malgré son courage, elle n'en pouvait plus. Cette atmosphère de mort, ces accusations à peine voilées…

— De plus, en quoi M. Lefrançois est-il une victime ? Il a disparu. Point.

— Un verre d'eau ? proposa le gendarme.

Elle fit non de la tête.

— Eh bien, nous allons mettre fin à cet entretien, poursuivit Joulain. Sachez que vous n'êtes soupçonnée de rien. Cette disparition est jugée inquiétante, mais sans plus. Mathis Lefrançois a peut-être eu un problème et va réapparaître d'une minute à l'autre. Le peloton de gendarmerie de haute montagne, le PGHM, survole la zone à bord d'un hélicoptère, mais pour l'instant, ça n'a rien donné, d'autant que la météo n'est pas favorable.

Elle réussit à reprendre la parole.

— Pourquoi disparition inquiétante ? Mathis est majeur. Il a le droit de ne plus donner de nouvelles. Avoir quelques heures de retard quand on fait de la randonnée n'a rien d'exceptionnel.

Affolée, elle ne pensait pas un mot de ce qu'elle disait.

— Certes, soupira le major, à ceci près qu'il devait reprendre son service hier soir et qu'il est très ponctuel. Cela fait plusieurs années qu'il travaille à l'hôtel, il n'a jamais été en retard. Du coup, il est normal de se poser des questions, d'autant qu'il ne répond pas au téléphone et que nous ne pouvons pas le géolocaliser. Enfin, je me répète, il y a le contexte… Deux crimes viennent d'avoir lieu dans le secteur.

— Il n'a peut-être plus de batterie ?

— Le téléphone a été désactivé au Montenvers, à l'endroit même où vous l'avez vu. Je me répète.

Une pique de trop.

— Vous croyez que je l'ai jeté dans un précipice, c'est ça ? dit-elle d'une voix enrouée de colère.

— Calmez-vous, madame, je vous en prie. Attendons quelques heures et nous verrons bien.

Journal de Léa

Mathis, pourquoi m'as-tu abandonnée ?

Je patauge dans la neige fondue de la mer de Glace. J'essaie de comprendre et je ne comprends pas. Les événements s'enchaînent, se bousculent, dans un chaos indescriptible, je ne sais plus que penser.

Les enquêteurs ont pris une longueur d'avance sur moi. Ils pensent avoir arrêté celui qu'ils estiment responsable des différentes tueries. À l'évidence, le procureur cache certains éléments du dossier, mais il évoque un « tueur fou » devant la presse. Cette explication n'est pas à exclure, encore faut-il la démontrer. « Tueur fou », dans mon vocabulaire, signifie que l'homme a agi sous le coup d'une pulsion, sans connaître ses victimes, au hasard de rencontres... Dans cette hypothèse, il n'existe aucun mobile. Un tueur fou peut tuer une seule fois. Quand il tue plusieurs personnes – plus de trois, en trois séquences, selon la définition de la police judiciaire française –, on parle de tueur en série ou de *serial killer*. Le tueur en série frappe au hasard, c'est un des aspects les plus terrifiants de sa personnalité. Relativement rares en France, ils sont légion aux États-Unis, allez savoir pourquoi. Chacun d'entre eux a son mode opératoire – ou *modus operandi* –, sa signature : même scénario, même manière de tuer, et souvent même type de victime, ce qui permet de rapprocher certaines affaires grâce à un *profilage*. En France, les tueurs en série les plus célèbres sont Henri Désiré Landru, Marcel Petiot, Émile

Louis, Thierry Paulin, Guy Georges, Patrice Alègre, Francis Heaulme, Michel Fourniret, Roberto Succo…

Si, à Chamonix, aux Contamines et dans le val Ferret, un tueur en série – au sens juridique – a sévi, alors il n'existe pas de mobile et pas de complot. Si l'homme de Sallanches avoue qu'il a tué par sadisme plusieurs individus, alors l'affaire est terminée et les autres pistes deviennent des chimères.

En revanche, si c'est un tueur à gages, les autres pistes restent d'actualité.

Plusieurs détails me chiffonnent : pourquoi l'incendie de mon véhicule, pourquoi un numéro du *Dauphiné* jeté sur le siège de ma voiture à Annecy, pourquoi une photo atroce placée sous l'essuie-glace arrière à Genève, mais surtout, pourquoi le meurtre de Barbara ?

Pour moi, ces séquences excluent *de facto* l'hypothèse d'un *serial killer*. Quel aurait été pour lui l'intérêt de m'espionner et de m'effrayer ? Quelque chose me dépasse. Je ne connais aucun exemple de tueur en série ayant traqué un journaliste ou un enquêteur, *a fortiori* si ce dernier n'a jamais entendu parler de lui. En général, il fait profil bas, en attendant de récidiver. Ou alors, il s'agit d'une affaire totalement nouvelle, hors norme, au scénario sans précédent.

Wait and see.

En regardant par la fenêtre la pluie tomber, Léa se posait une question lancinante, douloureuse et sans réponse : qu'était devenu Mathis, le garçon qu'elle commençait à aimer – elle ignorait si c'était de l'amour ou de l'amitié –, et qui avait disparu dans l'immensité de la montagne ? Elle était tellement triste. La météo ne facilitait pas les recherches, elle se demandait comment l'hélicoptère avait pu décoller. En altitude, la neige tombait à gros flocons, sans doute. La journaliste avait l'impression que l'hiver faisait son grand retour, alors que les jours précédents avaient été magnifiques.

Mathis avait-il été avalé par une crevasse ? Avait-il dévissé ? Avait-il été emporté par une avalanche, nombreuses en cette saison ?

Était-il blessé quelque part, attendant qu'on vienne à son secours ?

S'était-il suicidé ?

Avait-il été tué ?

Avait-il disparu volontairement ?

Tous les scénarios étaient possibles. Rien ne permettait d'en privilégier un plutôt qu'un autre.

Le jeune homme assassiné en Italie, dont le visage était méconnaissable, était-ce Mathis ?

Il n'existe rien de pire qu'une disparition. Pire que la mort.

Certaines personnes s'évaporent à jamais, sans que la moindre piste permette d'envisager ce qu'elles sont devenues.

Elle avait la tête collée contre la vitre entrouverte, ses yeux essayaient de percer le mystère de la pluie. La journée était fermée comme un cercueil, la météo empirait, elle imaginait que les recherches en montagne avaient été suspendues. Des gouttes ruisselaient sur le carreau, elle s'aperçut qu'elle avait le visage mouillé, non par l'averse, mais par d'épaisses larmes de désespoir.

Elle repensait aux derniers instants passés avec Mathis. Elle essayait de découvrir des signes avant-coureurs de son absence inexpliquée, des paroles chargées de sous-entendus. À un moment, il avait prononcé une phrase étrange : *Quand je reviendrai, je te dirai tout.*

Elle avait pensé qu'il parlait de son retour le lendemain, mais vu ce qui se passait, elle se demandait s'il ne lui avait pas annoncé implicitement qu'il avait décidé de disparaître. Comment savoir ?

Alex entra dans sa chambre à ce moment-là sans frapper.

Il aperçut les larmes de Léa, qu'elle tenta d'essuyer avec un mouchoir en papier.

— Tu n'as pas le moral ?

— Ça fait longtemps que je ne l'ai plus. Mais, cette fois, une goutte d'eau a fait déborder le vase.

— À cause de Mathis ?

— Je suis follement inquiète.

— Oh, tu sais, les disparitions, il en existe des milliers chaque année en France. La plupart du temps, on finit par retrouver les gens.

— Je suis au courant.

— Tu t'affoles pour rien.

Elle poussa un soupir.

— Mais là, ce n'est pas une disparition comme les autres. Mathis est parti en haute montagne, seul, dans un contexte très particulier.

— Tu penses qu'il a été tué à son tour ?

— Je le crains.

— Tu crois que le jeune homme retrouvé mort en Italie, c'est lui ?

— Sans doute.

— Tu me l'as dit toi-même : il existe des milliers d'alpinistes dans la région. Hier, tu semblais sereine.

— J'ai changé d'avis.

— De toute façon, on sera mis au parfum assez vite. Des tests ADN sont pratiqués sur le cadavre. S'il a été tué, tu en déduiras quoi ?

— Qu'il y a un complot derrière tout ça. On l'a tué parce que c'était l'homme qu'il en savait trop. Dans ce cas, l'hypothèse du tueur en série s'éloigne...

— Et le meurtre des Contamines ?

— Je ne sais rien à ce sujet. J'ignore qui a été tué. Les gendarmes n'ont pas révélé l'identité de la victime. Tous ces morts sont peut-être reliés par un fil invisible...

Alex passa sa main derrière la taille de Léa en signe d'affection fraternelle.

— J'ai une nouvelle importante à t'annoncer, dit-il d'une voix hésitante. Bonne ou mauvaise, je n'en sais rien.

— Je t'écoute.

Il tenait dans sa main une large enveloppe. Il en sortit une photo grand format que Léa reconnut tout de suite : celle prise au sommet de l'aiguille du Midi.

— Après l'avoir fait analyser par le fameux logiciel dont je t'ai parlé, je l'ai imprimée. On va la regarder ensemble, si tu le veux bien.

Sa voix était étrange, Léa se doutait qu'il avait découvert quelque chose que personne n'avait jusque-là remarqué.

— Conclusion ?

— Eh bien, il s'agit d'un trucage.

— Comment ça ?

— D'abord, la photo date de cette année. Par conséquent, elle a été prise trois ans après la tuerie du Châtelard. La date imprimée dessus est fausse. Mais surtout, les visages de Clotilde, de Félix, de Daniel et d'Anna ont été ajoutés.

— Ajoutés ? Mais tu m'avais dit que c'étaient bien eux.

— Oui, ce sont eux, mais c'est un montage. À l'œil nu, on ne décèle rien. Tu ne te rends pas compte que quatre visages ont été plaqués sur celui d'autres personnes. Un travail de pro très élaboré. Du très grand art.

— Le logiciel a vu tout ça ?

— Il a pondu un rapport de deux pages, en insistant sur la discordance entre les ombres.

Alex posa le document sur la table.

— Regarde bien. L'ombre sur le nez de Clotilde n'est pas du même côté que celle sur le visage de Félix, alors qu'ils sont côte à côte…

— Tu n'avais rien vu ?

— J'avoue que non. C'est quasi imperceptible. L'ombre ne fait que quelques millimètres, mais le logiciel agrandit tous les détails plus de cent fois. Il m'a même donné le nom de la marque de lunettes de la femme au fond de la salle, c'est stupéfiant.

— Pour ma part, je ne constate rien d'anormal.

— Parce que celui qui a réalisé cette photo est un as du trucage ! Avec certains logiciels, on peut presque tout faire sans que personne s'en aperçoive.

Elle était bluffée.

— Et si c'est vrai, qu'est-ce qu'on en déduit ?

— Oh, c'est toi qui enquêtes… Moi, je n'en sais rien. Je me contente d'analyser les photos. Ou plutôt, je demande à un logiciel de le faire à ma place. Et ses résultats sont sans appel.

— Le logiciel est certain que le cliché a été pris à l'aiguille du Midi ?

— Sur ce point, il confirme, mais j'allais dire que c'est un détail. Le plus important est que la photo est truquée. Dans quel but ? Il faut chercher à le déterminer.

Pas un instant, Léa n'avait imaginé que cette prise de vue était un montage.

Qu'en conclure ?

Elle parlait tout haut.

— On a voulu lancer les enquêteurs sur une fausse piste.

— Toi ou les enquêteurs ?

Elle était incapable de répondre à cette question. Elle ignorait si la section de recherches de la gendarmerie était en possession de ce cliché.

— Si cette photo a été truquée de manière aussi habile, murmura-t-elle d'une voix triste, c'est qu'il y a une raison.

— Laquelle ?

Léa haussa les épaules.

— Assez simple à comprendre, non ? On a voulu faire croire que les couples Chapuis et Meunier se connaissaient. Or, ils ne se connaissaient pas.

Avant d'aller plus loin, elle posa à son ami une question de fond.

— Tu es certain que le logiciel ne se trompe pas ?

— Impossible. C'est le plus fiable du monde. Il est utilisé par les services secrets. Redis-moi qui t'a transféré cette photo.

— L'un des clients de La Joyeuse Marmotte m'a montré cette image qu'un type lui avait envoyée, avant de me la transmettre. C'est aussi simple que ça.

— Il faudrait que ce client te donne le nom de celui qui lui a fourni cette photo.

— À supposer qu'il le connaisse… Sur le moment, j'étais tellement surprise que je n'ai pas pensé à lui poser la question…

Elle était fatiguée. Sa voix devint triste.

— Je me répète : la piste à laquelle je croyais le plus tombe à l'eau. Ou du moins, elle a du plomb dans l'aile.

— Laquelle ?

— Mais voyons, Alex, réfléchis cinq minutes ! Si cette photo est un montage, ça veut dire qu'on a cherché à me faire croire à la piste d'un complot contre Clotilde Meunier, chercheuse surdouée, et Daniel Chapuis, son partenaire financier. Si le cliché est un faux, cette piste devient caduque.

— Que reste-t-il comme hypothèse ?

— Je n'en sais rien, c'est ça le problème.

— Tu crois que le suspect de Sallanches a fabriqué cette photo pour lancer une piste bidon ?

— Pourquoi pas ? Mais à supposer qu'il soit coupable de quelque chose, ce type de procédé ne ressemble pas à celui d'un tueur fou qui, la plupart du temps, est très peu organisé, sauf quand il commet un crime. Reste l'hypothèse d'une machination dont ce suspect serait le bras armé, mais tout cela est pure spéculation. À ce jour, de toute façon, on ne sait même pas s'il est impliqué dans la tuerie du Châtelard, ni même dans celui des Contamines. J'ai l'impression qu'il a été arrêté parce que les enquêteurs n'ont aucune piste sérieuse. Il s'était passé la même chose après la tuerie de Chevaline : un collectionneur d'armes à feu du coin avait été appréhendé par le GIGN, avant qu'on s'aperçoive qu'il était innocent…

— Quelles sont les autres pistes ? demanda Alex d'une voix dubitative.

Léa soupira.

— On en revient à celle de l'amoureux éconduit que le directeur ne cesse de ressasser, ou celle de Clotilde Meunier comme cible unique.

— Les crimes à répétition orchestrés par un amant jeté, ça existe ?

Elle ferma les yeux et ne répondit pas.

— Tu ne parles plus ? s'étonna Alex.

Elle sursauta.

— Si un tueur en série est à l'œuvre, pourquoi cette photo ?

— Donc, tu ne crois pas à la piste suggérée par le procureur de Haute-Savoie ?

— Le fait que Barbara ait été assassinée sous mes yeux met à mal cette explication, non ?

Elle s'approcha de son ami et le serra dans ses bras, avant d'ajouter :

— Et maintenant, Mathis disparaît. Heureusement que tu es là, Alex.

— Tu as déjà laissé tomber une enquête ?

— Jamais. Parfois, la police me prend de vitesse, mais la plupart des crimes sur lesquels je me suis penchée ont fini par être élucidés. Mais là, malgré ma détermination, je piétine. C'est la plus incroyable histoire de ma vie. Des meurtres en cascade, aucune piste sérieuse.

— Qu'en pense Mathis ?

Elle devinait une pointe d'ironie méchante. Alex était-il jaloux du jeune homme ?

— Je viens de te rappeler qu'il a disparu.

— Tu m'as souvent dit que, dans une enquête, il fallait explorer toutes les hypothèses sans la moindre exception. Penses-tu que Mathis puisse être mêlé à ce complot ?

— Cher Alex, je l'ai envisagé, il me semble qu'on en a parlé. Mais vois-tu, même aujourd'hui, je n'en sais rien.

Léa avait le sentiment confus que tout le monde pouvait être impliqué dans cette affreuse affaire.

Son ami la laissa, emportant la photo mystère avec lui. Elle s'affala sur son lit et regarda le plafond, comme si la solution se trouvait gravée dessus.

Elle pensa de nouveau à Mathis. Son absence l'obsédait. Était-il bloqué dans une grotte de glace après s'être blessé ? Se trouvait-il dans une zone où il n'y avait pas de réseau ? C'était le scénario le plus optimiste, celui qu'elle désirait de tout cœur.

Elle ne voulait pas qu'il soit le cadavre criblé de balles retrouvé sur un chemin du val Ferret. Elle refusait d'envisager cette hypothèse.

Son portable sonna. Numéro masqué. C'était qui ? Pourquoi l'appelait-on ? Elle hésitait à décrocher. Allait-on de nouveau la menacer ? Elle était chancelante.

— Allô, murmura-t-elle d'une voix triste.

— Gendarmerie nationale. Madame Grange ?

Elle sursauta. Elle reconnut la voix du major Joulain.

— Oui.

— J'ai une nouvelle importante à vous annoncer.

Elle n'arrivait plus à dire un mot. Son cœur explosait.

— Le cadavre du val Ferret a parlé, si j'ose dire, dit le gendarme.

Elle trouvait l'expression bizarre.

— Il ne s'agit pas du cadavre de M. Mathis Lefrançois. Les analyses sont formelles. Ce n'est pas le même ADN.

Nous l'avons comparé à celui que nous avons retrouvé chez lui.

Elle était soulagée. Immensément.

— En revanche, ajouta le major, nous n'avons toujours aucune trace de lui. Son téléphone reste muet. Les recherches de la gendarmerie de haute montagne n'ont rien donné. La disparition d'un randonneur dans le massif n'est pas exceptionnelle, mais là, je vous l'ai dit, elle se produit dans un contexte de meurtres en série.

— Qu'en déduisez-vous ?

— Pas grand-chose.

En journaliste aguerrie, elle devinait le sous-entendu : soit Mathis avait été tué lui aussi, soit il était le tueur. Joulain possédait-il des éléments qu'il ne voulait pas dévoiler ?

Y avait-il un autre cadavre gisant dans l'immensité de la montagne, la tête criblée de balles ?

Elle ouvrit la fenêtre pour mieux respirer, tout en poursuivant la conversation.

— L'individu retrouvé en Italie, vous l'avez identifié ?

— Pas pour l'instant. Son ADN n'est pas dans le fichier des empreintes génétiques. Nous ignorons même sa nationalité, aucun élément ne permet de le savoir. Il est habillé de manière banale. Son anorak, son pantalon, ses chaussettes, ses chaussures, on peut les acheter n'importe où en Europe. Il est de taille moyenne, nous supposons qu'il a moins de trente ans. Comme je vous l'ai dit, nous n'avons retrouvé aucun papier sur lui. Les Italiens ont lancé un appel à témoin dans la région. Nous faisons la même chose ici. La presse va s'emparer de l'affaire. Quelqu'un manque-t-il à l'appel dans une famille ? En général, c'est plutôt le scénario inverse qui se produit : quand un individu disparaît en montagne, les proches lancent des investigations pour le retrouver, c'est le cas avec Mathis Lefrançois. Nous avons placardé des avis de recherche avec sa photo dans les boutiques de Chamonix. Vous avez entendu parler de la forêt de Boscodon ?

Elle jouait toujours à l'innocente, elle aimait entendre un représentant des forces de l'ordre lui parler à sa manière d'affaires non élucidées.

— À côté de Gap ? s'écria-t-elle d'une voix ingénue.

— Exactement. Dans cette forêt, depuis plusieurs années, des promeneurs s'évaporent. Plus aucune trace d'eux. Accidents ? Suicides ? Meurtres ? Disparitions volontaires ? Les affaires sont-elles liées entre elles ? Nous l'ignorons.

— Et dans le massif du Mont-Blanc ?

— Même s'il est très surveillé, certains alpinistes ne sont jamais retrouvés. Les services du peloton de gendarmerie de haute montagne de Chamonix ont recensé près de cent quarante disparitions inexplicables depuis 1958, je viens de le vérifier. Par rapport aux millions de visiteurs, ça ne semble pas exceptionnel, vu la dangerosité de certains secteurs…

Elle lui coupa la parole.

— Quelles sont les hypothèses les plus courantes pour expliquer ces disparitions ?

— Des randonneurs tombent dans des crevasses, accident classique. Mais les glaciers avancent et parfois, des décennies plus tard, on retrouve un cadavre assez bien conservé. Vous n'avez pas entendu parler d'Ötzi ? Un homme préhistorique découvert quasi intact dans un névé des Alpes en 1991. Vous voyez, tout est possible.

Le major était très loquace.

— J'espère que Mathis va réapparaître rapidement, dit-elle d'une voix enrouée de tristesse.

— Cette conversation est informelle, je ne peux pas vous questionner par téléphone pour des raisons de procédure, mais passez à la gendarmerie si vous avez des éléments permettant d'expliquer cette disparition inquiétante.

À quoi bon ? Elle n'avait pas la moindre piste. L'accident était l'hypothèse la plus vraisemblable, mais elle n'avait aucun élément concret pour l'étayer. Mathis randonnait seul en altitude, une preuve d'imprudence, mais c'était un sportif de haut niveau et la randonnée qu'il avait annoncée semblait relativement facile : il voulait se balader dans la vallée Blanche jusqu'au refuge du Requin et rejoindre éventuellement l'Italie en passant par le col du Géant, ce qui ne représentait pas un exploit. Avait-il changé d'itinéraire ? S'était-il aventuré dans des zones dangereuses et peu fréquentées ?

Jeudi 25 avril

Ne sachant que faire de sa journée, Léa reprit la route de Genève au volant de la voiture de location. Alex avait consenti à l'accompagner. Elle voulait revoir le banquier avec qui elle avait aimablement discuté pour essayer d'en savoir davantage.

Ils suivirent de nouveau la vallée de l'Arve, qu'empruntent des millions de touristes chaque année. Le ciel était d'un bleu pur, mais la beauté des montagnes nimbées de neige la laissait indifférente. Elle se demandait si elle allait réussir à revoir celui qui se faisait appeler Robert.

Elle aurait pu appeler la BCL, mais elle savait que personne ne dirait rien au téléphone. De plus, elle ne connaissait pas son nom de famille.

Il valait mieux l'attendre près de l'interphone, comme la dernière fois, en espérant qu'il accepterait de sortir de son bunker bancaire.

Elle suivait cette piste sans y croire, elle n'avait que de maigres soupçons : des bouts de sentiers se perdant dans la montagne.

Étudiante, elle avait lu un livre de Martin Heidegger qui l'avait fascinée : *Chemins qui ne mènent nulle part.* Le philosophe décrit ces pistes de bûcherons qui s'avancent dans la forêt et qui, peu à peu, sans qu'on sache pourquoi, se rétrécissent avant de disparaître. Son enquête était à l'image de ces chemins qu'elle suivait quelque temps, avant de se retrouver coincée dans la végétation.

Sept personnes avaient été criblées de balles dans le massif du Mont-Blanc, elle ne savait pas pourquoi.

Qui sera la prochaine ?

Elle se gara non loin de la banque, quasiment au même endroit que la fois précédente. Genève était une ville fleurie, pimpante, pleine de grâce. Mais elle se méfiait des apparences, des faux-semblants. Le Rhône qui jaillissait du lac était tourmenté, puissant, vert sombre, sans doute à cause des pluies diluviennes qui s'étaient abattues ces derniers temps.

— Alors, on sonne à cette porte ? s'écria Alex d'une voix taquine. Et après, on se tape un bon gueuleton à Yvoire ? Les perches du Léman sont savoureuses, surtout quand c'est toi qui payes.

Elle jeta un œil sur le hayon arrière, par réflexe, pour vérifier si quelqu'un n'avait pas placé une image sordide sous l'essuie-glace, mais il n'y avait rien.

Ils descendirent de la voiture et marchèrent vers la BCL.

Elle appuya sur le bouton de l'interphone. La même musique de Mozart. Puis une voix aimable qui n'était pas celle de la dernière fois.

— Bonjour, vous êtes clients ?

— Oui, répondit Léa en espérant qu'on la croirait sur parole.

— Votre nom et votre numéro d'identification, s'il vous plaît ?

Elle tombait sur un os.

— Disons que nous souhaitons devenir clients.

— Dans ce cas, remplissez le formulaire sur le site de la banque et, si nécessaire, nous fixerons un rendez-vous.

« Si nécessaire » signifiait sans doute « si vous avez assez d'argent ».

Ce genre d'établissement n'ouvrait des comptes qu'à des clients fortunés.

— Entendu, s'écria-t-elle, je n'y manquerai pas, merci pour l'information. D'ici là, j'aimerais parler à M. Robert qui m'avait donné des conseils avisés sur des placements.

Silence à l'autre bout de l'interphone. Léa imaginait que la réceptionniste se renseignait.

— Désolée, personne ne porte ce nom à la BCL, dit-elle au bout d'un temps assez long. Êtes-vous certaine qu'il s'appelle comme ça ?

— Mais oui, il occupe une place importante au sein de votre entreprise. Je l'ai rencontré lors d'un dîner en ville. Un homme très sympathique. Robert est peut-être son prénom…

— Patientez, s'il vous plaît.

Léa était découragée.

La réceptionniste se tut de nouveau.

Au bout d'une bonne minute, elle reprit la parole :

— Pas de Robert ici.

Le banquier avait menti, mais Léa s'en était doutée.

Elle n'avait plus rien à perdre.

— Cet homme a une grande cicatrice sous le menton.

— Ah oui, je vois, s'exclama-t-elle. Eh bien, pas de chance pour vous, il vient de démissionner.

— Comment s'appelle-t-il ? J'aimerais bien le recontacter.

— Je suis navrée, mais nous ne donnons pas d'information de ce type à des inconnus. Inscrivez-vous sur le site de la banque, joignez les pièces nécessaires, et nous vous recontacterons. Merci, madame, et bonne journée.

Point final.

L'amabilité feinte de la réceptionniste helvète contrastait avec l'impossibilité absolue d'obtenir des renseignements, même infimes.

— Bon, murmura Alex, on a fait chou blanc. Tu comptes faire quoi ? Attendre devant la porte qu'un employé sorte comme la dernière fois ?

— À force d'être filmés, on va finir par être appréhendés par la police genevoise…

Elle observa le Rhône, le jardin anglais, le lac, les montagnes au loin. Les façades étaient cossues. Ce n'étaient que des banques et des établissements de luxe. Ils marchèrent jusqu'au bord du Léman pour essayer de se détendre un peu.

D'une voix douce, elle murmura :

— Celui qui m'a fait des confidences a disparu de la circulation, tout comme Mathis. Les deux disparitions sont-elles liées ? Sont-elles volontaires ? A-t-il vraiment démissionné ? M'a-t-il vue à l'instant grâce à une caméra et demandé à la réceptionniste de dire qu'il ne travaillait plus ici ? A-t-il été licencié parce qu'il parlait trop ? A-t-il été assassiné à son tour sans qu'on n'arrive à retrouver son corps ? Dans une affaire de ce genre, tous les scénarios sont possibles.

— Finalement, en dehors du fait qu'il était salarié dans cette banque, tu ne sais rien sur lui.

— Rien.

— Tu aurais dû lui demander ses coordonnées personnelles...

— Souviens-toi, il a refusé de me les laisser.

— Tu sous-entends qu'il a accepté de te rencontrer dans le but de te lancer sur une fausse piste ?

— Comment savoir ?

— Il a prétendu que derrière cette affaire se cachait une guerre fratricide entre groupes pharmaceutiques.

— Exactement ! J'aimerais en savoir plus.

Alex soupira.

— Tu penses que ce Robert est mêlé au meurtre de son collègue alors qu'ils étaient amis ?

— Il nous a dit qu'ils s'appréciaient. Moi je n'en sais rien.

Le photographe hocha la tête.

— J'ai du mal à te suivre.

— Il a peut-être tué les Chapuis pour une raison qui n'a rien à voir avec ce qu'il prétend...

— Dans ce cas, pourquoi aurait-il proposé de dîner avec toi ? Je ne comprends pas.

Les deux amis ne s'attardèrent pas à Genève. Dans la voiture, sur le chemin du retour, Léa était perdue dans ses pensées. Ce Robert connaissait Daniel Chapuis, ils travaillaient dans la même banque, un conflit avait peut-être éclaté entre eux. Un conflit sur fond de querelle amoureuse ? Un conflit à cause d'Anna, cette femme sublime ? Un conflit professionnel ? S'affrontaient-ils au sein de la BCL ? Les enquêteurs n'avaient jamais évoqué cette piste en public, mais ils en savaient peut-être davantage qu'ils ne le disaient.

Elle notait que Robert avait menti sur son prénom, refusé de donner son nom de famille et son téléphone, ne l'avait jamais rappelée, mais surtout, elle trouvait étrange sa brutale disparition, sans même qu'il la prévienne, alors qu'elle lui avait laissé sa carte de visite. On sentait que cette affaire lui tenait à cœur. Le fait qu'il se soit évaporé constituait un mystère de plus.

Une foule de questions, aucune réponse.

Dans toute enquête, il fallait des preuves et, si les pistes étaient nombreuses, elle n'avait de preuves pour aucune d'entre elles.

En arrivant à Cluses, située au pied de la fascinante aiguille de Varan, elle alluma France Info.

Météo.

Débat à l'Assemblée sur l'ouverture des grandes surfaces le dimanche.

Guerre au Mali.

Attentat suicide à Bagdad.

Avant qu'une nouvelle inattendue ne tombe.

D'après notre correspondant à Annecy, le procureur de la République de Haute-Savoie donnera une conférence de presse demain à 15 heures à la suite de l'arrestation de l'individu suspecté d'avoir assassiné un randonneur aux Contamines. Nous n'avons aucune autre information à ce sujet.

Court mais capital.

— Léa, je te conseille d'aller sur place, suggéra Alex.

— Je compte le faire. J'ai ma carte de presse, on ne peut pas m'interdire d'entrer. J'ai l'intention de poser des questions claires et précises, sans langue de bois.

— Je te fais confiance pour enfoncer le clou.

— Alex, je vais être honnête. Soit j'approche de la vérité avant la fin de la semaine, soit je rentre à Paris, où d'autres projets m'attendent. Il est rare que j'abandonne une enquête, mais je me retrouve dans un décor trop grand pour moi. Les pistes s'éparpillent comme des gouttes de pluie balayées par le vent. Je ne vais pas passer le restant de mes jours ici.

Ses mains tremblaient sur le volant. Elle accéléra, mue par une pulsion irrépressible.

— Du calme ! s'écria son passager. On ne va pas se planter à cause d'une enquête, ce serait le comble !

Elle avait des idées noires, tout était triste, ces cadavres transpercés de balles, cette épée de Damoclès au-dessus d'elle, la disparition énigmatique de Mathis.

Un jour tout s'assemblera d'un coup, espérait-elle pour se consoler.

Elle savait énormément de choses, davantage que les enquêteurs. En même temps, elle ne savait rien de décisif.

La gendarmerie s'était dotée d'une « division *cold case* » (DCC), histoire de ne pas laisser mourir certaines affaires. Elle avait développé le logiciel Anacrim, permettant d'exploiter une base de données qui déterminait les relations entre les protagonistes d'une affaire et les incohérences de certains témoignages. Ces innovations n'avaient pas permis de percer le mystère de la tuerie du Châtelard.

Si Léa croyait au travail formidable de la police technique et scientifique, elle était sceptique quant à l'efficacité de certains logiciels, qui n'étaient qu'un prolongement de la bureaucratie. Pour elle, rien ne remplaçait l'enquête sur le terrain et l'intuition humaine.

Ils traversèrent Sallanches, lovée dans un bassin au pied de la chaîne du Mont-Blanc. Léa pensa au suspect arrêté par les enquêteurs. Avait-il avoué tous les crimes ? Était-il innocent ? Ni l'un ni l'autre ?

Vendredi 26 avril

La salle où se déroulait la conférence de presse du procureur était comble. Cette succession de crimes avait fait venir des journalistes de toute la France. Des meurtres en cascade, avec le même mode opératoire, ce n'était pas courant. L'hypothèse d'un tueur en série était privilégiée par toutes les rédactions, mais comment le prouver tant que l'auteur des crimes n'avait pas reconnu les faits ?

Léa était arrivée en avance, elle s'était assise au premier rang, ce qui lui permettrait de poser des questions sans micro.

Le procureur prit la parole, debout derrière un pupitre :

— Mesdames, messieurs, je vous remercie de votre présence très nombreuse. Je vous serais reconnaissant de m'écouter sans m'interrompre puis je répondrai à vos éventuelles questions pendant quelques minutes. Pour commencer, je souhaite dissiper un malentendu à la suite de ce qui a été publié par certains médias. L'institution judiciaire respecte la présomption d'innocence et le suspect arrêté à Sallanches n'a, à ce jour, été accusé d'aucun homicide. Pour cette raison, nous n'avons pas communiqué son identité, même si elle circule sur les réseaux sociaux, ce qui est regrettable.

Ça sent le rétropédalage, se dit Léa qui se souvenait des propos triomphants du procureur lors de sa précédente intervention.

— Je vais être très clair avec vous, poursuivit-il. Concernant le crime des Contamines, aucun élément factuel ne permet de dire si l'individu interpellé est ou non impliqué, j'en reparlerai tout à l'heure. En revanche, il est totalement exclu qu'il ait tué quiconque sur le parking du Châtelard il y a trois ans et, très récemment, au même endroit, une autre femme. Nous avons vérifié son emploi du temps et dans les deux cas, il nous a fourni un alibi incontestable. Il ne se trouvait pas sur le lieu des crimes au moment où ils se sont produits. Quant au meurtre du jeune homme dans le val Ferret, nous savons là encore qu'il n'est pas impliqué : ce meurtre serait postérieur à son arrestation par le GIGN, le suspect n'a donc pas pu le commettre. Nous avons identifié la victime : il s'agit d'un alpiniste qui habitait Turin. La police italienne, en relation avec les autorités françaises, est chargée de l'enquête… J'en reviens au meurtre des Contamines. Le suspect ne nie pas s'être rendu là-bas à l'heure du crime, son téléphone a borné dans le secteur et une personne l'a croisé non loin de la scène. Mais à ce stade, nous n'avons aucune preuve factuelle permettant de l'accuser. Une trace ADN inconnue a été retrouvée sur le cadavre, sans qu'on sache s'il s'agit de celle du tueur. Elle n'appartient en tout cas pas au suspect, lequel continue de nier en bloc toute implication dans cette affaire. Il possède néanmoins de nombreuses armes chez lui, dont une qui ressemble à celle utilisée lors des meurtres, mais faute d'aveux et d'éléments concrets, l'individu a été relâché. Nous continuons à penser que le meurtrier est le même pour tous les assassinats. Si cette hypothèse se confirme, alors l'individu arrêté à Sallanches est innocent dans l'affaire des Contamines, même s'il reste poursuivi pour détention illégale d'armes… Voilà ce que j'avais à vous dire. Je ne peux, hélas, pas révéler tous les éléments que nous détenons, mais je suis prêt à écouter vos questions.

Une première voix, masculine, se fit entendre :

— Michel Firmin, de CNews. L'homme arrêté à Sallanches a-t-il pu être complice du tueur dans les autres meurtres ?

La réponse du procureur fut sèche et précise.

— Aucun élément factuel ne permet de l'affirmer. Seule certitude : il n'a pas commis lui-même les tueries du Châtelard et du val Ferret, pour les raisons que je viens de vous indiquer. Une nouvelle question ?

— Pierrette Maget, de BFM TV. Avez-vous d'autres pistes pour expliquer les crimes ?

Réponse du procureur :

— Nous les explorons, mais l'objet de cette conférence de presse n'est pas de les évoquer.

Ce qui signifiait que cette réunion allait prendre fin et qu'elle n'avait pas permis d'avancer sur le chemin de la vérité.

La journaliste de la rue de Douai se jeta à l'eau :

— Léa Grange, journaliste accréditée indépendante. La piste du tueur en série est-elle la seule pour expliquer ces différents meurtres, et si oui, avez-vous des éléments concrets pour le retrouver ?

— Madame, je viens de répondre en partie à ces questions ! s'écria le procureur. Cette hypothèse est privilégiée mais je n'en dirai pas davantage.

Elle n'avait rien à perdre :

— Pensez-vous qu'il puisse s'agir d'un complot ?

Le procureur :

— Un complot ? Que voulez-vous dire ?

Léa :

— Un tueur à gages payé pour assassiner différents individus. Si cette piste est la bonne, on ne peut plus parler de tueur en série qui agit en loup solitaire.

Le procureur :

— Je ne vois pas de quoi vous voulez parler.

Chaque journaliste avait droit à deux questions, mais Léa s'en fichait :

— N'est-ce pas un complot orchestré par un laboratoire pharmaceutique ?

Le procureur :

— Vous êtes en pleine fiction, madame. Cette piste n'a jamais été envisagée.

Elle se doutait que, si c'était le cas, il ne l'évoquerait pas en public à ce stade de l'enquête.

— Vous êtes sûrement au courant, s'exclama-t-elle, une jeune chercheuse, génie de la recherche médicale, s'apprêtait à découvrir un traitement contre le virus. Elle s'appelait Clotilde Meunier.

Elle sortit sa photo du petit sac à dos qui ne la quittait jamais. Elle l'exhiba à la foule des journalistes.

— Regardez-la bien, elle était jeune et jolie. Elle séjournait dans la vallée de Chamonix avec son époux, le physicien Félix Meunier. Ils venaient de randonner dans le massif. On a tué les amants du Mont-Blanc !

Elle était très émue. Même si elle ne les avait jamais connus, elle éprouvait de l'empathie pour eux.

Le procureur avait l'air mécontent.

— Cette conférence de presse n'est pas un lieu de débat interne aux médias. Vous posez des questions, j'y réponds. Si vous voulez discuter avec vos confrères, rien ne vous empêche de le faire en dehors de cette enceinte.

— Mais monsieur, dit-elle d'une voix agacée, vous occultez la vérité depuis le début.

— Vos propos sont déplacés. Nous avons toujours communiqué en toute transparence. Merci de vous abstenir de ce genre de considération.

Léa ne se laissa pas impressionner.

— Je rappelle à mes collègues que la première tuerie du Châtelard a eu lieu en pleine pandémie et qu'à cette époque les laboratoires se faisaient la guerre pour trouver un remède.

Brouhaha dans la salle.

Le procureur faisait celui qui n'écoutait plus.

— Si vous n'avez plus de questions, la conférence de presse est terminée.

Une femme, à l'autre bout de la salle, s'empara d'un micro :

— Lucie Carle, du *Dauphiné*. Que pensez-vous des allégations de Mme Grange ?

— C'est une thèse complotiste, s'exclama le procureur, comme il en fleurit des milliers sur les réseaux sociaux. Je n'ai pas à commenter ce type de propos.

Il toussa, avant d'ajouter :

— Mesdames et messieurs les journalistes, je vous remercie pour vos questions. Nous allons nous séparer.

Dans certains cas, les procureurs discutent de manière informelle avec les correspondants de presse, mais ce jour-là, aucun échange n'eut lieu.

L'homme disparut par une petite porte sans saluer personne.

Léa n'avait pas l'intention de rester à Annecy. Elle ne voulait pas discuter avec d'autres journalistes qui n'étaient pas des confrères, mais des concurrents.

La réaction du procureur l'avait ulcérée. Soit il était psychorigide et refusait de répondre à toute question hors du cadre qu'il avait lui-même fixé – la libération du suspect appréhendé à Sallanches –, soit elle avait touché à un sujet tabou.

Elle monta dans sa voiture et démarra en trombe.

Un tueur en série avait peut-être agi seul, mais dans ce cas pourquoi avait-elle été menacée ? Elle ressassait inlassablement la même question.

La photo de l'aiguille du Midi était truquée, les Chapuis et les Meunier ne se connaissaient sans doute pas. Pour quelle raison avait-on tenté de lui faire croire le contraire ? Elle repensait à ce Yannick Boutot, rencontré par hasard, qui lui avait transmis la fausse photo et qu'elle n'avait jamais revu. S'était-il fait manipuler par quelqu'un qu'il avait croisé de façon fortuite ?

Rien n'infirmait le fait que Clotilde Meunier avait été la cible principale du tueur. Rien ne l'affirmait non plus. Même si d'autres pistes existaient, il ne fallait en aucun cas évacuer cette hypothèse : celle d'un tueur à gages payé par un laboratoire mafieux pour assassiner la chercheuse qui s'apprêtait à mettre au point un traitement.

Janus, qui avait commercialisé le vaccin vingt mois après la tuerie, avait-il organisé cette opération ? Si c'était le cas, vu l'enjeu de cette découverte sur le plan mondial, il n'était pas étonnant que les enquêteurs ne fassent preuve d'aucun zèle pour explorer cette piste.

Léa se gara sur le parking de l'hôtel, la tête pleine d'une insondable tristesse. Ses beaux cheveux étaient hirsutes, comme si elle s'était battue avec quelqu'un. Elle ne prenait plus soin d'elle depuis la disparition de Mathis. Elle avait aimé Ugo, il l'avait rejetée. Elle avait de l'affection pour Mathis, il avait disparu.

Elle s'extirpa du véhicule, dont elle verrouilla les portes.

À ce moment précis, elle entendit des coups de feu.

Le Chardon bleu se trouvait à la sortie de Chamonix. Un petit bois jouxtait le parking, épais, touffu, sombre, impénétrable.

Quelqu'un tirait dans sa direction. Des coups sourds. Elle s'accroupit derrière sa voiture, affolée. Cette fois, on essayait de la tuer, c'était certain. Elle s'attendait à voir une silhouette – un homme coiffé d'un casque de moto ? –, une arme à la main. Aurait-elle enfin le privilège, avant de mourir, de connaître le visage hideux du meurtrier ?

Elle ne voulait pas mourir, elle appela la gendarmerie.

— Au secours ! s'écria-t-elle d'une voix affolée. Ici Léa Grange. Je suis sur le parking du Chardon bleu, quelqu'un me tire dessus. Venez vite, je vous en supplie.

Juste une phrase en retour.

— OK, on arrive.

Les tirs cessèrent peu après. Elle n'avait pas été touchée.

Un véhicule bleu marine déboula au bout de quelques minutes, sirène hurlante. Deux hommes en jaillirent l'arme au poing.

— Tout va bien, madame ? Vous n'êtes pas blessée ?

— Heureusement, non.

Elle se releva et regarda en direction du bois.

— Ça venait de là, s'écria-t-elle en montrant l'endroit d'où les coups étaient partis.

Un gendarme inspecta l'habitacle.

— Aucune trace de balles ! Vous êtes certaine que l'individu vous visait ?

— Absolument. Il tirait vers moi.

Les deux gardiens de la paix observèrent le sol.

— *A priori*, aucun projectile, s'écria celui qui avait parlé. Nous allons envoyer une équipe spécialisée, mais nous ne constatons rien d'anormal.

La jeune femme était abasourdie.

— Vous pensez que j'ai inventé cette histoire, c'est ça ?

Il ne répondit pas directement à la question.

— N'est-ce pas quelqu'un qui tirait des balles à blanc dans son jardin ? Vu le contexte, vous avez cru qu'elles vous étaient destinées.

— Quel contexte ?

— Mais voyons, vous êtes venue à la gendarmerie, nous avons parlé ensemble. Vous avez oublié ?

Elle n'avait aucun souvenir de cet homme, mais cela n'avait pas d'importance.

— Écoutez, reprit-il, nous allons vous raccompagner à la porte de l'hôtel, nous attendons des renforts pour explorer la zone, puis nous rédigerons un rapport. L'essentiel est que vous n'ayez pas été touchée. Depuis trois ans, six personnes ont été tuées dans la vallée, vous êtes au courant, sans compter le jeune Turinois dans le val Ferret.

Une deuxième voiture de gendarmerie arriva, puis un véhicule de pompiers.

Léa refusa de se faire examiner, elle était indemne. Elle marcha en claudiquant jusqu'à la réception où elle prit congé des forces de l'ordre.

Elle avait l'impression que son témoignage n'avait pas été pris au sérieux.

Elle était probablement visée, les gendarmes avaient l'air d'en douter, dans la mesure où ils n'avaient retrouvé aucune balle et que la carrosserie de la Ford était intacte.

Pourquoi n'avait-elle pas été touchée ? Elle n'en savait rien. Quelqu'un – mais qui ? – cherchait-il à l'intimider de nouveau ? Un dernier avertissement avant le tir fatal ? Elle devinait le sous-entendu : « Décampe, sinon la prochaine fois je ne te raterai pas. »

Alex n'était pas dans sa chambre, elle l'appela au téléphone, elle tomba sur son répondeur. Elle voulait lui raconter ce qu'elle venait de vivre.

Elle tenta de le joindre plusieurs fois sans succès. Elle était étonnée qu'il ne décroche pas.

Comment le tireur savait-il qu'elle allait se garer à cette heure-là de la journée ? Avait-il suivi sa voiture ? L'avait-il attendue ?

Si on avait cherché à l'intimider de nouveau, c'est que la tuerie du Châtelard était quelque chose d'organisé et de pensé. Elle en était de plus en plus certaine. Elle croyait de moins en moins en la thèse officielle, fallacieuse, du tueur en série qui massacre des inconnus pour le simple plaisir.

Le meurtrier exigeait qu'elle s'en aille, elle décida de rester.

Journal de Léa

Je viens d'échapper de nouveau à la mort. J'en tremble encore. En retrouvant ma chambre, j'ai fermé ma porte à clé, j'ai pris un bain, puis regardé la montagne.

La nature renaît. Il y a dans les bois des arbres fous d'oiseaux. Cela n'enlève ni ma tristesse, ni mes doutes, ni ma peur.

Les différentes pistes sont un cahier de coïncidences, comme on dit dans le jargon policier, sans qu'on puisse parvenir à une conclusion. *Yes, but*... Il y a toujours un élément qui cloche, qui empêche de répondre à toutes les questions. Comment déchiffrer ce rébus indéchiffrable ?

Je reprends les hypothèses une à une.

Je ne crois pas à la piste d'un chasseur qui aurait tiré sur des touristes parce qu'ils étaient susceptibles de répandre le virus.

La piste d'un tueur en série n'est pas à bannir, elle est privilégiée par les enquêteurs, mais je me répète : quel intérêt pour lui de m'effrayer de manière récurrente ? Parce que je le connais ? A-t-il bidouillé une photo pour me lancer sur une fausse piste ?

L'hypothèse d'une vengeance amoureuse est envisageable, Anna aurait eu un amant à Chamonix : le jeune homme blond qui s'installait au restaurant. Mais si cette hypothèse est la bonne, pourquoi me harcèlerait-il dans la mesure où, *a priori*, je ne le connais pas ? Pourquoi aurait-il tué Barbara ?

Cette piste n'explique pas pourquoi deux autres personnes, trois ans plus tard, ont été tuées à leur tour.

Le banquier qui se fait appeler Robert est-il de mèche ? Un homme rusé, précis, méticuleux, retors. Il tue l'homme qu'il déteste le plus au monde, Daniel Chapuis, et sa femme, plus deux autres personnes qui passaient par là, puis il tue Barbara parce qu'elle savait à quoi il ressemblait, elle avait aperçu sa cicatrice dans le cou. Voyant que je le traque, il m'invite à dîner, il me fait son numéro de charme avant de disparaître dans la nature. Est-ce lui qui a commis les crimes des Contamines et du val Ferret, et si oui, pourquoi ?

Reste la dernière hypothèse, celle d'un crime mafieux organisé par un laboratoire pharmaceutique qui voulait éliminer Clotilde Meunier. Un ou plusieurs tueurs à gages séjournant au Chardon bleu étaient-ils à l'œuvre ? La chercheuse avait-elle été surveillée plusieurs jours avant d'être abattue, comme me l'a suggéré Mathis au Montenvers ? Si cette piste est la bonne, soit elle connaissait Daniel Chapuis, soit elle ne le connaissait pas.

Existe-t-il une autre piste à laquelle je n'ai pas songé ?

Combien de personnes sont-elles impliquées dans ces carnages ?

Demain, j'aurai peut-être la tête criblée de balles.

Mon enterrement aura lieu dans un cimetière non loin de la Loire, aux côtés de mes parents morts dans un accident de voiture.

Alex arriva deux heures plus tard, son appareil photo en bandoulière. Il entra dans la chambre de Léa sans frapper.

— Quelle bonne surprise de te voir ! s'écria-t-elle. J'essaie de te joindre depuis tout à l'heure, je suis tombé à chaque fois sur le répondeur. Où étais-tu fourrée ?

Son ironie avait un côté mordant, elle était nerveusement épuisée.

Elle vivait un enfer, elle avait l'impression qu'il s'en fichait.

— Tu t'es bien baladé ? poursuivit-elle.

Son pantalon était maculé de boue.

— J'ai suivi un petit chemin qui monte vers les aiguilles Rouges, j'ai pris des centaines de photos. Temps superbe ! J'avais éteint mon portable, désolé. Comment s'est passée la conférence de presse avec le procureur ?

Elle lui raconta en vitesse la rencontre sans évoquer les questions qu'elle avait posées.

— J'ai vu sur mon portable que l'homme mis en cause à Sallanches avait été relâché, s'écria Alex.

Elle sursauta.

— Tu viens de me dire que tu l'avais éteint !

— Je l'ai rallumé en arrivant à Chamonix. J'ai vu que tu m'avais téléphoné à plusieurs reprises. Je ne t'ai pas rappelée car j'allais te revoir très vite.

Elle commençait à se méfier de lui.

À chaque fois qu'elle avait été menacée d'une arme, il était absent : lors du meurtre de Barbara, et tout à l'heure sur le parking.

Elle refusait de lui parler de ce dernier incident.

Une autre pensée lui traversa l'esprit : c'est lui qui avait prétendu qu'un logiciel avait détecté que la photo prise au sommet de l'aiguille du Midi était un montage. Avait-il dit la vérité ? Elle n'osait lui poser la question.

Il avait peut-être été acheté depuis son arrivée par le commanditaire de la tuerie. Rien n'était impossible. Elle avait sans doute l'imagination fertile, mais dans une affaire de cette ampleur, il valait mieux trop penser que pas assez. Alex avait-il pu commettre tous ces meurtres ? Il n'avait pas hésité à l'accompagner plusieurs jours, en laissant de côté ses projets… Pour savoir comment se déroulait l'enquête ?

Elle aborda le problème de biais.

— Aujourd'hui, j'ai repensé à ce qui s'est passé depuis trois ans, à ces meurtres, à cette pandémie. Le vaccin Janus a sauvé l'humanité, le docteur Mueller est un héros…

— Personne ne sait à quoi il ressemble.

— Un homme très modeste, très discret…

Pour Léa, le but de cette conversation était de reparler avec lui de la tuerie du Châtelard, mine de rien, et de crever un abcès. Elle continua sur sa lancée.

— Au fond, ce massacre n'était pas grand-chose par rapport à ce qui s'est passé dans le reste du monde. À l'époque, la presse nationale a peu parlé de ce fait divers. Mais moi, je me souviens très bien de l'endroit où je me trouvais au moment où c'est arrivé. Et toi ?

— Aucun souvenir. Je n'ai même pas fait attention à cet événement. J'étais affolé par la progression exponentielle de la pandémie. Tout le monde a perdu des proches.

Elle n'en saurait pas plus. Elle devenait parano. Elle accusait tout le monde, même Alex.

Le soir, seule dans sa chambre, elle appela sa meilleure amie, Stéphanie, qui habitait non loin de chez elle, rue Mansart, et qui connaissait très bien le photographe. Elle ne lui avait pas parlé de son projet de livre consacré à la tuerie du Châtelard, ni même de son séjour montagnard. C'était l'occasion de le faire, mais surtout de lui poser mine de rien des questions sur Alex.

— Stéphanie, ça me fait plaisir de t'entendre ! Je suis à Chamonix.

— Ah bon ? Quelle cachottière ! Moi je suis à Paris dans notre joli quartier.

Elles discutèrent de choses et d'autres.

— Je ne te pose aucune question indiscrète, demanda Stéphanie, mais tu es partie seule ?

Elle ne voulut pas lui parler de sa rupture avec Ugo.

— Alex m'accompagne. Il réalise des centaines de clichés. La nature, en cette saison, est éblouissante. Les alpages sont couverts de fleurs. Et toi ?

— Je travaille comme une dingue dans mon agence de pub. Je n'ai pas une minute à moi. La reprise est là !

Léa aborda mine de rien le sujet qui lui tenait à cœur.

— Alex découvre pour la première fois la splendeur de cette vallée…

Le photographe lui avait indiqué qu'il était monté au Mont-Blanc, mais qu'importe.

— C'est lui qui t'a dit ça ?

— J'ai le sentiment qu'il arpente le massif pour la première fois. Je me trompe ?

— Mais oui, tu te trompes. Il a séjourné à Chamonix, ou plutôt à Argentière, juste avant le confinement, je me souviens de cette anecdote car j'adore moi-même cette vallée. Je l'ai appris par une amie, une certaine Deborah, qui, par hasard, l'a croisé là-bas.

Léa était étonnée. Pourquoi Alex lui avait-il caché ce séjour ? L'ami de cœur, le garçon le plus charmant du monde, le confident, le photographe idéaliste... Certes, il était un peu lunaire, énigmatique, imprévisible, dragueur. Mais de là à l'imaginer en train de mentir, elle ne pouvait pas le concevoir.

Elle savait qu'il avait, contrairement à elle, de gros problèmes d'argent : si elle ne l'avait pas invité à Chamonix en payant de sa poche, il ne serait pas venu.

La révélation de Stéphanie était comme un coup de massue sur sa tête. Elle était tellement ébranlée qu'elle annonça à sa copine que quelqu'un venait de frapper à la porte et elle avait raccroché.

Après avoir bu un grand verre d'eau, elle la rappela.

— Désolée, Stéphanie, c'était la femme de chambre qui venait faire le ménage. Ce que tu m'as annoncé me sidère.

— Pourquoi ?

Elle lui expliqua en deux mots qu'elle écrivait un livre sur la tuerie du Châtelard.

— C'est une étrange coïncidence, poursuivit la journaliste. Alex se trouvait dans le coin au moment où le drame s'est produit, il ne me l'a jamais dit alors qu'on ne cesse d'évoquer ce sordide fait divers.

Un court silence. Stéphanie reprit.

— Il craignait probablement que tu le soupçonnes de quelque chose... C'est un garçon sensible, tu sais...

— Justement, en ne disant rien, il provoque un doute en moi, un début de frayeur. D'autant qu'il possède un pistolet censé me protéger…

— Il pensait que tu ne le saurais pas. Voilà tout.

— Ça me laisse perplexe, et c'est un euphémisme.

Stéphanie toussa.

— Tu vas lui en parler ?

— Justement, j'hésite. Si je lui dis quelque chose, il va mal le prendre. Je ne sais pas comment il réagira.

— Rien de pire que le silence.

— Pardon, mais c'est lui qui a organisé le silence. N'inverse pas les choses. Que sais-tu de son séjour à Chamonix ?

— Deborah ne m'a rien dit de spécial. Elle l'a juste entraperçu. Elle n'a fait aucun rapprochement avec la tuerie. De toute façon, elle s'apprêtait à rentrer à Paris dans la précipitation. Le confinement débutait quelques jours plus tard, elle avait énormément de choses à transporter entre les deux villes. Tous ses plans ont été chamboulés. Le fait d'avoir croisé Alex était un non-événement. Je ne t'en ai pas parlé car je n'ai accordé à cet événement qu'une attention distraite. Il y a des centaines de milliers de touristes à Chamonix chaque année. Qu'Alex ait séjourné là-bas à un moment donné n'avait, pour moi, aucune signification particulière.

— D'après toi, c'était juste avant la tuerie ?

— Certes, mais qu'est-ce que ça prouve ? Tous les touristes de Chamonix n'ont pas, ce jour-là, participé à ce massacre.

Léa était intriguée. Elle n'accusait pas son meilleur ami, mais elle trouvait insensé qu'il ne lui ait pas parlé de son voyage.

Elle posa une question idiote à Stéphanie.

— Ton amie l'a rencontré quel jour et à quelle heure ?

— Alors là, tu m'en demandes trop. Je lui poserai la question, mais je doute qu'elle s'en souvienne, c'était il y a trois ans. Dans mon souvenir, elle m'a dit qu'il sortait d'un magasin de sport. J'ai cru comprendre qu'ils s'étaient vus trente secondes. Ils ont échangé des banalités, c'est tout.

À ce moment précis, Alex entra justement dans la chambre sans prévenir. Avait-il entendu la conversation ?

— Je te laisse, murmura Léa à sa correspondante sans un mot d'explication.

Elle se retrouva face à celui en qui elle n'avait plus tout à fait confiance.

— Tu es toute blanche, s'écria le jeune homme.

— Ça n'a rien d'anormal vu la situation.

— Tu devrais te reposer.

— J'aimerais beaucoup, mais j'ai tellement de choses à faire.

— Passe chez un médecin. Il te prescrira des anxiolytiques.

— Aucun médicament ne résoudra l'affaire qui me tourmente.

Une idée fulgurante traversa le cerveau de la jeune femme.

— Une chose me ferait très plaisir…

— Je t'écoute.

— Que tu me montres les photos que tu as prises aujourd'hui.

Une façon de savoir comment il avait occupé sa journée. Avait-il mitraillé le paysage ou, d'une autre manière, sa meilleure amie à travers les arbres ?

— Oui, bien sûr, mais je suis très exigeant. J'ai fait des centaines de clichés, j'efface tous ceux qui ne me plaisent pas. C'est mon côté perfectionniste. Je conserve en moyenne une prise de vue sur trente, la plupart des photographes professionnels agissent de la même façon. Je viens de les faire défiler sur mon écran d'ordinateur, je n'en ai gardé que douze. Je peux te les montrer sans problème.

— Seulement douze en une journée ?

— Ben oui, Léa.

Elle avait l'impression qu'il ne s'était pas promené, il avait rôdé dans le coin.

Avait-il vraiment pris des photos depuis qu'il était arrivé à Chamonix ou avait-il d'autres préoccupations en tête ? Comment savoir ?

Qu'il était douloureux d'avoir des soupçons sur son ami de cœur !

— Tant pis, dit-elle. Parlons d'autre chose. Tu as envie de rentrer à Paris ?

— Oui, mais je te sens tellement angoissée que je ne repartirai pas sans toi. Je sais que tu traverses un moment compliqué, comme on dit.

Essayait-il de l'amadouer ?

Avait-il compris qu'elle doutait de lui ?

Certains psychologues prétendent que chaque mimique, chaque battement de sourcil, chaque regard, chaque silence ont une signification, en dehors même de toute parole. Le corps de Léa signifiait-il qu'elle remettait en cause la sincérité de son ami ?

— C'est gentil à toi, mais de toute façon, je ne m'éterniserai pas. Ces crimes sont abracadabrants. L'épuisement psychologique commence à me gagner.

Le regard qu'elle posait sur son ami était terrible.

Elle se jeta à l'eau, comme on se précipite dans une cascade à la fonte des neiges.

— Quand je suis rentrée d'Annecy, sur le parking de l'hôtel, quelqu'un m'a tiré dessus. Tu étais où à cette heure-là ?

Le visage d'Alex devint livide. Il regarda Léa d'un air étrange.

Le photographe s'affala sur le lit et commença à sangloter.

— Pourquoi pleures-tu ? demanda Léa d'un ton sec.

— Dans le son de ta voix, je sens planer un sous-entendu insupportable.

Elle ne voulait pas se laisser impressionner.

— Mais je n'en ai fait aucun, voyons ! Quelle mouche te pique ?

— C'est très violent, vois-tu. Je t'accompagne ici par gentillesse, je commence à trouver le temps long, je viens de te proposer de rester avec toi jusqu'à la fin, et tu me poses une question dont je devine le sens caché.

Elle ignorait s'il était dans le coup, elle savait combien de criminels avaient le don de jouer la comédie. À Gray, quelques années auparavant, Jonathan Daval avait tué sa femme avant de pleurnicher sur son cercueil, entouré de tous ceux qui l'avaient aimée. Aucun pleur n'a jamais prouvé l'innocence d'un homme.

Elle n'avait pas de certitude sur son meilleur ami, mais la révélation de Stéphanie l'avait ébranlée.

Les suspects étaient partout et le coupable nulle part.

Elle savait qu'Alex, s'il avait quelque chose à se reprocher, ne dirait rien.

De fait, elle n'avait plus la certitude que la photo à l'aiguille du Midi avait bien été truquée. C'est lui qui l'avait prétendu, et lui seul.

L'hypothèse que Daniel Chapuis et Clotilde Meunier collaboraient autour d'un traitement revenait en force.

Contrairement à ce qu'affirmait le procureur, il était plausible qu'un groupe pharmaceutique ait commandité ces crimes.

Léa ne voulait pas incriminer son ami, rien de pire que d'accuser un innocent, mais comment s'épancher auprès de celui en qui elle n'avait plus confiance ?

À qui parler ?

Mathis était enseveli dans l'immensité de la montagne.

Léa pouvait, par téléphone, se confier à Stéphanie, mais elle craignait, sans certitude, que ses conversations ne soient écoutées par les enquêteurs.

Il n'était pas question d'échanger avec la juge d'instruction ou le procureur. Elle n'était pas assurée qu'ils menaient l'enquête avec l'objectivité requise. Et surtout, elle n'avait plus l'intention d'évoquer ses états d'âme, ses soupçons, ses intuitions.

Elle était seule au monde, isolée, perdue dans l'immensité d'un océan de glace.

Elle se mit à penser à Clotilde Meunier et Daniel Chapuis, la chercheuse et le banquier. Avaient-ils de l'affection l'un pour l'autre ? Un partenariat d'exception s'était-il noué entre eux ? Tout cela, bien sûr, n'était que des supputations hasardeuses, mais ils avaient été tués en même temps. Ils avaient rendu leur dernier souffle au même moment.

Léa imaginait un scénario.

Celui qui avait commis cet acte épouvantable, tout comme ceux qui avaient trempé dans cette conspiration, s'apercevait que la journaliste s'approchait à grandes enjambées de la vérité.

L'effroi les envahissait.

Le crime des Contamines et celui du val Ferret étaient des leurres destinés à faire croire qu'un tueur en série rôdait dans la région et que le massacre de Chamonix n'était en aucune façon lié à la pandémie.

Lundi 29 avril

Après un week-end de repos complet, Léa retourna aux Houches sans prévenir Alex. Elle voulait de nouveau cuisiner Myriam Roy, elle ignorait si cela servirait à quelque chose, si la directrice avait d'autres indices à lui livrer. Celle-ci n'avait donné aucune nouvelle depuis leur dernière rencontre.

En milieu de matinée, Léa déboula chez elle à l'improviste, et tant pis si elle était occupée.

Elle se gara devant le chalet. Les fenêtres étaient closes, les rideaux tirés, rien ne prouvait que Myriam était là.

La journaliste frappa à la porte. Pas de réponse.

Elle toqua de nouveau. Rien. Aucun bruit.

Au rez-de-chaussée, le chalet était entouré d'une galerie couverte, elle en effectua le tour, essayant de déceler une présence à l'intérieur.

Elle se résigna à l'appeler sur son portable.

Elle tomba directement sur la messagerie.

Myriam Roy. Indisponible. À vous les chercheurs !

Cela ne servait à rien d'insister, sans doute était-elle partie.

Ce qui étonnait Léa, c'est qu'une voiture se trouvait devant le chalet, la même que celle aperçue la première fois. La voiture de Myriam ? Cela accréditait l'idée que la directrice se trouvait bien à l'intérieur du chalet, sans certitude, à moins qu'elle ne soit partie se balader à pied, ce qui n'avait rien d'extravagant.

Léa colla son nez à un carreau, un rideau était entrouvert. Elle vit une portion du salon, mal éclairé. Ce qu'elle aperçut la glaça d'effroi : une silhouette immobile était avachie sur le sol. Elle ne voyait pas le visage. Elle apercevait le bassin et les jambes. Un corps habillé.

Myriam ?

Myriam assassinée ?

Elle frappa de nouveau à la porte. Puis elle appela plusieurs fois au téléphone, elle tomba de nouveau sur le répondeur.

Prévenir les pompiers ? Pour leur dire quoi ? Qu'un corps était couché dans un chalet ? On allait lui répondre que la personne dormait peut-être. Myriam avait le droit de se reposer et de ne pas répondre, d'autant que Léa n'avait pas pris rendez-vous.

Elle fit défiler ses contacts sur son écran, elle tomba sur *Pompiers*. Appeler ou ne pas appeler ?

Elle tambourina contre la porte de toutes ses forces. Si Myriam dormait, elle avait un sommeil de plomb, à moins qu'elle n'ait décidé de faire la morte.

La morte.

Tout à coup, Léa entendit un léger bruit à l'intérieur. Il y avait de la vie là-dedans !

— Myriam, Myriam ?

Un pas.

Puis une voix.

— Qui c'est ?

— Léa, la journaliste à qui vous avez parlé l'autre jour.

— Ah oui !

La porte s'ouvrit, le visage ensommeillé de la directrice apparut.

— J'ai eu peur ! s'écria Léa.

— Mais voyons, peur de quoi ?

La visiteuse ne voulait lui adresser aucun reproche, Myriam n'était pas responsable de son appréhension.

— Par une fenêtre, j'ai aperçu un corps allongé sur le sol.

— Le matin, je me relaxe sur une natte, et parfois je me rendors d'un profond sommeil. Ça me fait du bien.

— C'est votre droit le plus strict.

Léa se dit qu'elle aurait été stupide d'appeler les pompiers, mais son angoisse était si forte que le moindre incident l'affectait.

— Contente de vous revoir, murmura Myriam d'une voix douce, mais si vous voulez me trouver avec certitude, il vaut mieux m'appeler avant.

Une façon polie de dire qu'elle n'aimait pas les visites impromptues.

— Ah, désolée ! Je ne vous dérange pas, au moins ?

— Entrez.

Comme la dernière fois, la salle de séjour sentait bon le feu de bois, même si l'âtre ne contenait que des bûches calcinées.

— Quel bon vent vous amène ? Si ça vous dit, je prépare un thé à la bergamote.

Léa acquiesça, mais elle voulait surtout savoir si Myriam avait découvert de nouveaux indices, ou si certains souvenirs étaient remontés à la surface.

Elle interrogeait toujours les gens plusieurs fois, une technique quasi policière.

— L'École de physique n'a toujours pas rouvert ?

— Pas cette semaine, mais des chercheurs vont arriver bientôt. Le plus gros de notre activité se passe en juillet-août. Ce sont les fameuses « écoles d'été ». Regardez sur notre site, vous aurez toutes les infos, avec les thèmes abordés ces dernières années : intégrabilité en physique atomique et matière condensée, ondes gravitationnelles, théories effectives pour la physique des particules et la cosmologie, les particules élémentaires...

Léa avala une tasse de thé avant de reprendre.

— Je ne suis pas une physicienne, juste une journaliste qui s'intéresse à l'affaire que vous connaissez. Avez-vous reçu des menaces à la suite de notre dernière entrevue ?

— Non, aucune. Pourquoi en aurais-je reçu ? Vous voulez me faire peur ?

— Une question comme ça, en passant.

Myriam secoua la tête.

— En revanche, des souvenirs ont émergé. J'ai réfléchi à ce que vous m'avez dit.

— Donc, rien de nouveau ?

— Pas grand-chose. Quand l'école a fermé, du jour au lendemain, certains élèves chercheurs ont été pris au dépourvu. Ils viennent du monde entier, les élèves, vous savez. Cette école internationale est très réputée. Le problème, c'est que plusieurs avaient réservé des billets de retour à des dates postérieures au premier jour de confinement, à un moment où les transports étaient paralysés. Tout était chamboulé. Les derniers trains, les derniers avions ont été pris d'assaut. Certains élèves sont rentrés chez eux dans des conditions rocambolesques en laissant leurs valises dans un chalet. Félix et Clotilde aussi ont abandonné des affaires, mais pas pour les mêmes raisons. Ils devaient les récupérer à la suite de leur randonnée avant de rentrer à Lyon dans leur Toyota. Vous connaissez la suite.

— Vous les avez conservées jusqu'à maintenant ?

— Oui. Une petite malle en fer. Toujours là.

— Vous en avez parlé aux gendarmes ?

— Au moment où j'ai été interrogée, j'avais oublié ce détail, d'autant que des dizaines de valises restaient en souffrance, je ne savais plus qui avait laissé quoi. Dans leur majorité, les propriétaires, qui habitent parfois à l'autre bout du monde, ne les ont pas récupérées. J'imagine qu'elles ne contiennent rien de valeur : des habits, des affaires de toilette, des babioles… Après la dernière conversation avec vous, ce souvenir m'est revenu, la présence de cette petite malle appartenant au couple Meunier.

— Vous avez fouillé dedans ?

— Je ne devrais pas le dire, mais oui, je viens de le faire, pour essayer d'y voir plus clair dans cette effarante histoire.

Cela dit, je ne pensais rien trouver de particulier. Effectivement, c'étaient des affaires banales, des serviettes, une trousse à maquillage, un sèche-cheveux, des vêtements de toutes sortes, les notes prises par Félix au cours des sessions.

Léa était pressée d'en savoir plus.

— Donc, vous n'avez rien découvert qui puisse orienter mon enquête ?

— Rien, sauf un détail, mais j'imagine que je ne vous apprendrai rien.

Le cœur de Léa battait la chamade.

— Dites-moi !

— Une lettre de la banque dont nous avions parlé l'autre jour. Celle dont le siège est quai des Bergues à Genève, souvenez-vous. Galileo n'avait trouvé qu'un seul partenaire pour ses recherches contre le virus…

La journaliste était très intriguée. Enfin un indice de taille !

— Oh, cette lettre ne dit presque rien, continua Myriam. Elle est adressée au laboratoire Galileo, et plus particulièrement à Clotilde Meunier. Je vous la cite de mémoire : *Chère madame, dans le cadre de notre partenariat financier, auriez-vous l'obligeance de contacter votre conseiller dans les meilleurs délais, il a essayé de vous joindre plusieurs fois sans succès. Cordialement. Signé : le service clientèle.* Vous voyez, c'est d'un vague ! Mais l'adresse est bien quai des Bergues. Aucun nom n'est cité dans ce courrier, en dehors de celui de Clotilde.

— J'imagine que celui de la banque est indiqué…

Léa savait qu'il existait plusieurs établissements à cet endroit.

La réponse de Myriam était cruciale.

Si le courrier avait été adressé par la BCL, cela prouverait qu'il existait un lien quasi certain entre la jeune femme et Daniel Chapuis.

— Bien sûr qu'il est indiqué, à côté d'un magnifique logo rouge et blanc aux couleurs de la Suisse. Il s'agit de la Banque helvétique d'investissement.

La douche froide.

Comme jaillie du glacier des Bossons.

Léa s'attendait à tout, sauf à ça.

Les travaux du laboratoire Galileo n'étaient pas financés par la BCL. Elle ne connaissait sans doute pas Daniel Chapuis, ou s'ils se connaissaient, ce n'était pas grâce à un établissement bancaire.

La journaliste aurait aimé que Myriam lui fasse une révélation qui allait dans un sens qu'elle espérait.

— Quelque chose ne va pas ? demanda la directrice de l'école. Cette information a l'air de vous peiner.

Léa essayait de rester stoïque.

— Tout va bien. J'essaie juste de comprendre ce qui s'est passé et je ne comprends pas. Qu'allez-vous faire de cette malle ?

La journaliste se fichait complètement de la réponse.

— Je n'en sais rien. Si les familles ne se manifestent pas, ça partira dans la benne à ordures avant l'été, comme les autres bagages restés en rade. Ce chalet est normalement occupé par des chercheurs, ça fait trois ans qu'il sert de dépôt.

Léa trouvait étrange qu'elle ne veuille pas signaler la présence de ces affaires à la police.

Comme elle doutait de tout le monde, elle se demandait si Myriam lui disait bel et bien la vérité.

— La lettre, vous l'avez gardée ?

La directrice hésita avant de répondre.

— Non, je l'ai jetée. Si les gendarmes débarquent, je n'ai pas envie qu'ils sachent que je l'ai tripotée… De toute façon, il n'y avait rien d'important dans ce courrier.

Léa était très surprise.

— Vous avez détruit une pièce à conviction…

— Pourquoi une pièce à conviction ?

— Parce qu'elle établissait un lien entre Clotilde Meunier et cette banque.

— Oh, j'imagine que les enquêteurs ont dû fouiller dans le passé de la chercheuse, ils ont forcément découvert ce financement, ne serait-ce qu'en posant des questions au directeur de son laboratoire.

Léa ne comprenait pas la logique qui avait motivé sa décision de se débarrasser du document. La seule explication qu'elle trouvait était que *ce courrier n'avait jamais existé.* Myriam lançait-elle la journaliste sur une piste fallacieuse en essayant de lui prouver qu'il n'existait aucun lien entre Clotilde Meunier et Daniel Chapuis ? Dans quel but ? Parce qu'elle était dans le coup elle aussi ? Avait-elle participé au complot supposé ? Avait-elle été intimidée ? Quelqu'un lui avait-il demandé de mentir, sous peine de mort ?

Pourquoi avait-elle mis autant de temps à lui ouvrir la porte ? Parce qu'elle ne voulait pas lui parler ? Puis, voyant que Léa l'avait aperçue à travers la fenêtre, s'était-elle résignée à lui ouvrir ?

La journaliste se tripatouillait les méninges dans tous les sens. Jusque-là, elle n'avait pas sérieusement imaginé que Myriam ait pu tremper dans cette affaire.

Avait-elle informé le tueur que Clotilde partait marcher dans la montagne et qu'elle serait facile à abattre quand elle retrouverait sa voiture ? La jeune chercheuse avait-elle révélé à Myriam la randonnée qu'elle comptait effectuer, heure par heure, sans savoir qu'elle signait son arrêt de mort ?

Ce scénario permettait de comprendre comment le tueur l'avait cueillie sur le parking du Châtelard, au moment précis où son banquier supposé la rejoignait.

Sans doute Clotilde avait-elle une confiance éperdue en Myriam, sans savoir qu'elle parlait à un loup.

J'arrête mon délire, se dit Léa intérieurement, *sinon je vais perdre la raison. Pourquoi Myriam se serait-elle confiée à moi si elle était dans le coup ? Pourquoi m'aurait-elle parlé de cette lettre ?*

Celle-ci avait disparu dans la cuisine, où elle préparait un autre thé.

La journaliste regarda autour d'elle, elle essaya de découvrir un indice qui lui permettrait de se dire que Myriam était impliquée d'une manière ou d'une autre. Elle ne découvrit rien, tout était ordonné, soigné, coquet. Qu'aurait-elle pu trouver, d'ailleurs, trois ans après les crimes ?

Myriam revint avec une théière fumante.

— Je vous verse une autre tasse ?

— Ce ne sera pas nécessaire. Je vais rentrer. Je vous demande pardon de vous avoir dérangée.

Myriam la dévisagea.

— Vous ne m'avez pas dérangée. Du tout. Mais je suis surprise de votre réaction alors que je n'ai fait que jeter un courrier administratif d'une parfaite banalité.

Pour Léa, la seule question qui lui importait était de savoir si ce document avait existé ou s'il était sorti de l'imagination d'une femme qui cherchait à l'égarer. Même si elle n'avait tué personne, on avait peut-être fait pression sur elle pour qu'elle travestisse la vérité.

Désappointée, Léa remonta dans sa voiture. Elle n'avait rien appris. Cette visite avait ajouté de la confusion à la confusion. Elle ne retournerait pas voir cette Myriam, ça ne servirait à rien. Ou elle mentait, ou elle disait la vérité, mais comment savoir ? Soit Clotilde connaissait Daniel, soit elle ne le connaissait pas. Soit ils avaient partagé un repas à l'aiguille du Midi, soit ils ne s'étaient jamais vus. Soit ils s'étaient donné rendez-vous au parking du Châtelard, soit ils s'étaient croisés là par hasard. Il y avait tant de pistes, tant de chemins discordants pour expliquer l'inexplicable.

Qui allait-elle questionner maintenant qu'elle soupçonnait presque tout le monde ?

Mathis ne s'était toujours pas manifesté. Elle pensait qu'il était mort, criblé de balles, et jeté dans une crevasse. Si on retrouvait son corps, dans mille ans, dans dix mille ans, tout le monde aurait oublié l'affaire du Châtelard.

Le temps efface tout.

Elle prit une décision radicale : sauf coup de théâtre, elle rentrerait à Paris le surlendemain, elle en avait assez de piétiner dans la boue, d'être baladée par les uns et les autres. Les enquêteurs refusaient de collaborer avec elle, elle avait l'impression que tout le monde mentait. Elle sentait confusément qu'une force infernale était à l'œuvre.

Face à ce mur de silence, elle n'était qu'une petite journaliste consciencieuse qui prenait des risques insensés.

C'était un jour triste, les nuages obstruaient les sommets. Quelques petits kilomètres séparaient Les Houches de Chamonix. Interminables. Léa était épuisée. Elle avait échoué dans cette quête. C'était la première fois qu'elle échouait. Il fallait se rendre à l'évidence. Aucune piste ne menait nulle part.

Avant de regagner sa chambre, elle décida de boire un verre à La Joyeuse Marmotte.

Une autre affaire l'attendait à son retour à Paris : une femme retrouvée morte, noyée dans un étang au cœur des Ardennes, et dont personne ne connaissait l'identité. Il fallait que la journaliste effectue des recherches, qu'elle questionne des gardes-chasses, des bûcherons, des fermiers, qu'elle arpente les chemins boueux à la frontière franco-belge. Elle tournerait la page de la tuerie du Châtelard.

Elle allait quitter Chamonix sans savoir ce qu'était devenu Mathis.

Elle se gara devant la guinguette. Un deuxième serveur officiait, elle ne le connaissait pas, un jeune homme d'une vingtaine d'années. Elle lui demanda si Charles était dans le coin, il lui répondit qu'il allait arriver d'une minute à l'autre.

— Je voudrais une citronnade, s'il vous plaît. Vous travaillez ici depuis longtemps ?

— Je viens d'arriver, les vacances ont commencé ce week-end, nous avons du monde.

— Vous êtes originaire de Chamonix ?

Il semblait surpris par la question.

— Du tout. J'arrive de Bordeaux.

Elle échangea des banalités.

— Ça se passe bien avec les clients ?

— Très bien, oui, ils sont sympas. On verra si l'ambiance reste la même.

Il apporta un grand verre de jus de citron pressé où trempait une paille jaune vif.

Charles arriva à ce moment-là, il aperçut Léa.

— Ah, comment allez-vous ? Vous êtes une cliente très assidue.

— Cet endroit me détend.

— Votre enquête avance ?

— Oui, à toute vitesse ! Le dénouement est proche.

Elle ne voulait pas évoquer le fiasco de ses investigations, ça ne regardait qu'elle.

— Vraiment ?

— Avant la fin de la semaine, la vérité éclatera au grand jour. J'ai bouclé la majeure partie de l'affaire. Ce que j'ai découvert dépasse l'entendement. J'ai encore deux ou trois choses à vérifier, puis je préviendrai les gendarmes.

Elle avala une première gorgée de citronnade en fermant les yeux. Les yeux de Charles étincelaient.

— Vous me tiendrez au courant ? Je m'intéresse beaucoup à cette affaire depuis que vous êtes arrivée.

— Ne vous inquiétez pas ! Vous serez informé d'une manière ou d'une autre. Depuis trois ans, les enquêteurs se cassent les dents. Mais moi, j'ai réussi à comprendre ce qui s'était passé sur le parking.

Charles se toucha la barbe.

— Dès le départ, ces crimes semblaient bizarres, ce n'était pas une affaire comme les autres. En tout cas, félicitations à vous !

Les sommets étaient perdus dans un brouillard impénétrable. Elle apercevait la langue terminale des Bossons, ce qu'il en restait. Celle-ci avait reculé de plusieurs centaines de mètres en quelques décennies. Autrefois, elle avait failli couper la route entre Chamonix et Les Houches, puis elle avait reflué inexorablement.

Bientôt, il n'y aurait plus de glaciers de vallée dans le massif. Seules resteront les grandes masses de neige en haute altitude.

Quant aux morts du Châtelard, leur souvenir demeurera dans la mémoire des hommes, de moins en moins vivace, à l'image de la langue des glaciers. L'assassin coulera des jours heureux jusqu'à la fin de ses jours.

Léa ne révéla pas au serveur ce qui lui trottait dans la tête : la tuerie du Châtelard était un parfait *cold case*, en dépit d'un nombre incroyable de pistes, d'indices et de suspicions.

— Charles, un grand merci pour votre gentillesse en tout cas ! Cette guinguette est une adresse inoubliable. Je repasserai peut-être avant de partir.

Elle ne lui parla pas du fameux Robert, l'homme à la cicatrice, qui semblait – sans certitude – être dans le coup lui aussi. Pourquoi avait-il soudainement disparu ? Elle ne le questionna pas non plus sur ce Yannick Boutot qui lui avait transmis la photo du restaurant panoramique. Dans son téléphone, elle avait en mémoire son numéro mais s'il était impliqué dans cette histoire, il ne dirait rien de plus. Ce *cold case* était un pays de fantômes errants.

Cette fois, elle avait décidé de jeter l'éponge.

Elle se sentait abandonnée, mais elle se gardait bien de le dire. Elle quitterait Chamonix sans révéler à personne qu'elle avait échoué dans son entreprise.

Léa descendit en voiture dans le centre de la ville, où elle effectua quelques emplettes. Elle aimait bien acheter des babioles locales quand elle quittait un lieu où elle avait séjourné. Une tradition. Dans une boutique de souvenirs, elle emplit un grand sac : sachet d'edelweiss, marmotte et chalet miniatures, porte-clés frappé d'une croix de Savoie, maquette microscopique du Mont-Blanc ainsi qu'une vingtaine de cartes postales représentant les principaux sommets.

À Paris, elle relirait son journal, elle examinerait tous les éléments à tête reposée, avec du recul. Elle espérait que le tueur ne frapperait pas à sa porte, ou ne l'abattrait pas à bout portant dans la rue.

De toute façon, peu de gens savaient où elle habitait, près du délicieux square Berlioz, à deux pas de la maison d'Émile Zola. C'était son nid douillet, loin des aléas de l'existence.

Il lui était arrivé de comprendre des crimes une fois rentrée à Paris, des semaines, des mois plus tard.

Un nouvel élément, une nouvelle confidence pouvaient relancer l'affaire. Elle l'espérait de tout cœur.

En attendant, elle musardait à Chamonix comme une banale touriste.

Elle posa son sac devant le magasin de sport Top Mountain. Le patron avec qui elle avait discuté était en train de décorer la devanture de branches de sapin. Il aperçut la jeune femme et s'écria :

— Vous êtes toujours là ? Quelle surprise ! Ça fait un bail que vous séjournez ici !

Son amabilité la surprenait, c'était l'occasion de lui poser des questions en rapport avec la haute montagne. Elle repensait à Mathis, elle essayait de comprendre ce qui avait pu se passer.

— Je voudrais discuter avec vous et acheter quelque chose…

— Je vous en prie, entrez, je suis à votre service.

Elle s'attarda sur le rayon des lunettes de soleil. Elle essaya trois paires, avant de dire :

— Je prends celle-là.

— Vous avez tout bon. Elles sont faites pour le printemps. Idéales en altitude.

Elle s'en fichait.

Le grand écran plasma diffusait des images époustouflantes de montagne entrecoupées de flash d'actualités.

— Au fait, demanda-t-elle à Leblanc, il existe des risques d'accident en cette saison, dans le massif ?

Il semblait surpris par la question.

— Oh, vous savez, des accidents, il y en a toute l'année, hélas.

— Pas davantage au printemps ?

— L'été concentre la plupart des décès, forcément, car il y a plus de monde et plus d'imprudents. Chaque année, on voit des randonneurs monter en tennis sur le Mont-Blanc, alors qu'ils peuvent acquérir un excellent matériel ici.

— Et en ce moment ?

— En général, les randonneurs d'avril sont de bons alpinistes, ce qui n'empêche pas des drames et des disparitions. Vous qui logez au Chardon bleu, vous avez dû croiser Mathis Lefrançois. Tout le monde en a parlé à Chamonix. Évaporé dans la nature !

— Je suis au courant, oui. Quels sont les risques pour un sportif chevronné comme lui ?

— Les avalanches ! Elles sont nombreuses au printemps : d'énormes paquets de neige sont suspendus en altitude, et brusquement, tout s'effondre. Il y a quelques années, l'une d'elles a enseveli un village. Il faut toujours consulter la météo montagne avant de partir et regarder les drapeaux sur les itinéraires. Drapeau jaune, risque faible. Drapeau à damiers, risque marqué. Drapeau noir, risque généralisé.

— Et ces jours-ci ?

— Vous savez, ça dépend des secteurs. Côté Chamonix le risque est faible, côté vallée Blanche le risque est élevé. Normalement, un gars comme Mathis Lefrançois devait être au courant du risque et doté d'une balise Arva qui permet de localiser les gens ensevelis sous d'éventuelles coulées de neige…

— Vous n'avez aucune idée de ce qu'il est devenu ?

— Aucune. Il n'a peut-être pas eu d'accident. Il est possible qu'il séjourne tranquillement en Italie…

Sur l'écran plasma, de belles images de glaciers laissèrent la place aux actualités.

— C'est la chaîne locale, s'écria Leblanc, Télé Savoie. Elle diffuse des infos très utiles toutes les heures, notamment la météo et le bulletin avalanches, justement !

Un speaker prit la parole. Après avoir évoqué la visite du prince William et de son épouse à Megève, il annonça d'une voix exaltée :

— Notre reporter à Courchevel a réussi à filmer Michel Mueller, l'inventeur du vaccin, grâce à un téléobjectif. C'est la première fois qu'un journaliste parvient à le surprendre. Il passe des vacances avec son épouse dans l'incognito le plus total, mais selon des sources fiables, nous savons que c'est lui. Une exclusivité Télé Savoie !

Sur l'écran géant, Léa et le directeur du magasin aperçurent un homme aux cheveux blancs qui sortait d'un restaurant, accompagné d'une femme plus jeune que lui. La séquence durait une trentaine de secondes. Elle passa en boucle, le speaker répéta plusieurs fois la même chose : après des années de mystère, on savait enfin à quoi ressemblait le génie qui avait sauvé l'humanité.

— Comment sait-on que c'est lui ? s'écria Léa, qui se méfiait de ce genre de scoop invérifiable.

— Télé Savoie est au courant de tout, dit-il fièrement. Ils connaissent les hôteliers de la région. Quelqu'un a dû vendre la mèche.

— Je croyais que Mueller voyageait sous une fausse identité pour éviter les journalistes…

— Vous savez, il existe parfois des fuites…

Pierre Leblanc ne quittait pas des yeux l'écran, comme happé par ce qu'il était en train de voir. Il découvrait le visage d'un des personnages les plus célèbres de l'Histoire, à l'égal de Pasteur. La séquence où l'on voyait cet homme à la chevelure grisonnante repassait, avec ce titre en surimpression : « Michel Mueller à Courchevel, images exclusives ».

Léa imaginait que la séquence ferait le tour du monde. Depuis des mois, on parlait de Michel Mueller comme du Christ sauveur. On l'avait traqué partout, y compris à Lausanne, à la sortie du siège de Janus, mais personne n'avait jamais réussi à le filmer. Il avait une porte-parole, une certaine Jennifer, qui communiquait à sa place et qui, *a contrario*, envahissait les écrans. Une rumeur persistante prétendait que Michel Mueller était un personnage fictif, une sorte d'avatar fabriqué par le laboratoire.

— Ça alors ! s'écria le directeur à plusieurs reprises.

— Qu'est-ce qui se passe ?

Léa se fichait de ces images qui montraient le visage ordinaire d'un homme extraordinaire.

— Je le connais, c'est un client de ma boutique, j'ai souvent discuté avec lui.

Léa était intriguée.

— Ah bon ? Expliquez-moi.

— Il y a trois ans, il a séjourné dans la station, j'en suis certain. C'est lui ! Aucun doute ! Je suis stupéfait !

— Il y a trois ans ?

— Un grand randonneur ! Il est venu plusieurs fois me demander des conseils et acheter du matériel. On a sympathisé.

— Il ne vous a pas parlé de son travail ?

— Dans mon souvenir, il m'a dit qu'il était ingénieur et qu'il habitait près de Genève, c'est vague.

— Il vous a dit son nom ?

— Jamais. Une fois, il est arrivé avec sa femme qui l'a appelé Mimi. J'ai trouvé ça étonnant, comme surnom.

Léa était médusée.

— Sur les reçus bancaires, son identité n'apparaissait pas ?

— Comme beaucoup de Suisses et d'Allemands, il payait en espèces, même quand les sommes étaient importantes. Un jour, il a acheté une paire de chaussures haut de gamme à deux mille euros. Il a sorti une liasse de sa poche et m'a tout versé en liquide, avec un petit supplément. Ça ne s'oublie pas. C'était un type vraiment chouette. Mais à l'époque, même s'il m'avait dit son nom, je n'aurais pas tilté. C'était un inconnu. Il travaillait sans doute sur le vaccin, mais personne n'en parlait. Une chose m'a étonné : il portait un masque transparent, on voyait son visage. Sans doute une invention de son laboratoire. A posteriori, je trouve ça surprenant pour un homme qui voulait rester discret, mais je pense qu'à ce moment-là, il ne cherchait pas à se cacher. Il n'avait aucune raison de le faire.

— Vous souvenez-vous du moment précis où il a séjourné à Chamonix ?

— Facile ! Juste avant le confinement. La dernière fois que je l'ai vu dans la boutique, c'était quelques jours avant la tuerie du Châtelard.

Léa sortit du magasin, chancelante. Que signifiait ce nouveau rebondissement ? Peut-être rien. Le fait qu'un scientifique suisse fasse de la montagne incognito dans le coin n'avait rien d'extraordinaire. À Zermatt, Saint-Moritz, Verbier, Gstaad, Crans-Montana, Davos, il avait plus de chance d'être reconnu par ses compatriotes.

Ce qui lui posait question, c'était la coïncidence des dates. Le chercheur était à Chamonix quelques jours avant la tuerie, d'après Leblanc. Se trouvait-il encore dans la vallée le jour fatal ? Et si oui, existait-il un rapport entre sa présence et les crimes ?

Elle n'imaginait pas qu'un homme ayant sauvé l'humanité ait pu participer à ce carnage, même si rien n'était impossible.

Avait-il tué Clotilde Meunier car elle le devançait dans la recherche d'un traitement ?

Avait-il engagé un tueur à gages ?

Était-il venu à Chamonix pour superviser l'opération ?

Elle rentra à l'hôtel, la tête fourmillante d'idées contradictoires, elle ne déjeuna pas, elle n'avait pas faim. En arrivant à la réception, elle aperçut Bruno Lopez. Elle le salua aimablement. Il ne répondit pas. Bouleversée, elle s'enferma dans sa chambre, prit une longue douche et sombra dans le sommeil jusqu'au petit matin.

Mardi 30 avril

Au réveil, vers 9 heures, Léa entendit son téléphone vibrer.

Qui essayait de la contacter de si bon matin ?

Elle regarda l'écran et sursauta.

Le nom de Mathis Lefrançois s'afficha.

À chaque fois, elle imaginait tous les scénarios possibles, même les plus saugrenus.

Elle le pensait mort, elle était sidérée de recevoir un message de lui.

Un simple texto.

Tout va bien. Mathis.

Le seul moyen de savoir si c'était lui consistait à l'appeler. Elle composa le numéro. Elle tomba directement sur le répondeur. Il avait coupé son téléphone. Elle le rappela deux fois, trois fois, quatre fois. Elle s'acharna.

Répondeur. Répondeur. Répondeur.

Soit il ne voulait pas parler, soit c'était quelqu'un qui faisait croire qu'il était vivant. Comment savoir ?

Le moindre incident la rendait hystérique.

Pourquoi ce texto ?

Pourquoi ne l'appelait-il pas ? Pourquoi ne répondait-il pas ?

Un imposteur avait-il pris sa place ? N'importe qui peut écrire un texto en se faisant passer pour un autre, Léa l'avait vu dans de nombreuses affaires.

Essayait-on de la manipuler ?

Elle s'apprêtait à rentrer à Paris, et l'affaire était relancée.

Michel Mueller, l'inventeur du vaccin, avait séjourné à Chamonix juste avant la tuerie du Châtelard, à supposer que Leblanc ait dit vrai.

Mathis Lefrançois, ou quelqu'un se faisant passer pour lui, la recontactait alors qu'elle le croyait mort, ou disparu à jamais.

La séquence vidéo de Courchevel et le texto de Mathis étaient-ils liés ? Elle ne voyait pas de rapport entre les deux, mais la coïncidence était si troublante qu'elle ne put s'empêcher de penser que ce n'était pas une coïncidence.

Elle passa la matinée au lit, elle relut quelques pages de son journal, qui n'était pas très consistant. Elle n'avait pas eu le temps d'écrire tout ce qu'elle avait sur le cœur, il s'était passé tant de choses depuis son arrivée à Chamonix. Tant d'événements s'étaient produits, entrechoqués, tout s'était précipité à une cadence infernale. Elle l'étofferait à son retour à Paris en réfléchissant au livre consacré à la tuerie du Châtelard. Elle aimait aller au bout de ses enquêtes, jusqu'au dénouement, mais, pour l'instant, il n'y en avait pas.

Elle déjeuna seule au restaurant, tristement, avant de faire une sieste. Elle était épuisée.

À l'heure du goûter, elle reçut un texto d'Alex lui indiquant qu'il était sorti. Il reviendrait tard le soir. Il ne s'était pas manifesté depuis la veille. Pour quelle raison ?

La journée touchait à sa fin, le ciel était plein de la lumière du couchant, les glaces sommitales se voilaient de vapeurs roses. Les nuages s'étaient enfuis. En raison des vacances scolaires, le restaurant de l'hôtel battait son plein. Elle entendait un brouhaha, mais elle n'avait pas faim.

L'air était doux, le printemps chassait l'hiver.

En début de soirée, le téléphone sonna.

Elle pensait qu'Alex allait lui proposer de manger un morceau, mais c'était le nom de Mathis qui s'affichait de nouveau.

La main tremblante, elle décrocha.

Était-ce vraiment lui ?

Elle reconnaîtrait sa voix, à moins de tomber sur un excellent imitateur.

— Léa, dit-il d'une voix sobre, je suis désolé d'avoir disparu si longtemps.

Elle avait la gorge sèche, les mains moites. Elle n'arrivait plus à prononcer une parole.

C'était bien lui.

— Tu ne dis rien ? poursuivit-il.

— Cela fait des jours que tu as disparu, je perdais tout espoir de te retrouver vivant.

— Je suis en parfaite santé.

— Que s'est-il passé ?

— Écoute, on ne va pas s'éterniser au téléphone. Les murs ont des oreilles. On se voit dans une heure.

— Où ça ?

— Sur le parking du Châtelard.

Elle tressaillit.

— Pourquoi là ?

— Je ne veux pas descendre à Chamonix, et ce parking est un lieu commode pour se donner rendez-vous. On marchera un peu, loin de la route, afin d'être tranquilles. S'il fait sombre, j'ai ma lampe frontale.

Elle n'allait pas faire la difficile, elle était heureuse de savoir qu'il était vivant. En même temps, elle se méfiait. Il avait disparu, et tout à coup, il réapparaissait comme par enchantement. Elle ignorait tout des causes de son retour inattendu. Voulait-il lui faire une révélation ? Voulait-il la tuer ?

Elle ne prévint pas Alex, surtout pas.

De toute façon, il avait passé la journée dans son coin. Cet indice montrait sa légèreté, son insouciance, son indifférence.

Elle marcha dans une lumière diaphane, d'un pas pressé, en regardant si personne ne la suivait.

Elle comprenait pourquoi Mathis n'avait pas voulu lui donner rendez-vous à l'hôtel. *De facto*, il ne faisait plus partie du personnel : comme il était *a priori* en grande forme, ni malade ni blessé, le directeur pouvait considérer qu'il avait déserté son poste, ce qui entraînerait un licenciement. Mais pourquoi avoir donné rendez-vous en pleine nature et non dans un bar ?

Elle avança sur la petite route qui menait au parking, elle passa devant La Joyeuse Marmotte, la clientèle était nombreuse et bruyante.

En sous-bois, il faisait sombre, même si le ciel restait clair, ça sentait bon la nature, l'humus, les sapins.

Elle aperçut la silhouette de Mathis, habillé comme au Montenvers.

Se jetait-elle dans la gueule du loup ?

Allait-il sortir un pistolet et l'abattre ? Elle serait la sixième victime sur le parking maudit.

Mathis se jeta dans ses bras et la serra si fort qu'il faillit l'étouffer. Elle était rassurée.

— Léa, tu m'as manqué. Mes excuses. Ma disparition était nécessaire. Je vais tout t'expliquer.

Elle retrouvait le même jeune homme, amical et chaleureux. Il lui montra le parking.

— Tu vois ce bas-côté ? Regarde-le bien. En réalité, ici, le jour de la tuerie, l'attentat ne s'est pas passé comme prévu.

— Que veux-tu dire ?

— Nous allons continuer la conversation plus loin, discrètement, pour le cas où quelqu'un arriverait sur la route.

De nouveau, elle se méfia. Et s'il voulait l'entraîner dans un endroit perdu et faire disparaître son corps après l'avoir abattue ?

Si elle ne prenait aucun risque, elle n'arriverait jamais à rien.

Elle le suivit dans le bois sombre, il avait allumé sa frontale qui éclaboussait le chemin. Elle ne savait pas s'ils étaient passés par là lors de leur précédente balade. Elle ne reconnaissait rien. Il existait tant de sentiers, tant de diverticules. Au bout d'une demi-heure, ils débouchèrent sur un alpage. Puis ils montèrent encore. La couleur rosée du ciel laissait la place à la nuit. Dans la vallée, des lumières scintillaient : Chamonix, Les Montquarts, Taconnaz, Les Houches.

Elle avait l'impression de revivre la même scène que l'autre jour, au même endroit.

Mathis éteignit sa lampe, ils s'assirent sur un énorme tronc, côte à côte, serrés l'un contre l'autre. Le jeune homme prit Léa par l'épaule.

Elle ne savait pas s'il faisait cela pour l'amadouer. Dirait-il enfin ce qu'il savait ?

Elle disséquerait chacun de ses mots.

— D'abord, s'écria-t-elle, pourquoi as-tu disparu ? J'ai cru que tu étais tombé dans une crevasse. Les gendarmes de haute montagne ont sillonné le massif pour te retrouver.

— Je m'en veux, mais c'était nécessaire.

— Nécessaire ?

— Ici, j'étais en danger de mort.

— Vraiment ?

— On a su que nous étions en contact. J'ai reçu des menaces à plusieurs reprises, tu le sais. Un jour, on m'a tiré dessus. Du coup, j'ai préféré m'évaporer en Italie. J'ai bossé dans un restaurant à Courmayeur en désactivant mon téléphone. Là-bas, je n'étais pas traqué.

— Mathis, j'étais folle d'inquiétude.

Après une courte hésitation, il reprit :

— Si j'avais envoyé un texto, je risquais d'être localisé.

La nuit venait, une chouette hululait dans le proche sous-bois.

Quelques lueurs, à l'ouest, s'attardaient dans le ciel.

Léa était dubitative.

— Pourquoi es-tu revenu ? Tu n'es plus en danger ?

— Je n'allais pas passer le restant de mes jours en Italie. Ici, je me fais discret. J'ai perdu mon job à l'hôtel, tant pis, je dors dans une tente dans la forêt pour éviter d'être repéré.

— Tu es rentré quand ?

— Peu importe.

— Combien de temps vas-tu dormir en pleine nature ?

— Jusqu'à ce que le tueur soit coffré.

— Qui est le tueur, Mathis ?

— Hier, j'ai vu le visage de Michel Mueller à la télé. Les chaînes du monde entier ont diffusé la séquence, j'ai décidé de te contacter.

— Explique-moi !

— Écoute bien, Léa. Michel Mueller séjournait à l'hôtel du Chardon bleu au moment de la tuerie. Je m'en doutais, une rumeur tenace courait depuis pas mal de temps, mais elle était invérifiable, c'est pour ça que je ne t'en ai pas parlé. En voyant son visage sur l'écran de télé, je l'ai reconnu.

Léa ne savait que penser de cette révélation. Michel Mueller était-il l'auteur du carnage ?

— À l'époque, il s'est enregistré sous un faux nom ?

— Je ne sais pas. Je n'étais pas à l'accueil quand il est arrivé. Ce n'est pas moi qui ai rempli la fiche. Mais j'ai discuté avec lui, comme on discute avec n'importe quel client. Quand il dînait au restaurant, il ne portait pas de masque, ce qui m'a permis de voir à quoi il ressemblait.

— Pas très efficace pour passer incognito ! Il aurait pu prendre ses repas dans sa chambre, non ?

— Certes, mais à l'époque, personne n'avait entendu parler de lui. Le fameux vaccin a été mis sur le marché vingt mois plus tard, une éternité ! Pour moi, c'était un touriste suisse comme on en voit passer des centaines. Sur le moment, je ne me suis posé aucune question mais je me souviens très bien de lui. Il est resté huit jours. J'imagine qu'il a tout réglé en espèces pour éviter de laisser des traces bancaires…

— Comment sais-tu qu'il était suisse ?

— Son accent romand.

— Tu penses qu'il est impliqué dans la tuerie ?

— Je n'en sais rien, mais une chose m'intrigue : tu le sais, la liste des clients de cette fameuse semaine a été effacée. Il y a forcément une raison. A-t-on voulu dissimuler qu'il avait séjourné à l'hôtel ? C'est l'hypothèse la plus probable. En tout cas, je n'en vois pas d'autres.

Léa était bouleversée par ces révélations, même si elle avait du mal à imaginer le bienfaiteur de l'humanité dans la peau d'un tueur sanguinaire. Docteur Jekyll et Mister Hyde ?

— Si c'est le meurtrier, qui était la cible ?

— Clotilde Meunier, sans doute. C'est ce que tu pressens, sans avoir de preuve formelle, nous en avons déjà parlé. À cette époque, la jeune femme avait une longueur d'avance sur lui.

— Exact ! Elle était en train de mettre au point un traitement qui aurait freiné la pandémie. Sa disparition a empêché le laboratoire Galileo de finaliser ses travaux. Elle avait une intuition dont ses confrères étaient dépourvus.

Mathis regarda fixement Léa.

— À qui a profité le crime ? C'est la seule question qu'il faut se poser.

Elle était lourde de sous-entendus.

— Mathis, tu crois vraiment que Mueller est l'auteur du massacre ? Je l'imagine mal arrivant sur sa moto et tirant sur quatre individus.

— Plusieurs personnes ont été impliquées dans ce carnage. Je te l'ai dit : le Chardon bleu, un hôtel de prestige au-dessus de tout soupçon, était le QG secret de la conspiration. Sur le moment, je ne me suis aperçu de rien. Si Mueller se cache aujourd'hui, ce n'est pas du tout par modestie, contrairement à ce que ressasse sa directrice de communication : il a du sang sur les mains, il ne veut pas être reconnu par ceux qui l'ont croisé dans l'hôtel juste avant le massacre.

Il poursuivit, imperturbable :

— Clotilde Meunier a sans doute été espionnée pendant des jours par une équipe qui séjournait à l'hôtel, c'est pourquoi le listing a été effacé.

— Pour toi, les trois autres victimes sont des victimes collatérales ?

— Sans doute.

— Et le meurtre de Barbara ?

— Je ne sais pas. À mon avis, elle a essayé de te dire que le tueur avait tiré sur Clotilde en premier. Elle n'en a pas eu le temps.

Léa soupira.

— Tout cela est bien joli, mais encore faut-il prouver que tu as raison. Pourquoi m'as-tu dit que le scénario ne s'était pas passé comme prévu ?

— Car un banquier suisse et son épouse mannequin séjournant au Chardon bleu, très connus au sein de la bourgeoisie genevoise, ont été assassinés. Une énorme bavure. Si ça se trouve, Mueller les connaissait. Avaient-ils discuté à l'hôtel ? Avaient-ils sympathisé ? Possible. Du fait d'un incroyable concours de circonstances, le tueur a abattu un couple qui avait passé une semaine de vacances aux côtés de l'homme qui avait organisé le meurtre de la jeune chercheuse.

— Tu penses que Daniel Chapuis n'était pas visé ?

— C'est toi l'enquêtrice. Je suis rentré pour te révéler la piste Mueller. Sa présence à l'hôtel quelques jours avant la tuerie pose question. Pour moi, une guerre entre laboratoires explique ce massacre alors que les enquêteurs s'acharnent à courir après un tueur en série. Leur hypothèse est absurde.

Mathis était exalté.

— Voilà ce que j'avais à te dire. Je ne pouvais pas te raconter ça par téléphone, je craignais que les enquêteurs m'entendent. Vu les sommes en jeu, vu l'importance de la machination, il existe sans doute un traître parmi eux.

Léa regarda Mathis fixement.

— Une chose m'échappe. Michel Mueller a reversé une partie de ses bénéfices à des œuvres caritatives. Ça ne colle pas avec l'image d'un homme assoiffé de pouvoir et d'argent.

— Méfie-toi des communiqués officiels. Ils ne correspondent pas à la réalité. Bernard Madoff, cet escroc américain de haut vol, était lui aussi considéré comme un homme intègre.

Face à ces annonces, Léa était partagée.

— Comment prouver que Michel Mueller est bien le cerveau du complot ? demanda-t-elle. Comment expliquer les meurtres des Contamines et du val Ferret ?

— Manœuvre de diversion. Janus veut nourrir la piste d'un tueur en série, et ça marche !

Le ciel plongé dans la nuit était piqueté d'étoiles. Le spectacle était émouvant. Mathis lui caressa la main, elle avait l'impression qu'il voulait l'embrasser. Elle entendait son souffle chaud, rassurant, masculin.

Que faire, maintenant ?

Revoir Lopez pour le mettre au pied du mur ? Il avait sans doute lui-même effacé la liste. Était-il mêlé au massacre ?

L'hypothèse n'était pas à écarter. Son acharnement à défendre la piste d'un crime passionnel le rendait suspect.

Léa soupira. Quelque chose ne collait pas dans le scénario déroulé par Mathis, même s'il était plausible.

— Je n'ai pas compris une chose : si Mueller fomentait un meurtre, pourquoi se serait-il inscrit sous son propre nom à l'hôtel ?

Il n'avait pas l'air d'avoir entendu.

— J'ai dissimulé ma tente plus haut, répondit-il, dans les fourrés, loin de tout chemin. Je suis invisible. On pourra discuter tranquillement.

— Tu te nourris comment ?

— Je descends à Chamonix avec un bonnet enfoncé jusqu'aux yeux. Je fais mes courses dans un supermarché près d'une résidence où séjournent des touristes. Pas grand risque d'être reconnu.

— Écoute, si ça te dit, je t'invite à dîner à La Joyeuse Marmotte. L'un des serveurs est sympa. Tu le connais ?

— Avant ma disparition, je mangeais soit à l'hôtel, soit chez moi, soit dans un bistrot du centre. Je n'ai jamais mis les pieds dans cette guinguette, mais j'en ai entendu parler.

Léa regarda la vallée d'un air triste, les révélations de Mathis l'avaient ébranlée.

Le jeune homme avait faim, il se laissa tenter par la proposition de Léa. Il enfonça son bonnet de montagne jusqu'aux yeux et entoura son cou d'une grosse écharpe en laine qui remontait jusqu'à sa bouche. Il ralluma sa lampe frontale.

— Dommage que les masques ne soient plus de mise, s'écria-t-il en riant. Pénibles à porter, mais pratiques pour ne pas être identifié.

Ils descendirent par un sentier qui arrivait directement au snack éclairé par des lampions. La clientèle était compacte. En ce début de vacances scolaires, le lieu attirait toutes sortes de touristes : familles, groupes de jeunes, couples, célibataires. Plusieurs serveurs virevoltaient, dont Charles et sa grande barbe brune.

Ils s'assirent devant une table, l'une des rares restées libres.

— Donc, tu ne connaissais pas cette guinguette ? demanda Léa.

— Quand je sors avec des potes, on va à La Fondue savoyarde, près de l'église. Un restaurant fréquenté par les montagnards du coin. Ici, c'est plutôt une adresse pour touristes…

— Qu'est-ce qui te ferait plaisir ? Je t'invite.

Elle était tellement heureuse de le revoir qu'elle avait envie de passer la nuit avec lui, sous la tente, et tant pis si Alex s'inquiétait de sa disparition.

Ils consultèrent le menu, qui proposait des plats variés : tartiflettes, pizzas, croque-monsieur, hamburgers des alpages, planches de charcuterie du pays, plateaux de fromages savoyards.

— Allez, un hamburger des alpages pour moi ! s'écria Mathis. Avec deux Avalanche, la bière locale, si ça te va.

Le pain américain contenait du bœuf, des fines herbes, des champignons, de la crème fraîche, le tout accompagné de grosses pommes de terre dégoulinantes de reblochon.

— Pour moi, ce sera une pizza.

Un serveur arriva et prit la commande. Charles ne s'était pas encore manifesté, il devait être débordé. Avait-il aperçu Léa ? Elle n'en savait rien.

Elle avait une foule de questions à poser à Mathis.

— Quand on s'est vus au Montenvers, tu savais que tu allais disparaître ?

— Tout était prévu.

— Pourquoi n'avoir rien dit ?

— Je voulais être discret. Personne ne devait savoir.

Elle était vexée qu'il ne lui ait rien dit.

— Tu n'as donc pas eu d'accident comme on le redoutait ?

— Aucun. Je suis un bon marcheur, je connais les itinéraires pour rejoindre la région du Val d'Aoste. Le soir même, j'ai dormi dans ma tente près du col du Géant et, le lendemain, j'étais à Courmayeur, sorte de Chamonix italien.

— On ne t'a pas demandé de papiers pour bosser ?

— Tu sais, l'Italie n'est pas la France. La plupart des saisonniers travaillent au black. Pas de formulaire à remplir. Tout est simple. Tu viens, tu travailles, et chaque soir on te paye en espèces. Personne ne savait qui j'étais. On ne m'a posé aucune question.

— Tu regardais l'actualité ?

— Je ne faisais que ça. J'ai ouvert une nouvelle ligne de téléphone pour suivre les événements en France.

— Aujourd'hui, tu penses que le dénouement est imminent ?

— Je l'ignore, mais je sais maintenant que l'inventeur du vaccin a séjourné au Chardon bleu au moment du massacre. Nous avons fait un pas de géant.

Dubitative, Léa se redressa.

— À mon avis, M. Lopez sait des choses qu'il ne dit pas. J'irai le voir si nécessaire.

À cet instant, Charles s'approcha de la table. Il serra la main de Léa de manière chaleureuse, en lui mettant son autre main sur l'épaule.

— Il y a tellement de monde ce soir que je ne vous avais pas vue. C'est sympa de revenir.

Il jeta un œil distrait sur Mathis en tenue d'alpiniste qui avait gardé sa grosse écharpe et son bonnet enfoncé jusqu'aux yeux.

— Vu votre assiduité, j'en déduis que vous ne pouvez plus vous passer de mes spécialités culinaires !

Il s'esclaffa, comme amusé par ce qu'il venait de dire. Elle n'avait pas l'habitude de le voir si jovial. Avait-il bu ?

Charles parti, elle murmura à Mathis :

— Tu n'étais jamais venu ici, mais connais-tu ce sympathique garçon ? Après tout, Chamonix est un grand village.

— Quel étrange serveur ! murmura-t-il d'une voix bizarre.

— Que veux-tu dire ?

— Je suis envahi d'un affreux doute.

Un employé apporta le hamburger des montagnes et la pizza. Les portions étaient géantes, Léa ne savait pas si Charles avait donné des consignes pour gâter les deux clients.

— Quelque chose ne va pas? murmura Léa à son ami.

— La voix du barbu… Je la connais… Elle me dit quelque chose.

— Beaucoup de voix se ressemblent.

— Elle est un peu rauque. Très caractéristique. Et ses yeux…

— Ses yeux?

— D'un bleu intense.

— Tu as une bonne vue, il fait presque nuit.

— Je ne suis certain de rien. Chamboulé par tout ce que j'ai vécu, je vois des suspects partout.

— Charles, un suspect? Je ne comprends pas.

— Parle à voix basse, s'il te plaît. Il est à trois mètres derrière toi. Il nous observe.

Elle n'osa pas se retourner.

— Quoi de plus normal qu'un patron de guinguette qui veille sur sa clientèle?

— Quand nous aurons fini de dîner, demande-lui de venir nous voir. Fais en sorte qu'il concentre son regard sur toi. Je l'observerai discrètement et je te dirai si ma première impression était la bonne.

Elle ne comprenait pas où il voulait en venir.

Ils dégustèrent les plats savoyards en buvant la bière locale à petites gorgées. Léa se demandait si les gendarmes étaient toujours à la recherche de Mathis ou s'ils avaient laissé tomber.

Elle parla de choses qui n'avaient rien à voir avec l'affaire qui les préoccupait.

— Le meilleur moyen de rejoindre l'Italie à pied en partant du Montenvers, c'est quoi ?

Elle connaissait la réponse, Mathis l'avait déjà évoquée.

— Pour un marcheur équipé, c'est assez simple : tu remontes la mer de Glace, puis le glacier du Tacul, puis celui du Géant jusqu'au col éponyme, qui marque la frontière entre les deux pays. Puis tu descends sur Courmayeur.

— Altitude du col ?

— 3356 mètres.

— Tu es un pro, toi.

— J'aurais pu devenir guide. Les sommets, c'est mon royaume. Une année, j'ai escaladé la face nord de l'aiguille Verte et son long toboggan de neige de plus de mille mètres de hauteur. Pour moi, marcher du Montenvers à Courmayeur est une promenade, malgré la distance et quelques passages délicats.

— Tu repars quand ? dit-elle pour rire.

Ils vidèrent leurs assiettes avant de demander l'addition que Charles leur apporta.

— Tout s'est bien passé ? s'écria le barbu avec un grand sourire.

Ses dents blanches luisaient, éclairées par les lampions. C'est vrai, il avait des yeux bleu intense, une voix particulière. Jusque-là, la journaliste n'y avait prêté qu'une vague attention.

Mathis ne le quittait pas des yeux. Sans rien dire, il l'observait des pieds à la tête.

Charles remarquait-il qu'il était scruté de près ?

Léa n'en avait pas la certitude, mais elle pensait que oui.

— C'était parfait, répondit-elle d'un ton faussement détaché. Les plats étaient délicieux, les portions gigantesques, et la bière excellente.

— Artisanale ! précisa le serveur.

Mathis avait les yeux accrochés sur celui qui, forcément, s'en aperçut. La voix de Charles changea. Il devint moins jovial, comme si la situation basculait sur la mauvaise pente. Comme si un doute, une peur, une ombre, une colère traversaient son cerveau.

Les deux hommes s'étaient-ils déjà croisés dans des circonstances particulières ?

Mathis continuait à le fixer des yeux, comme un serpent s'apprêtant à se jeter sur sa proie.

— Alors Léa, vous restez encore longtemps à Chamonix ? murmura le barbu.

Elle ne répondit pas.

Un malaise s'installa. Quelque chose d'indéfinissable, de perturbant. Charles, à son tour, regarda Mathis droit dans les yeux de manière terrible.

Plus personne ne disait rien.

Malgré l'absence de mots, le moment était d'une intensité inouïe.

Puis Charles tourna les talons, sans ajouter une seule parole, sans faire payer l'addition, et rentra dans le cabanon.

Léa déposa un billet sur la table puis regarda son ami.

— Il se passe quelque chose ?

Mathis murmura d'une voix quasi inaudible.

— Ce type est le jeune homme qui déjeunait et dînait tous les jours au Chardon bleu jusqu'à la tuerie. Celui que personne n'a jamais identifié. L'amant supposé d'Anna. Eh bien, il est là, de retour. Ici même, à quelques centaines de mètres du lieu des crimes.

Ils quittèrent précipitamment la guinguette en essayant de ne pas se faire remarquer.

Mathis intima à Léa de l'accompagner jusqu'à sa tente.

— Dors avec moi, tu seras en sécurité.

Ils grimpèrent le sentier qu'ils avaient suivi à l'aller, à ceci près que l'alpiniste n'alluma pas sa frontale.

— Je l'ai reconnu, il m'a reconnu, dit-il d'une voix essoufflée.

— Je ne comprends rien. Tu m'as dit que le mystérieux jeune homme de l'hôtel était blond, imberbe, avec une raie sur le côté. Charles est brun avec une énorme barbe.

— Les colorations, ça existe, et la barbe, ça pousse. On peut changer diamétralement de look et devenir méconnaissable. Mais moi, j'ai reconnu sa voix et ses yeux. Tu as remarqué son attitude étrange? Il a deviné que je l'avais démasqué. Et lui, malgré mon bonnet enfoncé jusqu'aux yeux et mon écharpe, a sans doute compris que j'étais le réceptionniste devant lequel il passait plusieurs fois par jour. Il a pris un énorme risque en se faisant embaucher à la guinguette, le personnel de l'hôtel aurait pu boire un verre ici. Il a cru à tort que son look si différent le protégeait de toute suspicion. Jusque-là, ça avait marché, mais moi, je possède un sixième sens!

Décontenancée, Léna essayait de comprendre.

— Qu'en déduis-tu? L'amant d'Anna fait son grand retour sur le devant de la scène?

Mathis ne répondit pas directement à la question.

— S'il est revenu ici, c'est qu'il y a une raison. Une raison inavouable, sinon il ne se serait pas métamorphosé. Qu'en penses-tu, toi ?

Elle réfléchit quelques instants.

— Je ne sais pas. Tout ce que j'apprends est si soudain et si brutal. Tu es vraiment sûr que c'est lui ?

— À 99 %, même s'il n'existe aucune certitude absolue.

Léa, rompue aux affaires criminelles, disait ce qui lui passait par la tête.

— S'il revient sur le lieu du crime, c'est qu'il est dans le coup. D'autant qu'il n'est pas originaire de la région.

— Comment le sais-tu ?

— Il m'a dit qu'il arrivait de Nice et qu'il ne travaillait pas à la guinguette au moment de la tuerie.

— Forcément, puisqu'il déjeunait et dînait à l'hôtel. Il n'a pas le don d'ubiquité.

Ils montaient le sentier le plus rapidement possible, mais les cailloux, dans l'obscurité, retardaient leur avancée.

Le cerveau de Léa bouillonnait. Elle envisageait toutes les hypothèses à l'aune de ce qu'elle avait appris depuis quelques jours.

Charles avait-il tué le couple Chapuis par dépit amoureux, puis, regrettant son geste et affolé à l'idée qu'on le démasque, était revenu à l'endroit où il avait fait couler le sang pour savoir ce que les gens disaient du crime ? Dans ce cas, quel rapport avec Mueller ?

Pourquoi Mathis avait-il parlé de conspiration ?

Un peu essoufflée, elle raisonnait à voix haute en essayant de ne pas parler trop fort.

— S'il travaille si près du parking de la mort, c'est qu'il cherche à contrôler les allées et venues de tous ceux qui enquêtent, à commencer par moi. Je me suis confiée à lui sans la moindre réserve !

— Tu es tombée dans la gueule du loup, en quelque sorte.

— C'est aussi lui qui a tué Barbara ?

— En tout cas, il était aux premières loges. La Joyeuse Marmotte se trouve à quelques centaines de mètres. Toi qui as vu le tueur de la jeune femme, tu ne l'as pas reconnu ?

— Il portait un casque de moto et n'a pas dit un mot.

— Quelle est ton hypothèse, Léa ?

— Je n'en sais rien. Lopez prétend que ce jeune homme était l'amant d'Anna. On en revient à la piste de départ.

— Et si ce n'est pas ça ?

— Si Michel Mueller séjournait dans l'hôtel en même temps que lui, ils se connaissaient peut-être... Des complices ?

— Possible, oui, très possible.

Ils s'assirent un instant sur un rocher et regardèrent en direction de la vallée.

Léa s'obstinait.

— J'ai enquêté sur des dizaines d'affaires, et en général, quand un criminel hante les lieux de son crime, c'est que le scénario de départ a échoué. Il a raté son coup, en quelque sorte. Il a laissé des indices. Il craint qu'on découvre une vérité à laquelle personne n'avait pensé.

— Explique !

— Quand le crime est parfait, le criminel disparaît dans la nature. Mission accomplie. Il n'a aucune raison de revenir. Or, dans cette affaire, depuis le début, les menaces se multiplient sur ceux qui enquêtent. Voilà. C'est un fait.

— Mais encore ?

— Le prénommé Charles observe ce qui se passe, métamorphosé des pieds à la tête. C'est un sympathique serveur au look de bûcheron dans une guinguette branchée.

— Pourquoi il ne t'a pas tuée ? Il avait mille occasions de le faire.

Léa soupira.

— Il faudra le lui demander, s'il accepte de parler un jour. Tu as vu *Le crime était presque parfait* d'Hitchcock, avec Grace Kelly ?

— Qui ne l'a pas vu ?

— Tout est huilé pour que le meurtre organisé avec minutie reste inexplicable. Or, la femme visée réussit à se défendre et le commanditaire laisse des traces tellement grossières qu'il finit par être confondu par un inspecteur perspicace. Eh bien, là, j'ai l'impression de vivre le même genre de scénario.

Avant d'atteindre la tente, par sécurité, ils restèrent un long moment sans bouger, plongés dans la nuit. Ils voulaient être certains que Charles ne les avait pas suivis. Ils ne virent personne. L'obscurité était leur rempart.

Mathis et Léa avaient pensé à tout, sauf à une chose.

Après avoir effectué plusieurs détours, ils atteignirent le bivouac.

Léa était inquiète.

— Tu es sûr qu'on n'a pas été suivis ?

— Ne t'en fais pas. Comment veux-tu qu'on nous retrouve ?

— Le tueur massacre dans la nature, jamais dans une ville, dit-elle sobrement.

Mathis braqua sa lampe sur la tente.

— Elle est minuscule. Elle pèse moins d'un kilo.

— On dirait un cercueil, murmura Léa.

— On dormira l'un contre l'autre comme un frère et une sœur, et demain on discutera de la meilleure stratégie pour avancer. La nuit porte conseil.

— Le mieux, à mon avis, est de tendre un piège à celui qui se fait appeler Charles. Je sais comment faire parler les suspects.

— Tu les tortures ?

— J'ai le physique pour ça ?

— Tu couches avec ? Comme la belle espionne dans les films de James Bond…

— Je ne mélange jamais travail et vie privée.

— Tu fais quoi, alors ?

Mathis et Léa entrèrent dans la tente. Ça faisait bizarre à la jeune fille de se retrouver couchée contre un homme. La dernière fois, c'était avec Ugo. Elle repensa à lui subrepticement. Il ne l'avait pas recontactée depuis le jour où il était venu annoncer que leur histoire d'amour était terminée. Il avait dû prendre ses affaires dans l'appartement de la rue de Douai, il habitait sans doute avec la femme qu'il aimait.

— À quoi penses-tu ? demanda Mathis.

Elle n'avait jamais évoqué le sujet avec lui.

— Je t'en parlerai une autre fois.

Elle ne voulait pas raconter sa vie, pas ce soir. Ce n'était pas le moment. Malgré les événements des dernières heures, elle se retrouvait dans une bulle, en pleine nature, à côté d'un jeune homme qu'elle commençait à aimer. Elle se sentait moins seule. L'amour commence timidement, sans qu'on le sache. Le fait d'être serrée contre lui sous la tente lui gonflait le cœur.

— Mathis, j'admire ton courage. Tu essaies de percer un mystère alors que rien ne t'y oblige.

— Je peux te dire la même chose… Tu te mêles d'un drame au péril de ta vie…

— Oh, moi, c'est mon métier d'écrire des livres… Mon gagne-pain, en quelque sorte, mais c'est aussi une passion dévorante : résoudre des mystères que personne n'a réussi à comprendre.

— Tu as maintenant une idée de ce qui s'est passé sur le parking du Châtelard ?

— Après ce qui vient de se produire, j'ai l'intuition que Charles connaît la vérité.
— Pour moi, il est forcément dans le coup.

Elle se rapprocha de Mathis, caressa ses cheveux dans le noir. Elle était émue. Leurs lèvres se rapprochèrent, c'était la première fois qu'elle embrassait un homme depuis des mois.
Ils s'étreignirent, Mathis avait des muscles puissants qui donnaient l'impression à Léa d'être hors de tout danger, loin de l'histoire sordide dans laquelle elle était plongée.
— Je t'aime, Mathis. Ça me fait du bien d'être avec toi.
Ils se turent. Le désir fit le reste. Ils se retrouvèrent nus l'un contre l'autre, envahis par le bonheur. C'était comme si Léa faisait l'amour pour la première fois.

Mercredi 1er mai

Au cœur de la nuit, un bruit les réveilla soudain. Quelque chose bougeait à l'extérieur de la tente, tout près : des craquements de branches.

Un animal ?

Des cerfs et des chevreuils hantaient la forêt.

Léa se serra fort contre Mathis.

— C'est quoi ? dit-elle d'une voix inquiète.

— Ne t'en fais pas. Ça arrive tout le temps en montagne. Les animaux sortent dans l'obscurité.

Le bruit s'amplifia.

Léa reconnut un pas humain. Aucun doute. Un homme marchait. À ses côtés, le souffle d'un chien.

Elle regarda sa montre. Il était 3 h 34. Il ne pouvait s'agir d'un promeneur, d'autant qu'il n'existait, d'après Mathis, aucun sentier à proximité. Il avait planqué sa tente dans des buissons sur un léger replat, camouflé comme le font certains commandos de l'armée. La tente était vert sombre, impossible à voir de loin, même en plein jour.

Les pas se rapprochaient, Léa entendit les gémissements du dogue. L'homme faisait craquer les branches, sans doute se frayait-il un chemin dans la végétation jusqu'à eux.

La jeune femme était terrorisée. Pour elle, à l'évidence, c'était Charles. Il avait retrouvé leur trace grâce à un chien pisteur : elle n'avait pas pensé à cette possibilité.

Le serveur avait attendu pour venir les cueillir, en toute discrétion, dans le noir absolu.

— On est foutus, murmura Léa à l'oreille de Mathis.

— Calme-toi. Pas mal de gens se baladent dans le coin. Et puis, il fait nuit noire. La personne ne nous verra pas.

— Les lampes, ça existe.

Mathis ouvrit la fine porte en toile en essayant de faire le moins de bruit possible. Il scruta les ombres. Pas de lune, juste un immense ciel étoilé.

Il sortit, se redressa pour observer. Peu à peu son regard s'habitua à l'obscurité.

À une cinquantaine de mètres, il distingua une silhouette immobile. S'agissait-il d'un rocher, d'un buisson ? Il aurait pu allumer sa lampe, mais il n'avait pas envie d'être repéré.

Que faire ?

Attendre ?

Aller à la rencontre de la mystérieuse forme ?

Un autre bruit se fit entendre. Cette fois, pas de doute, il s'agissait d'un grand animal. Il se frayait un chemin à travers l'épaisse végétation. Mathis ne le vit pas, mais il devinait, à sa taille, que c'était un cerf.

Une rafale de vent balaya les feuillages.

Au bout d'un temps qui lui sembla interminable, il s'aperçut que la silhouette se déplaçait. Ce n'était donc ni un rocher, ni un fourré, mais bien un homme. Allait-il venir vers lui ? L'agresser ?

Bientôt l'individu disparut, enseveli dans les ténèbres.

Était-ce Charles ? Un randonneur qui marchait avant le lever du jour ? Un braconnier ?

Y avait-il un chemin que Mathis n'avait pas repéré ?

Le mystérieux passant de la nuit avait-il été lui-même étonné par cette présence humaine au milieu des frondaisons ?

Mathis rentra dans la tente.

— Alors ? murmura Léa d'une voix inquiète.

— Sans doute un alpiniste qui grimpe avant le lever du soleil. Un classique en montagne. Je l'ai aperçu au loin. Il n'a pas essayé de se rapprocher même si, à l'évidence, il m'a vu. Je lui ai peut-être fait peur, qui sait ?

— Il avait une frontale ?

— Non.

— Bizarre pour un alpiniste qui marche dans la nuit !

Il tentait de la rassurer.

— Oh, tu sais, au fond de la vallée, les itinéraires ne sont pas acrobatiques. On peut marcher dans la pénombre, d'autant que les étoiles jettent une lueur diffuse sur le paysage.

— Tu ne penses pas que Charles est venu faire un repérage pour nous cueillir demain matin, en pleine lumière ?

— Mais non !

— Tu ne veux pas qu'on change d'endroit ?

— S'il a un chien pisteur, il finira par nous retrouver.

Léa ne réussit pas à se rendormir.

Elle était inquiète.

Le jour vint. La toile de tente s'éclaircit, elle avait gardé les yeux grands ouverts en attendant le retour de la lumière. Elle voulait rentrer à l'hôtel en faisant un très large détour pour éviter de passer devant La Joyeuse Marmotte.

Mathis dormait à poings fermés. Sans doute avait-il du sommeil à rattraper. Elle regarda sa montre. Pas encore 7 heures.

Elle écoutait le chant des oiseaux du matin, un baume de bonheur dans ce moment triste.

Bientôt, un pas s'approcha de nouveau.

Cette fois, il était beaucoup plus proche que celui de la nuit.

Un pas si soudain, si lourd, si menaçant que Léa secoua son ami.

— Qu'est-ce qui se passe ? s'écria-t-il à moitié endormi.

— Quelqu'un arrive !

— Encore ? C'est une autoroute ici. Je pensais avoir planté ma tente dans un endroit paumé.

Il gardait son sens de l'humour, mais elle n'avait pas envie de plaisanter.

— Habille-toi !

À cet instant même, quelqu'un secoua la tente. Puis une grosse voix.

— Ça roupille là-dedans ?

Cette voix rauque.

Charles.

Aucun doute.

Léa se serra contre Mathis.

Le jeune homme fit glisser la fermeture éclair.

Charles était debout devant la porte en toile.

— Alors ? Vous avez bien dormi ?

Léa ignorait si le ton était joyeux ou menaçant. Un peu les deux : avenant et terrible.

Pourquoi était-il monté jusque-là ?

Les deux campeurs sortirent l'un après l'autre de la tente après avoir pris soin de se chausser.

Léa observa Charles sans prononcer une seule parole. Il était vêtu d'un grand manteau en cuir et d'un jean.

Tout le monde se tutoya. Le vernis des convenances explosa d'un seul coup.

— Comment tu as fait pour nous retrouver ? s'écria Mathis d'une voix glaciale.

— Un alpiniste comme toi n'a jamais entendu parler des chiens d'avalanche ? Je suis venu cette nuit en repérage avec mon fidèle Rocky, un sacré pisteur. Il aurait pu travailler pour la police judiciaire ou pour le peloton de gendarmerie de haute montagne. Tu ne nous as pas entendus ? Comme je suis un mec sympa, j'ai préféré vous laisser dormir.

— C'est trop gentil, s'écria Mathis d'une voix ironique.

Si Charles était impliqué dans la tuerie, Léa se demandait pourquoi il était monté jusqu'à la tente. Quel était son objectif ? Éliminer discrètement ceux qui le soupçonnaient ? Pourquoi ne les avait-il pas tués cette nuit ? Voulait-il assassiner l'un et épargner l'autre ? Avait-il craint qu'ils ne s'échappent à la faveur de l'obscurité ?

Les deux hommes se regardèrent de manière froide, debout, bien droits, à un mètre l'un de l'autre, dans le jour qui se levait. C'étaient deux sportifs. Elle se demanda s'ils allaient se battre corps à corps comme des lutteurs.

Mathis lui posa la question la plus directe qui soit.

— Pourquoi es-tu revenu sur les lieux du crime en changeant diamétralement de look ? demanda-t-il d'une voix glaciale.

Charles éclata de rire.

— Eh bien, pour mener moi aussi ma propre enquête en toute discrétion, à la demande de Janus, qui veut comprendre les dessous de ce quadruple meurtre la semaine où le docteur Mueller séjournait à Chamonix. J'ai fait comme Léa, mais moi, je ne l'ai dit à personne. Je me suis fait embaucher dans une guinguette, j'ai changé d'aspect physique, ma barbe a poussé et je suis devenu brun. Mathis, tu le sais, au Chardon bleu, juste avant la tuerie, je portais un polo Lacoste bleu marine et mon visage était rasé de près. Maintenant que nous approchons de la vérité, je n'ai plus rien à cacher, contrairement à toi.

Léa était stupéfaite qu'il reconnaisse de lui-même avoir hanté le restaurant avant le massacre. Qu'est-ce que cela signifiait ?

Le visage de Mathis était blafard.

— Je suis en train de tout comprendre. Tu as massacré quatre personnes, puis tu es venu travailler à proximité du parking pour savoir comment se déroulait l'enquête. À l'hôtel, je me souviens, tu payais tous tes repas en espèces, ça fait trois ans que les gendarmes te cherchent. Je te conseille vivement de te constituer prisonnier.

Charles se remit à rire.

— Si j'étais le meurtrier, tu crois que je serais monté ici pour te raconter ma vie ? J'aurais décampé puisque j'ai deviné hier soir que tu m'avais reconnu. Ou je vous aurais tués tous les deux, ce que je n'ai pas l'intention de faire.

Un silence pesant s'installa, il dura plusieurs minutes, les deux hommes se dévisageaient. Léa craignait que Charles ne sorte un pistolet de son manteau en cuir et les abatte en pleine nature.

Mathis ne semblait pas impressionné.

— Si tu t'étais enfui, les gendarmes t'auraient retrouvé rapidement. J'imagine qu'à la guinguette, on connaît ton identité.

Charles s'impatientait.

— Mais pourquoi m'auraient-ils couru après ? Je n'ai rien à me reprocher, moi !

L'attaque était frontale.

— Qu'est-ce que tu sous-entends ? hurla Mathis. Vas-y, dis-moi !

— Depuis des jours, tu embobines Léa pour la lancer sur de fausses pistes.

— As-tu des preuves ?

— Un jour, tu as disparu ! Étrange, non ? Toute la presse locale en a parlé. Les gendarmes de haute montagne ont fouillé partout, dans tout le massif. Évaporé ! Juste au moment où l'enquête allait aboutir. Il valait mieux disparaître, je te comprends.

Mathis semblait indigné.

— C'est toi qui m'as envoyé des menaces de mort ?

— Jamais. À mon avis, tu les as fabriquées toi-même.

Mathis tremblait des mains.

— Si j'avais quelque chose à me reprocher, je ne serais pas revenu d'Italie.

— Tu es revenu car tout le monde vient de comprendre que Michel Mueller avait séjourné au Chardon bleu avant la tuerie, ce que tu savais depuis le début. Tu craignais tellement que ça se sache que tu as effacé toi-même la liste des clients venus la semaine avant les crimes, et depuis, tu vis dans la hantise d'être démasqué…

— Comment le sais-tu ?

— Je viens de te le dire. J'ai mené moi-même ma propre enquête dans une totale discrétion.

Mathis haussa les épaules.

— Je ne comprends rien à tes élucubrations… Qu'est-ce que j'ai fait de mal, dis-moi ?

Charles lui répondit sèchement.

— Tu devais tuer le docteur Mueller, voyons, ne joue pas à l'imbécile. C'était ta mission. Un laboratoire concurrent de Janus t'a proposé une énorme somme, et tu as accepté. Après ton salaire minable de réceptionniste, tu aurais touché la super-cagnotte. L'argent fait perdre la tête, n'est-ce pas ?

— Sauf erreur de ma part, ce n'est pas le docteur Mueller qui a été tué, s'écria Mathis d'une voix ironique.

Charles n'avait pas l'air d'avoir entendu.

— Le fait d'avoir fui Chamonix prouve que tu n'as pas la conscience tranquille. J'ai compris définitivement que tu étais dans le coup en te voyant hier, camouflé, affolé, mais j'avais déjà ma petite idée sur toi. Le bruit court depuis un certain temps que tu es le tueur du Châtelard, même si tu as tenté par tous les moyens de prouver à Léa le contraire. Pour quelle raison te planques-tu en pleine nature si tu n'as rien à te reprocher ? C'est étrange, non ? Je vais te faire une révélation, Mathis, et après c'est toi qui iras te constituer prisonnier.

Léa ne perdait pas une miette de la conversation irréelle à laquelle elle assistait.

La voix du réceptionniste était blême.

— Je t'écoute, même si je sais que tu fabules.

Charles inspira un grand coup d'air frais.

— Lors du séjour de Mueller à l'hôtel, j'étais son discret garde du corps.

— Quel rapport avec la tuerie ? Je me répète : ce n'est pas lui qui a été tué.

— Les enquêteurs n'ont rien compris, tu es l'un des seuls à connaître la vérité, forcément.

Un long silence, puis Charles sortit une photo.

— Tu reconnais cette voiture ?

Mathis observa attentivement le cliché.

— Elle ressemble au véhicule de Daniel Chapuis retrouvé sur le parking du Châtelard. Une Audi blanche immatriculée en Suisse.

— Tu comprends très bien où je veux en venir. C'est effectivement une Audi blanche immatriculée en Suisse, mais il s'agit de la voiture de Michel Mueller.

— Je ne vois pas ce que tu sous-entends. Vraiment pas.

— Mais si, tu le vois très bien. Le 7 avril, Michel Mueller et Daniel Chapuis sont sortis quasiment au même moment de l'hôtel, ils sont montés dans deux voitures qui se ressemblaient mais tu ne t'en es pas rendu compte, tu n'es pourtant pas myope ! Tu guettais ce moment depuis longtemps, planqué je ne sais où. Tu as enfourché ta moto et tu as suivi bêtement une Audi blanche, en pensant que c'était celle de Mueller. Tu étais en service ce jour-là à la réception ?

Mathis bredouilla.

— Ben non, mais qu'est-ce que ça prouve ?

— Ça prouve que tu n'as aucun alibi et que tu avais tout ton temps pour tuer M. Mueller, mais tu as échoué.

— Explique-moi, je suis perdu ! s'écria Mathis d'une voix décomposée.

— Tu attendais l'instant propice pour assassiner le chercheur, tu as profité d'un trou dans ton emploi du temps pour agir, cela faisait plusieurs jours que tu piaffais d'impatience. Mais dans ta précipitation, tu as suivi les Chapuis en pensant que c'étaient les Mueller !

— Quel délire !

— Quand Daniel Chapuis s'est garé sur le parking du Châtelard, tu lui as tiré dessus, persuadé que c'était le directeur de Janus. Daniel avait un masque et ils se ressemblaient. Tu as tué la femme à ses côtés. Puis tu as tué Clotilde et

Félix Meunier, qui arrivaient à pied, par le plus grand des hasards. Cette tuerie est une énorme méprise. Aucune des quatre victimes n'était ta cible. Michel Mueller, lui, est parti tranquillement avec son épouse dans une autre direction, suivi en voiture par son garde du corps préféré, moi-même ! Quand j'ai appris qu'il y avait eu un carnage à proximité, je me suis posé des questions et nous avons décidé de ne pas retourner à l'hôtel ce soir-là. Le tueur ne s'était-il pas trompé de cible ? Tu n'as pas été très bon, cher Mathis, et depuis, tu crains que le vrai scénario du massacre ne soit découvert. Je me trompe ?

Une tornade venait de balayer le versant français du Mont-Blanc. Léa était abasourdie. Charles disait-il la vérité ou était-ce un énorme bluff destiné à se disculper ? Si ses propos étaient exacts, elle comprenait pourquoi la section de recherches de la gendarmerie tournait en rond. Elle essayait de comprendre le scénario des meurtres, elle n'y arrivait pas, pour la simple raison que ceux qui avaient été tués n'auraient pas dû l'être. Elle aurait pu éplucher la vie des quatre victimes pendant des années, ça n'aurait servi à rien. Il n'y avait pas eu une ou deux ou trois victimes collatérales. Les quatre morts avaient tous été tués par erreur, et celui qui aurait dû mourir ne se trouvait pas sur la scène de crime.

Était-ce la vérité ou un nouveau mensonge ?

Une énième fausse piste ?

— Si ce que tu dis est vrai, s'écria Mathis d'une voix blême, pourquoi n'en as-tu pas parlé à la gendarmerie au lieu de te déguiser en bûcheron ?

— Parce que Janus m'a demandé de me taire et que…

— Et tout à coup, tu te mets à tout balancer…

— Laisse-moi terminer, s'il te plaît. Pendant des mois, personne n'était certain que Michel Mueller était la cible du tueur. Comment savoir ? Janus m'a demandé de mener une enquête une fois que j'aurais cessé d'être le garde du corps du grand patron, ce qui est arrivé après le confinement. Il est désormais protégé par plusieurs hommes d'une société privée, je n'en dirai pas plus. Cela fait deux ans que j'essaie de comprendre ce qui s'est passé ce fameux 7 avril. J'ai écouté mine de rien les clients de la guinguette. Les rumeurs couraient, certaines fantaisistes, d'autres crédibles. Très vite, j'ai deviné que tu n'étais pas tout blanc…

Léa n'arrivait pas à savoir qui disait vrai et qui jouait la comédie.

Mathis reprit la parole.

— J'aurais été le tueur à gages d'un laboratoire concurrent de Janus, c'est bien ça ou j'ai mal compris ?

— Un tueur à gages occasionnel. J'imagine que quelqu'un t'a approché quand Michel Mueller est arrivé à l'hôtel. L'individu a dû te montrer une valise pleine de billets. Le salaire de toute une vie ! Ces salauds ne reculent devant rien.

— Tu as une preuve de ce que tu avances ?

— Sur le moment, je l'ignorais, sinon je t'aurais empêché de nuire, mais depuis, grâce à mes investigations, j'ai subodoré que tu étais le tueur, je ne vais pas m'étendre ici. Le problème, encore une fois, c'est que tu n'as pas été capable d'accomplir ta mission ! Quel amateur, et à cause de ça tu n'as sans doute rien touché. C'est pourquoi tu es resté un pauvre réceptionniste, hanté par cette histoire, affolé à l'idée d'être démasqué. Je me trompe ?

— Les gendarmes m'ont auditionné plusieurs fois, je n'ai jamais été inquiété.

— Oh, tu sais, hurla Charles, certains meurtriers courent dans la nature : l'auteur de la tuerie du Châtelard n'a toujours pas été interpellé !

— Puisque tu sais tout, donne-moi le nom du laboratoire qui m'aurait métamorphosé en assassin !

— C'est plutôt à toi de me le dire puisque c'est lui qui t'a sollicité.

Léa essayait de déceler une contradiction, un lapsus qui trahirait l'un ou l'autre, mais les deux tenaient un discours cohérent et crédible. L'un était vrai et l'autre faux.

— Si tu as travaillé pour Janus, renchérit Mathis, les gendarmes pourront facilement le vérifier.

— Mais je travaille toujours pour Janus, tu es sourd ou quoi ? Cela dit, ça m'étonnerait que mon employeur réponde à des questions à mon sujet. Janus n'a rien fait de mal. Au contraire, il a sauvé l'humanité. Pourquoi la police française s'amuserait-elle à interroger les salariés d'un laboratoire suisse irréprochable ? Mathis, reviens sur terre, s'il te plaît.

Si Charles mentait, c'était un excellent comédien.

Qui croire ou ne pas croire ?

Mathis essayait de se défendre du mieux qu'il pouvait, mais il semblait embarrassé par les terribles accusations portées contre lui.

— Si je suis coupable de crimes, pourquoi ne pas m'avoir dénoncé aux enquêteurs ?

— Pour deux raisons. D'abord parce que je n'étais sûr de rien jusqu'à ces derniers jours. Ensuite parce que j'aimerais que tu ailles toi-même à la gendarmerie pour te constituer prisonnier…

— Mais je suis innocent !

— Eh bien, dans ce cas, les enquêteurs seront avertis.

— Tu iras me dénoncer ?

Léa se disait que Mathis lui lançait une question piège. Si Charles était dans le coup, il serait étonnant qu'il témoigne auprès des forces de l'ordre.

— Possible, oui, à condition que Janus soit d'accord.

— Sinon, tu enverras une lettre anonyme à la juge ? Pour dire quoi ? Quelle preuve as-tu de ma culpabilité ? Peux-tu répondre à cette question au lieu d'embrouiller Léa ?

— C'est très simple. À l'hôtel, dès que Michel Mueller passait devant toi, tu le regardais de manière bizarre, comme si tu attendais l'occasion pour le prendre en chasse et le tuer. Tu avais les yeux d'un loup s'apprêtant à dévorer sa proie et…

Mathis lui coupa la parole.

— C'est ça, ta preuve ? Je suppose que c'est une plaisanterie.

— Laisse-moi terminer. Je n'avais aucune certitude jusqu'à une date très récente. Quand tu as disparu dans la montagne, ta photo a été publiée dans la presse. Des avis de recherche ont été placardés dans les boutiques de Chamonix. Et là, bingo, quelqu'un t'a formellement reconnu.

— Reconnu ? Comment ça ?

— Le jour de la tuerie, un homme de Saint-Gervais se trouvait en contrebas du parking, légèrement en retrait de la route. Après avoir massacré quatre innocents, tu as roulé à moto sur une cinquantaine de mètres puis tu t'es arrêté en pensant que personne ne te voyait. Tu t'en souviens ? Tu as retiré ton casque, tu as essuyé la sueur de ton visage, avant de repartir.

— Du grand n'importe quoi ! Si un homme m'a aperçu, pourquoi a-t-il gardé le silence pendant trois ans ?

— Tout simplement parce qu'il ne savait pas du tout qui tu étais et qu'il craignait que les enquêteurs le soupçonnent d'être dans le coup, dans la mesure où il se trouvait à quelques dizaines de mètres de la scène de crime. Sur l'avis de recherche placardé ces derniers jours, il pense avoir reconnu le tueur du Châtelard ! Mathis Lefrançois en personne ! Le charmant garçon n'est qu'une ignoble pourriture qui tue pour une valise de billets. Ce témoin hésite à en parler aux gendarmes car il n'est encore sûr de rien…

— Et il raconte ce bobard au serveur d'un snack minable… Je ne te crois pas.

— C'est pourtant la vérité.

Le ton montait. Léa imaginait qu'ils allaient se battre. La haine de l'autre suintait dans leurs yeux.

— Cet individu fréquente ma guinguette, poursuivit Charles. Il m'a parlé de toi hier. Il m'a demandé mon avis. Il hésitait sur la démarche à suivre. Je lui ai dit que, s'il t'avait reconnu malgré les trois ans écoulés, il avait le devoir moral de témoigner auprès des enquêteurs afin qu'ils mettent fin aux agissements d'un tueur. De mon côté, je n'ai parlé de lui à personne. Tu me pousses à le faire ici, devant Léa.

L'ultime coup de massue ?

Léa était abasourdie par cette dernière révélation. Il lui serait facile de vérifier auprès du témoin en question s'il disait vrai. Si celui-ci se rendait à la gendarmerie pour dénoncer Mathis, alors le réceptionniste serait immédiatement arrêté et incarcéré.

Était-ce la peur d'être interpellé qui l'avait poussé à dormir dans une petite tente planquée dans les buissons ? Les menaces qu'il prétendait avoir reçues étaient-elles bien réelles ?

Toute la confiance qu'elle avait en lui, tout l'amour qu'elle lui portait, toute l'admiration qu'elle éprouvait s'évanouirent d'un seul coup. Elle le dévisagea, avant de reculer d'un pas, instinctivement. Il la regarda avec des yeux désemparés, comme un chien perdu.

Le dialogue avait tourné à l'avantage de Charles. Son récit était cohérent et argumenté.

Celui de Mathis pataugeait.

— Quand on a les moyens, dit-il, il est facile de payer un témoin pour qu'il fabrique un faux…

Il ne termina pas sa phrase.

Les minutes étaient d'une intensité inouïe.

— Mathis, tu peux tout dire, reprit Charles. Avoue à Léa que tu étais payé pour tuer Michel Mueller et que tu t'es trompé de cible. Ça te fera du bien de soulager ta conscience. Cette histoire te mine depuis trois ans… Vas-y, c'est le moment de vider ton cœur.

Le réceptionniste avait le visage blanc comme un linge.

— Mais non, ce n'est pas moi. Je suis innocent. Je n'ai rien fait.

— Je conçois que ce soit dur d'avouer la vérité à une femme que tu aimes. Tu lui mens depuis des jours et tu refuses de l'admettre. Psychologiquement, tu traverses un enfer, même si je trouve ce silence minable. Tu as massacré quatre personnes et tu continues à le nier. Tant pis. Comment va ta moto, au fait ?

— Oui, j'ai une moto, mais qu'est-ce que ça prouve ?

— Je me pose encore une question : as-tu agi seul ou avec l'aide d'un complice ?

Le réceptionniste ne répondit pas.

Charles ferma son manteau de cuir.

— Bon, je commence à avoir froid. Je vais m'en aller, ce n'est pas moi qui vais t'interpeller, je ne suis pas flic et la délation me répugne. Je te laisse face à ta conscience, mais les enquêteurs vont découvrir le pot aux roses dans les heures qui viennent… J'espère que tu ne vas pas fuir de nouveau en Italie…

Léa prit la parole d'une voix neutre.

— Tu redescends à la guinguette ?

— Oui, pourquoi ? Aujourd'hui on ouvre à 11 heures, mais j'ai des trucs à préparer. Tu m'accompagnes ?

Elle se demandait si elle n'allait pas accepter, elle n'avait pas envie de rester avec un homme qui était un possible tueur, mais deux choses la tracassaient : elle trouvait étrange que Charles veuille ouvrir La Joyeuse Marmotte alors qu'un dangereux criminel se trouvait à proximité, mais surtout, elle avait remarqué qu'il avait parlé des *quatre* morts du Châtelard, pas de Barbara, pas du meurtre des Contamines, pas de celui du val Ferret, alors que les enquêteurs considéraient que tous ces crimes étaient liés. Pourquoi ces oublis ? Pensait-il que Mathis ne les avait pas commis ?

Après tout, jusque-là, elle n'avait aucune preuve *concrète* de la culpabilité de Mathis. Elle n'avait entendu que des paroles.

Si ce dernier était innocent, il n'irait pas se constituer prisonnier, ce serait un non-sens.

L'homme de Saint-Gervais allait-il vraiment faire une déposition auprès des gendarmes ? Était-il certain d'avoir bien vu ? Elle connaissait le manque de fiabilité du témoignage humain, d'autant que trois ans s'étaient écoulés depuis les premiers meurtres.

Elle n'arrivait pas à répondre à toutes ces questions.

Plutôt que de rester les bras croisés, elle décida de dégainer son arme de destruction massive : le bluff.

Et tant pis si elle prenait des risques inconsidérés. Elle aimait Mathis, ils venaient de faire l'amour, elle ne voulait pas qu'il soit coupable.

Léa se tourna vers Charles et lui annonça d'une voix mielleuse :

— Merci pour ces informations qui vont m'être utiles dans la rédaction de mon livre. Je vais sans doute redescendre avec toi, mais il y a une chose dont tu n'as pas parlé : l'assassinat de Barbara Dubois devant mes yeux.

Charles semblait surpris.

— Pourquoi en aurais-je parlé ? Je ne suis au courant de rien. J'imagine que ton ami Mathis est impliqué, mais sur ce point très précis, je n'ai aucune certitude.

— Non, bien sûr, tu ne sais rien, mais juste avant de mourir, Barbara m'a dit une chose que je n'ai répétée à personne, ni à Mathis, ni à toi, ni aux enquêteurs. J'ai gardé ça pour moi.

Charles ouvrit grand les yeux.

— Barbara a assisté au crime des quatre randonneurs, poursuivit la journaliste. Même si le tueur portait un casque, elle a aperçu un certain nombre de détails. Elle était tout près de lui, en partie dissimulée par l'Audi blanche des Chapuis.

Le barman semblait étonné.

— Qu'est-ce qu'elle a dit ?

Léa fabulait, Barbara ne lui avait fait aucune révélation d'importance.

— Le motard avait les yeux d'un bleu intense et des cheveux blonds. Elle en était certaine. Elle s'apprêtait sans doute à me révéler d'autres détails, mais comme tu le sais, elle est morte.

— Tu cherches à me faire dire que je suis coupable, c'est ça ? répondit-il d'une voix agacée.

— Si le tueur avait les yeux bleus et une chevelure blonde, alors Mathis n'est pas l'assassin puisqu'il est brun.

— Comme révélation, on fait mieux. Sous un casque, il est difficile de voir des cheveux.

Quitte à bluffer, elle alla jusqu'au bout.

— Le récit de Barbara est capital. L'homme de Saint-Gervais qui aurait aperçu Mathis l'a-t-il vu tirer ?

Charles semblait déstabilisé.

À son visage, elle comprit qu'il ne s'attendait pas à cette attaque en règle.

Elle enfonça le clou.

— Le tueur a prononcé quelques mots, Barbara m'a dit qu'il avait une voix rauque…

— Elle t'a vraiment dit ça ?

— Absolument.

— Soit. Mais avec le bruit du torrent, elle n'a pas dû entendre grand-chose. Tu as d'autres révélations à me faire ?

Instinctivement, sans savoir pourquoi, elle se disait que Charles cherchait à la mener en bateau. Quelle preuve avait-il de la culpabilité de Mathis ? S'il était persuadé que le réceptionniste était dans le coup, pourquoi était-il venu annoncer la nouvelle jusqu'ici au lieu d'en parler aux enquêteurs ? Quelque chose ne collait pas.

Elle se demanda comment il allait réagir.

Tétanisé, Mathis observait la scène en silence.

Charles bredouilla une question :

— Et tu en déduis quoi ?

— Je ne dis pas que tu as cherché à tuer Michel Mueller après l'avoir observé dans l'hôtel pendant une semaine déguisé en fils de bonne famille. Je ne porte aucune accusation sur toi.

L'ironie était cruelle.

Après un court silence, elle poursuivit :

— Donc, tu n'as pas tiré sur les quatre randonneurs du parking du Châtelard ?

— Ben non, désolé.

Comment savoir qui disait vrai et qui mentait ? Léa n'avait pas réussi à confondre Charles, mais le fait qu'il soit revenu sur les lieux du crime en changeant de physionomie lui semblait extravagant.

Elle hésitait sur la conduite à tenir. Redescendre à Chamonix ? Rester avec celui qu'elle aimait ? Elle venait de faire l'amour avec lui, comment pouvait-il être un assassin ?

Mathis s'adressa à Charles en le regardant droit dans les yeux.

— Sauf si tu décides de nous tuer maintenant, en pleine nature, nous allons nous séparer. Cette conversation ne mène nulle part. Tu cherches à me faire endosser l'habit de coupable alors que je suis innocent. Si tu veux baver sur moi auprès des gendarmes, n'hésite pas, j'ai de quoi leur prouver mon innocence…

Charles haussa les épaules.

— Oh, tu sais, je n'ai pas l'intention de tirer sur quiconque, moi ! Entendu, je vous laisse, la suite montrera qui a raison et qui a tort.

Mathis attrapa la main de Léa et l'emmena sur un sentier. Celle-ci se laissa faire. Elle se méfiait de ce Charles aux multiples visages, elle avait confiance dans ce réceptionniste.

Le serveur les regarda s'éloigner. Ils grimpèrent dans la montagne.

— Léa, murmura Mathis, on va monter sur un grand rocher que je connais bien. Et de là, j'appellerai les gendarmes pour raconter ce qui s'est passé.

— Pourquoi ne pas descendre tout de suite ?

Il haussa les épaules.

— Charles est venu jusqu'à la tente pour essayer de te convaincre de ma culpabilité. Un procédé immonde. Pour lui, c'était un peu la tentative de la dernière chance. Il n'existe aucune preuve formelle contre lui, juste des présomptions. Avoir une journaliste de renom comme toi dans son camp serait un atout majeur. Mais ça n'a pas marché. Son histoire de témoin, je n'y crois pas une seconde, c'est une fable, ou alors, il a soudoyé quelqu'un pour m'accuser. Maintenant, il est capable de tout, y compris de nous tuer le moment venu. J'ai été étonné qu'il ne sorte pas d'arme. À mon avis, vu l'échec de son stratagème, il est descendu en chercher une. Il faut que nous agissions vite. Les morts ne parlent pas.

Ils avançaient rapidement. La peur donnait des ailes à Léa. De temps en temps, elle jetait un coup d'œil derrière elle pour voir si le barbu ne les suivait pas. Si c'était le cas, il le faisait avec une discrétion digne d'un félin.

Ils arrivèrent au sommet d'un éperon qui dominait la vallée. Plus bas s'étalait Chamonix, éclairée par le premier soleil de mai.

— Tu vois comme c'est beau ! s'écria Mathis. Je viens souvent ici quand je veux m'isoler. Le chemin est relativement facile, tu l'as vu, à condition de contourner la paroi rocheuse.

Le panorama était époustouflant. Il en faisait presque oublier l'histoire sordide dans laquelle ils étaient plongés.

— On n'est pas là pour s'extasier, poursuivit le jeune homme. On reviendra ici une autre fois pour pique-niquer et nous embrasser. Je te laisse regarder si Charles ne se ramène pas pendant que je préviens les gendarmes.

Il sortit son portable de sa poche.

Du haut de la falaise, elle observait les alentours. Elle craignait de voir apparaître le barbu.

Ne se trouvaient-ils pas dans un endroit où il était facile de les éliminer, ne serait-ce qu'en les poussant dans le vide ? La jeune fille estimait la hauteur de la falaise à une centaine de mètres : personne ne survivrait à une chute. Elle se pencha légèrement. tout en bas poussait une végétation relativement dense, les corps ne seraient pas retrouvés de sitôt.

Charles les avait-il suivis sans se faire voir ? Les attendait-il à Chamonix ? Avait-il décidé de fuir et de disparaître ? Tant de choses s'étaient déroulées depuis quelques heures qu'elle ne savait plus que penser.

— J'appelle les gendarmes, s'écria Mathis. Regarde bien si personne ne vient, surtout… Allô, la gendarmerie ?

Il était sans doute tombé sur un répondeur le mettant en attente car il réitéra sa question deux minutes plus tard.

— Allô, la gendarmerie?

Il était tout près d'elle, juste dans son dos. Elle regardait avec attention les alentours, elle ne voyait personne.

À ce moment précis, elle se retourna vers Mathis, elle se demandera pendant longtemps si un sixième sens ne l'avait pas poussée à regarder derrière elle.

Ce qu'elle vit la terrorisa.

Le réceptionniste si aimant, si aimable, si beau, si attentif n'avait aucun téléphone dans la main, il était tout près d'elle, son visage s'était métamorphosé, mais surtout, il avait les deux mains tendues vers elle, à quelques centimètres.

Elle comprit immédiatement ce qui était en train de se passer : Mathis cherchait à la pousser dans le vide.

Dans ces moments extravagants, inattendus, terrifiants, le cerveau ne raisonne plus, il fonctionne en *mode survie*, à l'instinct.

Elle ne chercha pas à comprendre. Elle se jeta à plat ventre sur le sol, et rampa le plus loin possible du précipice.

Mathis avait un avantage de taille sur elle : c'était un sportif de haut niveau, tout en muscles, tout en puissance. Elle n'était pas habituée à ce genre de combat au sol. Il sauta sur elle et tenta de la faire rouler dans une direction qui signifierait une mort certaine.

Elle ne se laissa pas faire, elle le griffa, elle le mordit, elle écrasa avec ses mains les parties les plus délicates de son corps, il ne s'attendait sans doute pas à une telle résistance.

Elle n'eut pas le temps de lui demander pourquoi il faisait ça, s'il était l'assassin qui écumait la vallée depuis trois ans, ou s'il était son complice. La seule chose qui l'intéressait était de sauver sa peau.

La peur de mourir procure des forces insoupçonnées : des individus réussissent à traverser des incendies sans être brûlés, d'autres survivent à des chutes impressionnantes.

Elle se battait avec un homme bien plus fort qu'elle et, peu à peu, réussit à s'éloigner du gouffre dans lequel il essayait de la précipiter.

— Alors, comme ça, c'est toi le coupable ? hurla-t-elle en lui donnant un coup de poing dans le visage. Tu m'as trompée du début à la fin.

— Tu en sais trop, chérie. Je suis désolé.

C'était pathétique. Il ne trouvait sans doute rien d'autre à dire. Comment justifier l'injustifiable ?

Elle se disait qu'il finirait, en persévérant dans ce combat inégal, par avoir le dessus.

Il allait la jeter de la falaise. Elle imaginait qu'il reprendrait ensuite le chemin de l'Italie, et qu'il disparaîtrait à jamais, à la façon de Xavier Dupont de Ligonnès.

Le témoignage de Charles à lui seul, à supposer qu'il soit vrai, ne suffirait sans doute pas à démontrer sa culpabilité. En dehors du témoignage aléatoire du client de Saint-Gervais, il n'existait aucune preuve concrète pour incriminer le réceptionniste du Chardon bleu.

Le *cold case* resterait-il un *cold case* ?

Elle était désespérée de mourir, elle était anéantie de savoir que celui qui s'apprêtait à l'exécuter avait fait l'amour avec elle la nuit précédente. Était-ce pour tenter de la séduire et pour prouver qu'il était étranger à cette affaire ? Elle n'avait pas le temps de réfléchir à la question, il fallait à tout prix qu'elle s'en sorte.

— Pourquoi cette folie meurtrière ? hurla-t-elle.

— Si tu n'étais pas venue, nous aurions évité des morts…

Elle n'en saurait pas plus, elle se doutait que la fin était venue pour elle. Combien de temps allait-elle résister ?

Elle entendit un bruit, un pas. Elle imaginait que Mathis avait appelé un complice. Car il en avait un, forcément, ou plusieurs. Il venait de le reconnaître implicitement. *Si tu n'étais pas venue, nous aurions évité des morts…* L'aveu d'une machination.

Elle aperçut une ombre sur leurs deux corps, une ombre immense. Elle n'arrivait pas à se retourner pour voir de qui il s'agissait.

Elle comprit quand elle entendit la voix :

— Alors, Mathis, tu reconnais enfin que tu es un salopard ?

La voix de Charles. Le barbu les avait suivis de loin et les avait retrouvés.

Il était plus baraqué que le réceptionniste, il se jeta sur lui comme un joueur de rugby lors d'un placage et réussit à le maîtriser. Puis, de sa poche, il sortit une cordelette bleue, et, avec l'aide de Léa, lia les pieds et les jambes de celui qui avait menti depuis le début, et pas seulement menti.

Charles appela les gendarmes et raconta en quelques mots ce qui venait de se passer. Un hélicoptère arriva peu de temps après.

Une semaine plus tard, Léa fut convoquée par la juge d'instruction d'Annecy. En garde à vue, Mathis avait été interrogé pendant soixante-douze heures. Il avait avoué un certain nombre de choses, avant d'être placé en détention provisoire.

La journaliste entra dans le bureau d'une magistrate avec qui elle ne s'était jamais entendue. Et pour cause : elles travaillaient sur la même affaire en ayant une vision diamétralement opposée. Par ailleurs, les deux femmes avaient un tempérament très différent. Léa explorait des pistes nouvelles, sans préjugés. Marie-Odile Viallard raisonnait en bureaucrate influencée par des dossiers précédents, comme l'affaire Roberto Succo. Or, la tuerie du Châtelard était hors de toute norme, elle ne ressemblait à aucune autre, Léa l'avait compris d'emblée. Elle avait flairé que ces crimes atroces étaient liés à la pandémie, qu'un conflit entre laboratoires était la thèse la plus probable, ce que la juge réfutait de manière obstinée.

Elles s'assirent l'une en face de l'autre, enfoncées dans des fauteuils autour d'une petite table basse. La juge proposa un café, Léa en déduisit qu'elle avait l'intention d'être aimable. Pourquoi ne le serait-elle pas ?

— Je vous ai fait venir pour deux raisons. D'abord parce que vous êtes une des victimes de cette affaire, même si le tueur vous a ratée, ensuite parce que vous avez permis de l'arrêter. C'est pourquoi je tenais à vous revoir dès que possible. Vous devriez postuler à la police judiciaire, nous avons besoin de gens comme vous!

Léa n'osa pas lui dire que l'enquête avait été négligée.

— Je vous remercie pour votre amabilité, répondit-elle d'une voix neutre. J'ai effectué des recherches approfondies sur le terrain, sans préjugés, mais j'ai aussi eu de la chance…

— Vous avez pris des risques inconsidérés, vous êtes une femme courageuse. On a tué quelqu'un devant vous, vous avez été menacée, et vous avez continué à traquer le criminel. Je vous en félicite.

La journaliste ne s'attendait pas à de tels compliments venant d'une personne qui, jusque-là, l'avait méprisée.

Désormais, une seule chose intéressait celle qui avait failli mourir: connaître la vérité dans ses moindres détails.

— Que vous a dit Mathis Lefrançois?

— À mon avis, vous n'allez pas apprendre grand-chose. Le dénommé Charles Lebert a été lui aussi interrogé et il nous a dit qu'il vous avait tout raconté.

— Mathis n'a pas démenti sa version des faits?

— Au début, si, mais il a finalement craqué. Vous savez, dans ce genre d'affaires, face à certaines preuves accablantes, l'individu n'a d'autre choix que de reconnaître la réalité. Le fait qu'il ait tenté de vous jeter dans un précipice est la preuve irréfutable qu'il avait quelque chose à se reprocher. Comment M. Lefrançois pouvait-il prétendre être innocent après avoir essayé de vous tuer? Mission impossible. De plus, nous avons retrouvé son ADN sur les scènes de crime. Au Châtelard, aux Contamines, et même dans le val Ferret. Un ADN inconnu. Ce jeune homme a un casier judiciaire vierge et, lors de l'enquête, à aucun moment, faute de le suspecter, nous n'avions jamais relevé ses empreintes génétiques. D'où la difficulté pour le coincer.

— Vous n'aviez aucun soupçon sur lui?

— Aucun! Après la première tuerie, nous l'avions interrogé une fois, parmi des centaines de gens, sans nous attarder.

Léa voulait montrer qu'elle gardait la main sur le dossier.

— En réalité, si j'ai bien compris, le quadruple meurtre est une effroyable méprise. Mathis Lefrançois avait pour mission de tuer le chercheur Michel Mueller, qui séjournait avec son épouse au Chardon bleu.

— Eh bien, vous en savez autant que moi ! C'est la version qu'il nous a donnée après plusieurs heures de garde à vue. Mais ce fameux 7 avril, dans la précipitation, il n'a pas pris en chasse la bonne voiture. Il a suivi une Audi blanche immatriculée en Suisse, le même modèle que celui de Mueller. Les deux couples sont partis quasi simultanément, mais pas dans la même direction. M. Lefrançois, en congé ce jour-là, attendait discrètement sur sa moto non loin de la sortie de l'hôtel, mais il a traqué la mauvaise voiture. Il a tué un individu masqué qui ressemblait au chercheur, en photographiant le cadavre pour prouver le succès de sa mission. Ce n'est que plus tard, en regardant les dépêches sur Internet, qu'il s'est rendu compte de sa méprise.

La juge sortit la photo des deux Suisses : MM. Chapuis et Mueller. Il existait effectivement des ressemblances entre les deux : même âge, même coiffure blanche, mêmes lunettes, même corpulence.

Léa se voulut philosophe.

— Si Mathis avait tué Michel Mueller, le fameux vaccin n'aurait pas été découvert par Janus. Un autre vaccin aurait-il été mis au point par le laboratoire concurrent qui avait programmé sa mise à mort ?

— Un acte manqué a peut-être sauvé la planète !

Une question traversa la tête de la journaliste.

— Vous savez pourquoi Mathis n'est pas passé à l'action plus tôt ? Mueller est resté plusieurs jours à l'hôtel, non ?

— Tout simplement parce qu'à son grand dépit, il n'en a pas eu l'occasion. Il avait l'œil sur le chercheur, il connaissait ses habitudes, mais quand il travaillait, ce n'était pas possible, il ne pouvait quitter la réception. Il s'est aperçu que les Mueller restaient très souvent dans leur chambre, où il était impossible d'attenter à leur vie. Le 7 avril était la journée de la dernière chance, le couple devait rentrer en Suisse de manière imminente. En embuscade non loin de l'hôtel, méconnaissable grâce à son casque intégral, Mathis a vu le chercheur et sa femme quitter le Chardon bleu. Il s'est dit que c'était l'occasion ou jamais. Il a allumé le moteur de sa moto avant de suivre une Audi blanche qui quittait le parking, en ignorant que les Chapuis, qui partaient en balade au même moment, avaient un modèle quasi identique.

Un long silence suivit ces révélations, qui n'en étaient pas vraiment. Léa avala une gorgée de café en fermant les yeux. La pluie tapait contre le carreau. Des sommets nimbés de brouillard se devinaient dans le lointain.

— J'imagine qu'il n'a pas voulu tuer le docteur Mueller pour le simple plaisir…

La juge soupira.

— Je comprends votre sous-entendu. Vous avez compris : un puissant laboratoire pharmaceutique concurrent de Janus lui avait proposé une somme folle pour accomplir cette mission. Ils sont venus le voir chez lui avec une mallette de billets le jour où le couple Mueller est arrivé à l'hôtel. Ils pensaient que la personne qui avait le plus de chance de les tuer était quelqu'un qui connaissait leurs allées et venues. Le risque pour M. Lefrançois de se faire arrêter était très mince. Il n'existait aucun lien entre lui et le chercheur.

— Quel laboratoire a osé organiser une chose aussi immonde ?

— Nous sommes en train de procéder à des vérifications. Je ne peux vous révéler aucun nom aujourd'hui. Il s'agit d'un centre de recherches connu. Donnons-lui un nom fictif pour faciliter l'entretien : le Labo. Il était lui aussi à la recherche d'un vaccin, qui n'a finalement jamais été mis au point. Janus l'a doublé et le concurrent a renoncé car ses recherches n'ont, à l'évidence, jamais abouti.

— Vous trouvez cette hypothèse crédible ?

— M. Lefrançois a voulu se défausser sur le laboratoire, en disant qu'on l'avait menacé de mort au cas où il n'accomplirait pas sa mission, un classique dans ce genre d'affaires... En tout cas, il nous a prouvé qu'il existait bien un commanditaire en nous fournissant des informations très précises. Sans apporter de preuve, il suppose que ce complot avait été ourdi par deux ou trois responsables de l'entreprise, une sorte de *task force*, et que les autres cadres n'étaient au courant de rien. Ce crime était une opération secrète, décidée par une poignée de gens, accomplie par un tueur à gages au casier judiciaire vierge, un réceptionniste au-dessus de tout soupçon. Un complot parfaitement organisé, qu'un grain de sable a fait échouer...

Léa avait flairé ce genre de piste dès le début, en supposant que Clotilde Meunier était la cible.

— Cette *task force*, comme vous l'appelez, comptait-elle se débarrasser aussi de la jeune scientifique lyonnaise, dont les recherches étaient très avancées ?

— M. Lefrançois dit que non. Il l'a tuée parce qu'elle était sur la zone du crime, sans savoir qui c'était. Un tragique hasard pour elle et les autres victimes. L'hypothèse d'une guerre entre laboratoires était la bonne, mais la cible était le docteur Mueller, et lui seul. Vous aviez deviné une partie de la vérité, mais j'ai eu raison de penser que la chercheuse lyonnaise n'était pas visée, je vous l'ai répété à plusieurs reprises et, sur ce point très précis, je ne me suis pas trompée. Quant à M. Lefrançois, vous le savez, depuis le premier jour, il a cherché à gagner votre confiance et à vous lancer sur des pistes contradictoires...

— Il m'a révélé des choses vraies, d'autres totalement fantaisistes. Il m'a dit qu'un listing avait été effacé, que la solution de l'énigme se trouvait dans l'hôtel, ce qui était exact. Pour quelle raison ?

— Oh, c'est facile à comprendre. Pour le cas où vous le découvririez par vous-même, il voulait vous prouver qu'il était étranger aux faits puisqu'il vous en avait spontanément parlé. C'est une technique utilisée par certains criminels : donner de vrais indices pour tenter de démontrer leur innocence… En outre, il a cherché à vous convaincre que la chercheuse lyonnaise avait été victime d'un complot, une thèse à laquelle vous avez cru pendant longtemps, souvenez-vous, et qu'il savait totalement fausse.

— Je ne l'imaginais pas aussi retors.

— Il y a quelques jours, croyant qu'on allait le démasquer, il s'est réfugié en Italie avant de revenir pour tenter de vous prouver sa bonne foi. Il vous a annoncé que le chef d'orchestre du complot n'était autre que le docteur Mueller, qui avait séjourné au Chardon bleu. Il redoutait que vous compreniez qu'il était impliqué dans cette affaire. Il a tout mis en œuvre pour vous persuader du contraire, y compris en faisant croire qu'il était amoureux de vous.

Rétrospectivement, elle le trouvait répugnant.

— J'imagine qu'après les meurtres, il n'a pas gagné la somme promise…

— Il n'a touché qu'une petite avance, et comme l'opération a échoué, le laboratoire a coupé tous les ponts avec lui. Si M. Lefrançois n'a pas changé d'hôtel, c'était pour avoir le nez sur l'enquête. En restant réceptionniste au Chardon bleu, il était aux premières loges, tout en pensant que personne ne le soupçonnerait, ce qui a été le cas jusqu'à une date récente.

La journaliste posa une question dont, *a priori*, elle connaissait la réponse.

— Pourquoi Charles Lebert est-il revenu sur le lieu des crimes ? Il n'avait rien à voir avec cette histoire…

— Vous avez un avis personnel ?

Elle répéta ce qu'il avait dit près de la tente.

— J'imagine que le docteur Mueller, sans jamais en parler à la police, s'est demandé si la vraie cible de la tuerie du Châtelard n'était pas lui : le chercheur se trouvait dans le même hôtel qu'un des couples assassinés et possédait la même voiture. Il a donc envoyé son ancien garde du corps en toute discrétion pour tenter d'en savoir plus.

— Vous avez tout compris ! Tout en étant serveur dans un snack, Charles était un indicateur du laboratoire Janus, qui voulait comprendre ce qui s'était réellement passé lors de ce fameux 7 avril. Il écoutait les rumeurs colportées par la clientèle, elles étaient innombrables. Il prêchait le faux, mine de rien, pour tenter de connaître le vrai. Un jour, quelqu'un lui a dit que le meurtrier, c'était Mathis Lefrançois, sans apporter de preuve. Il a commencé à s'intéresser à lui discrètement. Ce qui a achevé de le convaincre, c'est le témoin de Saint-Gervais, le seul à avoir vu le visage du tueur. Il l'a reconnu sur les affiches placardées dans Chamonix après sa disparition. Quand Charles l'a vu en votre compagnie à la guinguette après son retour, il a décidé d'agir. Il craignait que le réceptionniste ne vous abatte en pleine nature… Celui-ci avait tué des innocents avec la même arme que le 7 avril pour accréditer l'idée qu'un tueur en série sévissait dans la vallée…

— Vous avez privilégié cette dernière piste, rappela sobrement Léa. Le procureur de la République a fait deux conférences pour en informer la presse. Plusieurs meurtres au même endroit, ça ne pouvait être que l'œuvre d'un *serial killer*.

Stoïque, la juge s'assit derrière son bureau.

— Je reconnais notre erreur, mais laissez-moi continuer. Votre venue à Chamonix, annoncée dans la presse locale, a provoqué un mouvement de panique : Mathis vous craignait, mais aussi les gens du Labo, au moment où l'enquête semblait se tasser tout doucement…

— À ce point ?

— Vous aviez résolu plusieurs affaires mystérieuses, pourquoi pas celle-là ? Le général de Gaulle du *cold case* débarquait dans la vallée ! Des sbires du Labo sont arrivés en même temps que vous, sans que Mathis en soit informé, nous possédons des indices sérieux accréditant cette hypothèse. Ils vous ont intimidée à plusieurs reprises, en commençant par incendier votre voiture, tout en lançant de nouvelles rumeurs invérifiables, comme la supposée altercation entre un joggeur et le couple Meunier en amont du parking. Vous vous souvenez de l'homme qui se faisait appeler Yannick Boutot ?

— Ah, oui ! Celui qui, à la guinguette, m'a transmis la photo prise au 3842.

— Yannick Boutot est un pseudonyme, évidemment, et nous avons réussi à l'appréhender. La photo truquée du 3842 a été fabriquée par le Labo dans le but de vous persuader que les quatre randonneurs assassinés se connaissaient. Longtemps, vous avez cherché à savoir ce qui les unissait, ce qui vous a éloignée de la vérité. Par ailleurs, dans le but de vous effrayer, ledit Yannick a incendié votre voiture, a placé un journal relatant la tuerie sur votre siège quand vous êtes venue ici. À Genève, il a glissé une photo de cette même tuerie sur la lunette arrière de votre voiture, avant, quelques jours plus tard, de vous mitrailler sur le parking de l'hôtel sans d'ailleurs chercher à vous tuer.

— Le dénommé Yannick m'a suivie à Genève ?

— Affirmatif ! Sur sa grosse moto. Il avait l'œil sur vous, croyez-moi, nous sommes en train de le cuisiner, mais il n'a commis aucun meurtre. Le Labo ne voulait plus tuer personne, il voulait juste vous effrayer. Mathis Lefrançois est l'auteur de tous les crimes sans exception.

— Dire que j'avais une confiance aveugle en ce sympathique réceptionniste ! Mais pourquoi ne m'a-t-il pas tuée ? Il aurait pu. Il a assassiné Barbara sous mes yeux.

— Il a effectivement tiré sur cette pauvre femme en pensant qu'elle s'apprêtait à vous livrer des informations capitales sur le tueur. S'il vous a épargnée, outre le fait que l'arme lui a échappé, c'est qu'il espérait que vous alliez convaincre vos lecteurs que le crime était dirigé contre l'un des couples de randonneurs. Il voulait que personne ne comprenne que la vraie cible, c'était le docteur Mueller… Le Labo le menaçait régulièrement de mort pour le cas où la vérité éclaterait au grand jour. Il était pris entre deux feux : la peur d'être accusé de meurtres, la peur d'être éliminé par le Labo.

— Si Mueller avait été tué, le monde entier l'aurait su. Une enquête d'envergure aurait été diligentée, non ?

— Certes, mais dans ce cas, le pari des commanditaires aurait été gagné et le vaccin n'aurait pas été trouvé par Janus. J'ignore comment le Labo aurait agi à la suite de ce meurtre, j'imagine qu'il avait élaboré une stratégie de choc pour empêcher que la machination ne soit découverte. Tout avait dû être pensé, conçu, organisé dans le moindre détail. Nous espérons en savoir plus dans les semaines à venir. Le hic, c'est que l'opération mûrie de longue date a échoué lamentablement. Mueller ayant survécu, le Labo craignait que ce dernier n'évoque sa présence à Chamonix le jour de la tuerie et qu'il comprenne ce qui s'était passé. Nous imaginons qu'il aurait renseigné les enquêteurs sur ses potentiels ennemis…

Léa passa sa langue sur ses lèvres sèches.

— Le docteur Mueller a parlé aux gendarmes ?

— À aucun moment. Nous venons seulement de découvrir qu'il était présent ce jour-là au Chardon bleu. C'est un homme tellement discret qu'il refuse tout contact avec les autorités. Est-il maintenant convaincu qu'il a échappé de peu à un attentat ce fameux 7 avril ? Charles l'a sans doute informé…

— Le Labo a-t-il tenté de le tuer par la suite ?

— Pas à ma connaissance. Il y a eu le confinement, qui empêchait toute action criminelle d'envergure, un confinement au cours duquel le vaccin a été mis au point par Janus. Ensuite, ça ne servait plus à rien de tuer le chercheur de génie, il avait gagné son pari. Ce 7 avril, c'était l'ultime occasion. Le soir même, le chercheur a quitté Chamonix. Nous supposons qu'il a regagné sa maison située aux environs de Montreux.

Après un long silence, la juge ajouta.

— Après ce que je viens de vous dire, vous vous doutez bien que toutes les autres pistes sont caduques ! Personne, en dehors de Mathis Lefrançois et des sbires du Labo, n'est mêlé à cette histoire. Anna Chapuis n'a jamais eu d'amant à l'hôtel. Le directeur était persuadé que la piste de l'amoureux éconduit était la bonne, car il avait été excédé par l'attitude de la jeune femme lors de son séjour, mais cette hypothèse ne reposait sur rien de concret.

Une question tracassait la jeune femme.

— Mon assassinat était-il programmé ?

La juge détourna le regard.

— Au cas où vous auriez découvert que Mathis Lefrançois était le tueur, il avait l'intention de se débarrasser de vous, oui. Mais si vous aviez cru à son mensonge, il vous aurait épargnée.

— Il a essayé de me précipiter dans le vide alors que je le croyais encore innocent !

— C'est parce que Charles venait de tout révéler. Il voulait vous faire disparaître. Il espérait que votre corps, perdu dans la végétation, ne serait jamais retrouvé au pied de la falaise. Dans sa folie meurtrière, il avait aussi l'intention de tuer le serveur de La Joyeuse Marmotte.

— À la guinguette, après son retour d'Italie, Mathis m'a annoncé avoir reconnu Charles, et non l'inverse. Pour quelle raison ?

— C'est venu comme ça. Il ne s'attendait pas à se retrouver nez à nez avec le mystérieux jeune homme qui hantait la salle à manger avant la tuerie, et qui était le suspect numéro 1, y compris pour les enquêteurs. M. Lefrançois a sauté sur cette occasion pour l'incriminer et, d'après ce qu'il nous a dit, vous l'avez cru.

— Au début, oui. Je me suis dit que le bel inconnu de l'hôtel était forcément l'assassin. Mais lors de la confrontation entre les deux hommes, en pleine nature, je me suis mise à douter. Qui était le véritable tueur ? Le réceptionniste du Chardon bleu ou le serveur de La Joyeuse Marmotte ?

Deux heures après avoir quitté Annecy, Léa rejoignit Charles et Alex au Chardon bleu. Elle leur expliqua en quelques phrases ce que la juge d'instruction lui avait révélé.

Charles lui avait sauvé la vie in extremis, elle lui en était à jamais reconnaissante.

Les trois amis décidèrent de fêter la fin du cauchemar en dînant gaiement dans le restaurant gastronomique.

Les journalistes n'avaient pas été informés du dénouement de l'affaire, cela n'allait pas tarder, ils envahiraient la station, poseraient une foule de questions à ceux qui avaient permis de percer le mystère de la vallée. Cet épilogue inattendu allait ébranler le monde par les acteurs impliqués : Michel Mueller en personne, héros des temps modernes, qui avait échappé de justesse à la mort, et des criminels sans visage, issus d'un trust pharmaceutique dont Léa ne connaissait ni le nom ni le pays qui abritait son siège social : France ? Suisse ? Allemagne ? Royaume-Uni ? Italie ? Russie ? Chine ? États-Unis ?

Une enquête internationale allait prolonger l'enquête locale, mais la journaliste n'y participerait pas. La suite était entre les mains d'Interpol, qui lancerait ses limiers à la recherche des commanditaires. La journaliste imaginait qu'ils ne les retrouveraient pas en quelques heures ; elle savait pourtant qu'ils finiraient par être démasqués.

Plusieurs innocents avaient été massacrés dans le massif du Mont-Blanc à cause d'une guerre commerciale digne de la mafia. Elle pensa à eux et à leur famille.

Dans les jours à venir, elle ne dirait pas un mot aux journalistes. Elle quitterait Chamonix demain à l'aube. Elle raconterait dans son livre ce qu'elle avait vécu : ses doutes, ses joies, ses peurs, ses espoirs. La vérité sur cette affaire allait déranger, forcément, provoquer des réactions en chaîne sur les réseaux sociaux. Mais le livre ne serait pas seulement le récit d'une enquête criminelle aux contours infinis et incertains. Léa voulait délivrer un message de paix et d'amour dans un monde compliqué et cruel. La pandémie avait été une épreuve collective. Un jour, un génie désintéressé avait allumé une bougie chancelante, qui s'était peu à peu transformée en soleil ardent. Elle pensa à Michel Mueller qui était le sauveur du monde et qui avait failli ne pas le sauver.

Dans la salle à manger qu'il avait hantée trois ans auparavant, Charles souriait. Léa le trouvait très beau et très désirable. Dans quelque temps, elle reviendrait à Chamonix. Elle espérait que le jeune homme qui lui avait sauvé la vie l'emmènerait très haut dans la montagne, au plus près des étoiles.

Cet ouvrage a été composé
par Atlant'Communication
au Bernard (Vendée)

Impression réalisée par

L'Imprimerie Maury S.AS. à Millau (12)

en janvier 2023
pour le compte des Éditions de l'Archipel
département éditorial
de la S.A.S. Écriture-Communication

Imprimé en France
N° d'impression : A23/72401L
Dépôt légal : octobre 2022